巨怪猎人
TROLLHUNTERS

［墨西哥］吉尔莫·德尔·托罗
［美］丹尼·克劳斯 / 著
周茜 / 译

天地出版社 | TIANDI PRESS

图书在版编目（CIP）数据

巨怪猎人 /（墨西哥）吉尔莫·德尔·托罗,（美）丹尼·克劳斯著；周茜译. — 成都：天地出版社, 2017.10

ISBN 978-7-5455-2337-9

Ⅰ. ①巨… Ⅱ. ①吉… ②丹… ③周… Ⅲ. ①儿童小说—长篇小说—墨西哥—现代 Ⅳ. ①I731.84

中国版本图书馆CIP数据核字（2016）第257649号

First published in Great Britain in 2015 by Hot Key Books
Northburgh House, 10 Northburgh Street, London EC1V 0AT
Published in the US by Hyperion, an imprint of Disney Book Group
Text copyright © by Stygian, LLC 2015
Artwork copyright © by Sean Murray 2015
The moral rights of the authors and illustrator have been asserted.
Simplified Chinese translation copyright © Beijing Huaxia Winshare Books Co., Ltd.
This edition arranged with C. Fletcher & Company, LLC and Creative Works Group, LLC through Andrew Nurnberg Associates International Limited
All rights reserved.

著作权登记号　图字：21-2015-168号

巨怪猎人

出 品 人	杨　政
著　者	［墨西哥］吉尔莫·德尔·托罗　［美］丹尼·克劳斯
译　者	周　茜
监　制	李红珍
责任编辑	陈文龙
封面设计	思想工社
版式设计	思想工社
责任印制	董建臣

出版发行	天地出版社
	（成都市槐树街2号　邮政编码：610014）
网　　址	http://www.tiandiph.com
	http://www.天地出版社.com
电子邮箱	tiandicbs@vip.163.com
经　　销	新华文轩出版传媒股份有限公司
印　　刷	北京盛通印刷股份有限公司
版　　次	2017年10月第1版
印　　次	2017年10月第1次印刷
成品尺寸	165mm×235mm　1/16
印　　张	21
字　　数	225千字
定　　价	49.00元
书　　号	ISBN 978-7-5455-2337-9

版权所有◆违者必究

咨询电话：（028）87734639（总编室）
购书热线：（010）67693207（市场部）

本版图书凡印刷、装订错误，可及时向我社发行部调换

序 章
牛奶盒子…01

第一章
雨在下…001

第二章
初现端倪…057

第三章
巨怪猎人…125

第四章
决战之夜…255

牛奶盒子

你是食物。在我们眼中，你的肉体，只会变成腱子肉馅饼；你对着镜子百般呵护的皮肤，只不过是我们牙缝间一道多汁的美餐；你的骨架，是我们的下酒菜，它们只会被牙齿嚼得咯咯作响，并随着骨髓一并被吞进我们的肚子。是的，这些现实让人很不愉快，但是，你却不得不面对。不过，在这世上，有些东西并不会只顽守一隅，坐以待毙。相反，他们会拼死抵抗，甚至，可能会以弱敌强，反败为胜。

杰克·斯特奇斯和他的弟弟吉姆·斯特奇斯就是这一事实的亲历者。一切都发生在1969年9月21日这一天。那天，他们骑着自行车，在他们的家乡，加州的圣贝纳迪诺，沿着河堤开始冲刺。那本是完美的一天，黄昏的日光越过斯朗尼丝山的山顶，洒落在城镇东部，孩子们能听见临近街道的割草机发出的嗡嗡声，能闻到池塘里散发出的氯气的味道，以及不知谁家后院传来的汉堡包的香气。

河堤的高墙是孩子们隐蔽的屏障，完美地掩护着他们的战斗。这个下午和平常一样，杰克扮演的能量王与吉姆扮演的X博士正在展开激烈的对决。他们围着碎石堆来回转圈，用塑料激光枪向对方射击。这一次，能量王又赢了，起决定因素的是他那辆新款的自行车。这辆自行车是漂亮的樱桃色运动款，上面还挂着庆祝他13岁生日的丝带。这一天是杰克的生日，车子是他刚刚收到的生日礼物，可是，他仿佛已经骑了它一辈子似的，惊险转弯，俯身抓杂草，甚至为了向对方发动攻击而双手撒把……各种花式绝技都不在话下。

"你永远别想抓到我！"能量王大喊着。

"能！我一定能！"X博士喘着粗气说，"让你看一下我的本事……等等！嗨，杰克，等一下！"

吉姆（哥哥总是叫他吉宝）把他那副几乎支离破碎的眼镜重新架在鼻子上，那上面缠满了创可贴胶带。他今年八岁了，不过看上去却远不到这个年纪。此时，他正骑着一辆破旧的黄色施文牌小自行车，比起哥哥那辆运动款新车，这一辆看上去要小得多。可是吉姆骑在上面却仍觉太大，以至于他到现在都还没卸掉车子的辅助轮。爸爸曾经跟吉姆保证说，他一定会慢慢长大，骑上更大的车子，而吉姆也一直在期盼这一天的到来。吉姆踩着踏板，奋力驱动着他的小自行车，可这样一来，他的激光枪就完全失去了准头。X博士似乎又要输掉这场比赛了。

杰克的运动款自行车穿过街旁的一堆垃圾，飞驰而去，吉姆紧随其后，辅助轮压在地面上吱吱作响。就在这时，一个褶皱的牛奶箱映入吉姆的眼帘，吸引了他的注意。箱子的一侧印着一张微笑的小女孩的脸庞，而下面的一行字则让人触目惊心：寻人启事。这画面让吉姆顿时觉得毛骨悚然。他知道，这是居民们寻找失踪的孩子们的方法之一。最近这段时间，这个城市里已经有太多的孩子失踪了。

第一起失踪案发生在一年多以前，当时，圣贝纳迪诺市组织了很多搜救队去寻找这个孩子，可这一个还没找到，第二个孩子便又消失了。紧接着，一个又一个。整个城市陷入了一片慌乱，一时间，全市的人都在忙着寻找孩子们。人们发现，每隔一天，城里就会有一个孩子消失，这一下，所有的父母们都崩溃了。吉姆觉得这个世界上最可怕的事情，就是看到那些家长们毫无生气的面孔。他们似乎已经认定，是恶魔带走了他们的孩子，他们只能听天由命。每当倒牛奶的时候，家长们也尽量对盒子上印着的头像和文字视而不见，即使那上面赫然写着：

你看到我了吗？

吉姆知道的最新失踪儿童数据是190名。这个数字简直让人难以置信，可各种事实却不断提醒人们，这样可怕的事情的确发生在这个城市里。学校周围竖起了一道道高墙；越来越多的家长开始在操场上巡逻；一到天黑，街上的孩子们就会被警察强制性地送回家。不过，今天是杰克的生日，爸爸妈妈实在不忍心拒绝他们要出去玩的要求。所以吉姆和杰克才能在日落时分还被允许骑自行车出门，要是放在平时，这简直是不可能的事情。

得到爸爸妈妈的许可之后，杰克迫不及待地跑出了大门。他拿上他的半导体收音机，把它系在闪亮的红色车把上，然后，他把半导体开到了最大音量，整个下午，他们都是在美妙的歌声当中度过的。"糖果，糖果"，"夏日灿阳"，"自豪的玛丽"……你很难想象吧，举着激光枪互射的能量王和X博士会喜欢这样的歌。如果不是突然看到了那个牛奶箱子的话，这个下午，可能是吉姆度过的最美好的午后时光了。

不知什么时候开始，杰克的收音机里播放起一首新歌，那是唐和胡安演唱的"你叫什么名字"。这样的爱情歌曲，原本就不是吉姆的菜，况且，在日落时分，这低声的吟唱，似乎让人感受到了一丝不祥的气息。太阳很快就要下山了，明天，他们又要开始枯燥的学业，回家的这半英里路程，可能是最后的疯狂时光了。

吉姆逆着阳光，眯着眼向前看去。不远处，杰克正卖力地蹬着脚蹬，风驰电掣的自行车惊起了一只只路边的候鸟。杰克边骑边高呼着，车轮卷起的落叶不断在他身边飞舞。眼看着，他就快要穿过那座钢筋混凝土的大桥了。此刻，两辆汽车正从桥上驶过，而桥下，终年不见天日，黑漆漆一片。

吉姆想赶快追上哥哥。在他和哥哥的交战中，吉姆永远都是失败的X博士，他可不想再在骑车比赛中输掉了。吉姆蹬着脚蹬，使出吃奶的劲儿骑了起来。车子的辅助轮又发出了"吱，吱，吱"的声音。吉姆可不管这些，他埋头奋力地驱动着双腿，希望它们能再长一点，再强壮一点。

当他再次抬起头的时候，杰克却不见了。

那辆崭新的运动款自行车正安静地躺在大桥下面,车把已经摔得变了形,前轮还兀自不停地旋转着。吉姆急忙刹车,黄色的施文自行车停在了桥下的阴影前。吉姆坐在车子上不断喘着粗气,双眼却在不停地搜索着这里每一个漆黑的角落。

"杰克?!"

运动款自行车的前轮还在幽幽地转动,像是被一只看不见的手慢慢拨动着。

"嘿,杰克,别闹了,你吓不到我的!"

无人应答。只有唐和胡安的歌声不断回荡在桥下。凄婉的歌声和喊叫声交织在一起,听起来十分诡异:

"我站在墙角
等待着你的到来
满心期待……"

随着"啪啪"几声轻响,吉姆身旁的路灯亮了起来,一盏接一盏,昏黄的灯光给桥下带来一丝光明。这意味着,现在已经是傍晚时分了,不能再在这里浪费时间了。

"如果我们现在还不回家,老爸一定会关我们好几个星期禁闭的!杰克,你听到了没有?"

吉姆咽了一口口水,跨下自行车。他握紧手里的塑料激光枪,推着车子走进桥墩下令人窒息的昏暗空间。由于终年不见天日,这里的温度至少比阳光下低10度,吉姆不禁打了个寒战,车子的辅助轮慢慢地旋转着,依旧发出那讨厌的声音:

吱,吱,吱——

吉姆走到运动款自行车面前。车子前轮的转速已经渐渐慢了下来。一个不祥的念头浮现在吉姆的脑海中,他突然觉得,那前轮就像是杰克的心脏,一旦它停止转动,他的哥哥就会永远消失在这世上。

吉姆凝视着前方深不可测的桥洞。那里似乎有湿汽凝结成的水滴不断坠下，或许还有老鼠在到处乱窜。汽车驶过桥面，在他头顶发出"砰砰"的声音，唐和胡安那充满死亡气息的声音依旧回荡在这狭小的空间中。此刻，吉姆抛开一切，鼓足勇气大声喊道：

"杰克！快出来！你受伤了吗？杰克，我是认真的！"

还是无人应答，只有一遍遍绕梁不绝的回声传来。吉姆再一次退缩了。昏黄的灯光，渐渐阴沉的天空，湿冷的空气，还有那不停回荡的好似在嘲笑他胆怯似的回声，所有的这一切，都让他觉得像坠入地狱一般。就在几分钟以前，他还在欢快地狂奔，还在和哥哥尽情地玩耍，这天壤之别的落差实在来得太快。事情怎么会变成这样？吉姆鼓起勇气，转过身，仔细地查看每一个阴暗的角落，一个，又一个，可四面的角落都找了个遍，依旧没有哥哥的身影。现在，只剩下一个方向还没有检查，吉姆似乎感觉到了什么，他的胸膛剧烈地起伏着，脸颊因恐惧而变得通红。

他慢慢地抬起头，向桥洞的洞顶看去。

那里乌黑一片，什么都没有。

突然，那片阴影仿佛突然移动起来。

黑暗中的混凝土桥面上渐渐凸显出几条巨大的肢体，那肢体正在缓慢地，甚至是优雅地调整着与桥面贴合的角度。一块巨石相仿的庞然大物赫然出现在吉姆的头顶上方，双眼正喷射着火一样的橘红色光芒。那怪物喘息一声，整个桥面似乎都跟着一起颤了一颤，紧接着，它呼出一口恶气，腐臭的气息一下子喷到吉姆的后背上。

那东西从洞顶跳到地面上，带起的阵阵旋风将桥下的污物和垃圾都卷到半空中，吉姆看到了一个又一个的牛奶盒子，一个，两个，三个，四个，一共五个，他们不停地旋转着，印在上面的一张张孩子们的笑脸仿佛在嘲笑着他们自己的死亡。那怪物的身体像一头灰熊，似乎有着无穷的力量。它后退一步，头上坚硬的犄角顶破了混凝土的桥面，两盏路灯也应声而灭。它张开血盆大口，露出参差不齐的巨大牙齿，橘红色的双眼死死地盯住吉姆，接着，那怪兽将又长又粗、布满着蛇皮般纹路的巨爪伸向吉姆。

吉姆尖叫起来。狭小的桥下空间使他的声音听起来似乎高了十倍，那怪物似乎也被这突如其来的尖叫声惊得顿了一顿。吉姆抓住这个机会，猛地骑上他的黄色自行车，向人行道狂奔而去。他的左脚踢到了杰克的收音机，唐和胡安的声音戛然而止，他冲出桥洞，一边控制不住地大声尖叫着，一边不停地踩着脚踏板。

从声音判断，那怪物就紧跟在他身后，四蹄飞奔的声音振聋发聩，刺激着吉姆脆弱的神经。

在恐惧的驱使下，吉姆骑得比任何时候都要快，辅助轮的吱吱声已经变成了尖锐刺耳的金属摩擦声，可那怪物却好像离他越来越近。吉姆似乎能感觉到，连地面都随着怪物的奔跑而颤动着。它像头公牛一样喷发出炽热的鼻息，瞬间，周围便充斥着一股好似下水道般的恶臭气味。吉姆的塑料激光枪掉到了地上，再也无法跟随他的主人X博士作战了。昏黄的灯光照射在怪兽的身上，投射出一片骇人的阴影，吉姆看到那怪物正伸开粗壮的手臂，张开利爪，向自己抓过来。

吉姆猛地向左一拐，撞开沟渠里的一堆垃圾，冲上了人行道。前方不远处有个消防栓，那颜色红得就像杰克的自行车一样。哦，杰克！杰克！你到底出了什么事？吉姆扯下消防栓，把它扔到路中央。一辆正从此经过的小汽车猛打了一下方向盘，疯狂地鸣着喇叭表示着自己的不满。吉姆可管不了这么多，他不断地加速再加速，就像他哥哥那样。车子的辅助轮早就在飞速的运转中掉落在马路上，裂成了几块。此刻，吉姆真的学会了骑自行车。

眼看回家的路近在咫尺，吉姆向着目的地飞奔着，尖叫着，泪水不断地流过他的脸颊。他跌跌撞撞地冲上道边的台阶，撞开白色的栅栏，连滚带爬地摔倒在家门前的草地上。他的脸被门前的灌木丛划破了，眼镜也掉到地上，摔成了两半。

屋里传来了狗叫声。吉姆听到了脚步的声音，开门的声音，还有爸爸妈妈急匆匆跑下台阶的声音。他这才意识到，自己仍在大声地尖叫，这让他又想到了那头怪兽。他伸手在草地上胡乱摸索了一阵，找到已经碎

成两半的眼镜，把它放到眼前。这里什么都没有。院子里，屋子里，邮箱旁，花圃中，吉姆搜索着每一个角落，什么都没发现。没有怪兽，平静得和往常一样，可是，他却在自己的脚边发现了一个奇怪的东西。

那是一枚青铜色的勋章，上面的链子已经锈迹斑斑。勋章上雕画着的图案极其诡异：一张丑陋的正在咆哮的脸庞，一行难以辨认的似乎是远古时代的文字，以及一柄华丽的长剑。吉姆惊恐交加，各种情绪不受控制地爆发出来，他终于忍不住号啕大哭起来。

"吉姆！出什么事了？"

那是妈妈的声音，她正跪在吉姆的身旁，为他抹去脸颊上的泥土。爸爸也随后赶过来，跪在吉姆面前，轻摇着吉姆的身体，试图让他回过神来。他们不断喊着吉姆的名字，一遍又一遍：吉姆！吉姆！可吉姆的脑中却只有一个念头：从此以后，再也没有人叫他吉宝了。

"孩子，看着我。"吉姆的爸爸焦急地说，"你没事吧？你到底怎么了，孩子？"

"你哥哥怎么没跟你一起回来？"妈妈的声音听上去有些沙哑，她似乎猜到了什么。"吉姆，杰克呢？"

吉姆没有回答，双眼直勾勾地盯着面前的草地。那个勋章不见了，而草地上，只剩下一道淡淡的压痕。一瞬间，忧伤、绝望、挫败、种种情绪席卷而来，吉姆崩溃了。他瘫坐在父母的怀抱里，哭泣，颤抖。他感到一种从未有过的恐惧，那是一种对神秘力量的恐惧；他更体会到了从未有过的心痛，那是一种失去家人的伤痛。

吉姆·斯特奇斯是我的爸爸。杰克·斯特奇斯是我的伯父。刚刚那个故事是48年前发生在他们身上的真实经历。48年之后，我已经15岁。据说，杰克伯父是最后一个被印在牛奶盒上的失踪儿童，这起轰动整个城市的失踪案件可以说是来无影去无踪，就这样离奇地结束了。那辆运动款自行车被当作杰克伯父的遗物，留在了家里，我对它简直再熟悉不过了。而就在我15岁的这一年，我才真正理解了我的爸爸，理解了他为什么要花费自己的整个童年乃至整个青春去寻找那不可能找到的线索；理解了他为什么要一次又一次地出现在那座混凝土大桥下。现在，除了被印在牛奶箱子上的那张青春洋溢的面孔，似乎再也没有任何杰克伯父曾经在这个世上出现过的痕迹了。而接下来，又将发生什么呢？

第一章

雨在下

巨怪猎人
Trollhunters

1

  一年一度的秋季庆典正进行到最高潮的时刻,圣博纳迪诺高中队和康纳斯威尔小公马队的比赛还剩下最后两分钟,而圣博纳迪诺高中队仅以微弱的优势领先。就在这个万众瞩目的时刻,一个拯救万民的英雄人物横空出世,一场突如其来的战斗随之打响。

  从这一天开始,那一刻发生的事情传遍了街头巷尾,成为了每个孩子睡前必听的故事,甚至,成为了所有孩子的梦想。所以,请一定认真阅读下面的文字,相信你所看到的一切。说不定哪一天,你也会把这个故事讲给自己的孩子听。

  奇迹就要发生了。让我们屏息倾听吧。

  我叫詹姆斯·斯特奇斯.JR,不过,你也可以叫我吉姆——和我爸爸的名字一样,相信,对于这个名字,你和我都不会感到陌生。我的惊险遭遇发生在我15岁那年。那是十月的一个星期五的早上,闹铃准时响起。不过没关系,我早已有了在铃声中继续安睡的本领。可不幸的是,我的爸爸,吉姆·斯特奇斯.SR,是个不折不扣的神经衰弱症患者,哪怕是一阵风刮过,也能把他惊醒。而每当他醒来,他都会到我的房间来叫醒我,询问我是否一切安好。当

第一章
雨 在 下

然，你一定会把这归结于我伯父所遭遇的那个可怕事件。而且我猜，那件事也把你们吓得不轻吧。

爸爸走进我的房间，关掉闹钟。世界顿时安静下来，不过我的感觉却更加不妙，因为我知道，爸爸一定正站在我的床前盯着我看，这是他一贯的作风。每天早上，他都会庆幸，他的儿子又侥幸多活了一天。我睁开双眼，爸爸仍旧穿着那件紧身上衣，衣领已经脏得不成样子，此刻，他正忙着系左手的袖扣，这是他每天都要做的事情，而且最终，他都会叫我来帮忙。

他看上去十分苍老。是的，他也的确很老，比我认识的所有爸爸都要老，他的眼角布满了皱纹，曾经浓密的眉毛和头发都已日渐稀疏，甚至就快掉光了。他的身体也不像其他孩子的爸爸那样挺拔，我想，这并不是他这个年纪该有的样子。是某种折磨，使他整个人不堪重负，才让他变成这个样子。

"太阳都照屁股了。"他的声音听上去并不太高兴，事实上，我也从未看到过他高兴的样子。

我从床上坐起来，看着他慢慢拉开窗户前的金属百叶窗。他从兜里掏出一副用创可贴绑在一起的眼镜戴上，对着键盘输入了7位数的密码，百叶窗缓慢地折叠起来，露出窗外晴朗的天空。

"别啰唆啦！我知道，早上的时候要把这东西拉起来。"我嘀咕着。

"对于正在长身体的男孩子来说，阳光很重要。"爸爸的语气听起来并不那么真诚。

"我已经不再长高了。事实上，我觉得我简直就快退化了。"

巨怪猎人
Trollhunters

他没有理会我的抱怨，又忙着系了一会儿手腕上的纽扣，然后走出了房门。

"当然，早餐也同样重要。"

听上去，这句话依旧没什么诚意。

我洗了个澡，换了件衣服，不出所料地看到爸爸正站在客厅的门口。那里有个电子壁炉，壁炉上摆放着杰克伯父的祭台。之所以说是祭台，是因为我实在找不到一个更合适的词汇来描述它。壁炉上的每一寸空间都满满地记载着杰克伯父的点点滴滴。在幼儿园扮演独行侠；二年级时没心没肺地向大家展示他刚掉下来的乳牙；五年级时和别人打架变成了乌眼青；还有八年级时的那张照片，那是他最后一张照片，照片上的杰克伯父有着健康的古铜色肌肤，看起来充满活力，像是随时都能够去征服全世界。

除了这些，祭台上还摆放着一些奇奇怪怪的东西。一个自行车铃，那是从杰克伯父的自行车上摘下来的，现在已经布满了锈迹；一台天线已经扭曲的老式收音机；当然，还有一些充满了兄弟间亲密回忆的老物件：一块坏了的腕表，一个木头人偶，一小块黄铜。不过，最令人感到不安的，是摆在祭台角落的一张照片，那是一张杰克伯父八年级时的黑白照片，一张被印在牛奶盒子上的照片。

爸爸看到我，挤出了一个微笑。

"嗨，儿子。"

"嗨，爸爸。"

"我正……准备去洗漱。"

可他手里却并没拿着洗漱用品。

第一章
雨 在 下

"哦,好的,爸爸。"

"你饿不饿?现在要吃早饭吗?"

"哦,我还好。吃不吃都行。"

"好吧。"他收起笑脸,"那就开饭吧。"

爸爸口中所谓的早饭不过就是麦片和牛奶而已。自从妈妈受够了爸爸的小心谨慎而离家出走后,我几乎再没吃过一顿像样的早饭。我知道,为了照顾我,爸爸已经尽了最大的努力。现在,我俩就坐在桌子的两端,埋头吃着各自的牛奶泡麦片。其间,爸爸不停地瞟向我的房间,挂念着金属百叶窗是否已锁好。我一边在心中暗自叹气,一边又给自己倒了些牛奶。那是一罐罐装牛奶,你知道的,爸爸是绝不会买盒装牛奶的。

他不停地看表,好像很赶时间的样子,我只好把没吃完的麦片倒进垃圾桶,并匆忙回到房间,穿上我的外套,背上背包,在密码键盘上按下按钮,锁死了百叶窗。爸爸在大门口等着我,只有当我走入他视线范围以内的时候,他才会打开大门。

对于这个惯例,我早已习以为常。大门上有十把锁,一个比一个牢靠。爸爸熟练地抬起门闩,扭动钥匙,解开锁链,而我则跟着哼起那首我无比熟悉的金属打击乐曲调,那是我听了十五年的声音:咔嚓——嘎吱——嗞——嘎吱——噼里啪啦——噼里啪啦——铛——嘎吱——噗——嘭——

"吉米,吉米!"

我定睛看向爸爸。他就站在门前的小路上,穿着那件不合身的上衣,看上去是那么瘦小,他的一只手紧按着胃部,看起来像是胃溃疡又发作了。我本想对他表示些关心，却他那不耐烦的表情给打断了。

"快从门廊里出来，压力传感器就要开始工作了，快点。"

我耸了耸肩表示歉意，三步并作两步跑到了草地上。我听到电子设备开始运转的声音，紧接着，一个程式化的女声响起来："检查完毕。"爸爸长出了一口气，似乎安心不少，然后才打开最外面的那道锁。他走在我的旁边，鬓角已经被汗水浸湿了。

这个可怜的男人此刻气喘吁吁，看上去不堪一击。他的胸口不停地起伏着，我注意到，他胸前的口袋里还装着印有圣博纳迪诺电子元件厂标志的计算器。据说，爸爸是便携式计算器的发明者，不过，他本人却始终没有承认过。我猜，一定是他的老板抢了他的成果。这种事现在多的是，这可真让人恶心。

爸爸护送着我穿过草坪。院子里的摄像头也随之运转起来。匆忙中，我不小心踩到了爸爸的脚，我看到了他的袜子，那总是被染成绿色的袜子。为了赚钱，爸爸每个周末都出去帮人修整草坪——中心花园的草坪，墓地的草坪，甚至是圣博纳迪诺高中足球场的草坪，每一处都有他的身影。而我，也跟着爸爸成了学校里众所周知的人物。他伸手拉住我时，我似乎闻到了他手上青草的味道。

"你就快赶不上这班公共汽车了，吉米。要是错过了这趟车，我就得把你送到学校去，那我可就要迟到了。"

"我就不能走着去学校吗？"

"你知道我有多忙，我已经很迁就你了。因为你，我的老板已经忍了我很久，吉米，知道吗？"

第一章
雨在下

"其实你没必要非和我一起出门赶公共汽车，只有小不点们才会坐公共汽车去上学。"

他严厉地看了我一眼。

"你总是这么不当回事！想想我的哥哥杰克……那是多么充满活力、向往自由的一个人，他总是跟我说'吉宝，没有什么能伤害到我。'可结果怎么样，尽管他是……"

"是你见过的最勇敢的男孩。"我打断了爸爸的话。

爸爸走到他们工厂的那辆厢式货车前（他认为这是圣博纳迪诺最安全的交通工具了，里面装满了他的除草工具），轻叹了一口气。我看到，他上衣的袖口从外套里露出来，上面的扣子依旧没有扣好。哼！要是他还这么管着我，连走路去上学这么简单的事情都不让我做的话，那我就假装没看到，让他去出丑吧。

"是啊。"他隔了好一会儿才说，"他的确是。"

他走到车门前，准备打开门锁。我则无聊地用脚踢着地面。他说得对，公共汽车就要来了，我甚至听到汽车穿过枫树街的声音，我必须抓紧时间才能赶上这班车。可是一瞬间，袖口上的纽扣又出现在我的脑海里，我似乎看到爸爸在办公室里被年轻人嘲笑的画面，看到戴着破旧眼镜、将老式计算器视若珍宝的爸爸满脸的窘态。不，我不要那样！在这个家里，有一个人受人嘲笑就够了！

我几步跑到厢式货车旁边，拉过爸爸的手，灵巧地系上了那枚纽扣。然后，对他笑了笑。脏兮兮的镜片后闪过他诧异的眼神。

"公交车！吉米……"

"我知道，我会赶上的，爸爸。"我叹了口气说。

巨怪猎人
Trollhusters

学校周围放满了一排排南瓜，我坐在车上，无聊地数着。刚数到41的时候，司机冷不丁来了个急刹车，车内顿时人仰马翻。各种午餐便当盒和书本散落到肮脏的地板上，学生们忙不迭地去捡拾他们的东西。我坐回原位，双眼盯着校门前的那块宣传牌，那上面写着：

第102届秋季庆典

为期一周

拿出你们的看家本领！

尽情展示吧！

可以说，每个在圣博纳迪诺长大的人，多多少少都会在脑海中留下有关秋季庆典的记忆。在这个庆典里，你可能会打扮成美丽的公主，也可能会扮演孩子们的吉祥物。当然，你也可以做个志愿者，留在爸爸妈妈身边，帮助他们清理餐桌。据说，关于秋季庆典还曾经有个很酷的传说，可遗憾的是，我总是记不住传说的内容。

第一章
雨 在 下

不过传说并不那么重要,因为,这个节日庆典已经逐渐演变成了圣博纳迪诺市的一个特色。在为期一周的时间里,工匠们会把他们的作品拿出来高价展卖;小贩们也会把库存的货物拿出来特价销售;在公园的露天广场里,会有免费的乐队演出;当然,各种汽车经销商、餐馆、保险公司之类的,也少不得要来凑个热闹。而最终,所有的一切都会以在圣博纳迪诺高中进行的一场足球比赛和一场莎士比亚剧的演出为终结。不过,在今年的庆典上,我们还有个新的仪式要完成,那就是学校花大价钱买来的超级大屏幕就要正式启用了——下个周五,也就是庆典的最后一天,足球比赛和话剧演出的全过程都将通过超级大屏进行直播。

明天,无聊的庆典仪式就要开始了,也就是说,在那些愚蠢的人们为之疯狂之前,只剩下为数不多的时间了。对于我这种既不擅长体育,又不擅长文艺,甚至没有什么兴趣爱好的孩子来说,庆典的这一周时间简直可以说是度日如年。

我最后一个从车上走下来,没走几步,就被一个从校门口冲出来的学生撞了个满怀。我认识他,那是一个经常受人欺负的孩子。我差点被他撞倒,而他只顾得伸出手指,指向教学楼。

"塔比……"他上气不接下气地说,"展厅……"

这两个词足以说明一切。如果有人问起,学校里最恐怖最吓人的地方是哪里,答案必定是展厅无疑。那是教学楼三层的走廊,两旁的墙壁上陈列着全校学生所获的所有奖杯。这里曾经是学习法语和德语的地方,但是现在这两门选修课已经被取消了。走廊里的日光灯大部分都已经损毁或是被人为破坏了,整个走廊昏暗无比,就像是一条通往地狱的邪恶之路。在这里,你经常能听到一年级学生们的哭泣声,就像是他们正在经历第一次梦魇一般。

非常不幸的是,有些学生们的储物柜就被安置在这里,而托拜厄斯·塔比·D,我最好的朋友,就是其中的一个。

在我到达展厅之前,就已经知道是谁正在这里耀武扬威了。走廊里正不断响起"砰砰砰"的声音,那是属于史蒂夫·乔根森·沃纳的声音。史蒂夫走到哪里,他的篮球就跟到哪里。课堂上,餐厅里,洗手间,或是停车场。有些老师甚至允许他在上课期间运球以帮助他集中精神听讲,为了这件事,同学们不知在背地里咬牙切齿地骂了多少次。

史蒂夫是这个学校里的名人。他是篮球队的队长,也是足球队里的主力。他的长相更是让人过目不忘:狭长的眼睛,大鼻头,一头亚麻色的金发,还有一对尖利的虎牙。除此以外,他还有一身让人望而生畏的强健肌肉。他说起话来十分生硬,就像是外国人在说英语一样。在学校里,再没有人能像史蒂夫一样,是的,再没有人能像他一样——凶残。

走廊里挤满了人。我踮着脚尖,看到塔比正半跪在地上,长满雀斑的脸憋得通红,史蒂夫粗壮的左臂勒着塔比的脖子,右手竟然还在不停地运球,而他甚至还在若无其事地和队友聊着什么。我挤到人群前面。塔比的脸上挂着一摊口水,在史蒂夫强健的肱二头肌下,他丝毫动弹不得。

"喘气……"塔比哀求着,"让我……喘口……气……"

史蒂夫向队友说了声抱歉,中止了他们的谈话,转头看向塔

第一章
雨 在 下

比——这个正在他胳膊下挣扎的二年级学生。塔比的脸庞映射在这里的每一块奖章上,每一座奖杯上,也映射在每一个相框上。相框里的年轻人们都穿着相同的上衣,看上去比我那气喘吁吁的朋友要健康幸福得多。

砰,砰,砰,砰……

史蒂夫还在狞笑着。

"我说得很清楚了,塔比。一天五块。要是交不上来,那我恐怕要说声抱歉了。"

"你……我……都交了……"

"一天五块已经算是便宜你了。我随时都可以涨价的。"

"所有的……都给你了……昨天……"

"好吧,要不这样,你给我道个歉?"

"嗓子……勒得……说不……出话……"

"对不起这么简单的词,你都说不出来吗?"

"对不起……"

"你好像不太情愿啊,塔比。好吧,我接受你的道歉,不过你要搞清楚,一天五块,这是规矩,只要你守规矩,我就不会找你的麻烦。"

曾经,我也幻想着能推开人群冲出去,解救正处于危难之中的朋友,可是我知道,如果我真的那么做了,只是自寻死路罢了。事实上,我正要逃离这个是非之地,可拥挤的人群却挤得我不断向前趔趄,一个不留神,我脚下一绊,不偏不倚,正好摔在了史蒂夫面前。

史蒂夫居高临下地看了我一眼。他放开了塔比,那家伙像摊烂

第一章
雨 在 下

泥一样倒在了地上，不停地喘着粗气。接着，史蒂夫转过身，运球的声音离我越来越近，频率也越来越慢，就像是我们在某次生物课上看到过的鲸鱼的心跳频率一样。时间好似定格了一般。我甚至觉得自己就像那些相片里的人一样，会被永远禁锢在这个展厅里。

"啊，斯特奇斯！"史蒂夫说道，"你也想加入我们的游戏吗？这真是个好消息。"

我可不想一整年都在他们的威逼恐吓中度过，也不希望随时会有人来拗断我的手腕，又或是被"摔伤"在某处的台阶上。塔比被吓坏了，他蜷缩在地上，表情呆滞。

"噢。"我说，"我该去上课了。大家都该去上课了，对吧？马上就要打上课铃了，不是吗？"

我愚蠢的声音不断在走廊里回响。

砰！砰！砰！运球的声音听上去振聋发聩，像是在预示着什么。史蒂夫的脸上绽开一个灿烂的笑容，他一边在两腿间运着球，一边慢慢地向我走过来。他好像逐渐找到了状态，我猜，要是现在有个篮筐，他一定能来个爆扣。

3

最终，幸运之神还是小小地眷顾了我们一下。这一次，我们受到的惩罚是"超级碾压机"。具体地说，就是我们会被塞进狭窄的储物柜里，那里的空间本不可能让一个十几岁的少年容身，不过没关系，在柜门狂风暴雨般地一开一关的冲击下，你终究会找到一个合适的姿势，最终窝在里面。听起来，这个惩罚好像并不太可怕，可是你错了。柜门上的挂衣钩会不断地插入你的头皮，锋利的金属框架会割伤你的肩膀，如果你试图阻止柜门对你的挤压，那你很可能会弄断手指。相信我，我说的是真的，这些，我都曾经亲眼见到过。

不过对我来说，这点惩罚已经不算什么了。因为被关在这里太多次，我已经找到一个秘诀，能够从里面打开储物柜逃脱出去。当我听到运球的声音渐渐远去的时候，才终于放心地从储物柜里钻出来。我听到塔比正在旁边的储物柜里低声呜咽，此刻，我实在没有心情去打趣或者安慰他。他是个大块头，要想把他从储物柜里弄出来可实在不是一件容易的事。我告诉塔比要如何从里面打开柜门，这着实花费了点时间。很快，上课铃响了起来。我叹了口气，看起

第一章
雨 在 下

来，我们要迟到了。

十分钟后，我们躲进男厕所——因为不想带着伤口踏入教室，只好先到这里来处理一下。我们用冷水冲洗了伤口，又用毛巾小心地擦干。

"这毛巾简直就不是给人用的。"塔比说。他走进一个厕所隔间，扯了几张手纸出来，轻轻地按在自己的胳膊肘上。"噢！这真是一种享受，我们是不是在做SPA？什么时候来个盐浴？要不干脆来个热石按摩怎么样？请尽情享用！"

我挤出一个笑容，不过却扯到了脸上的伤口。我的颧骨受伤了。我该怎么才能让爸爸看不到我脸上的伤口呢？戴个超大号的太阳眼镜？或者戴上围巾？要不索性画个脸部彩绘？噢，我真难以想象他看到我伤口时的样子，他一定会发疯的。

塔比对着镜子照了又照，皱紧眉头。据说上帝对每个人都是公平的，他要么让你外表美丽，要么让你内心美丽。如果这是真的的话，那塔比的内心一定美得让人窒息。托拜厄斯·德肖维茨（塔比），是个不折不扣的小胖墩，当然，说得委婉一点，你也可以说他很强壮，很可爱。事实上，他很胖，而且还不止于此。他的头发稀疏发黄，乱糟糟地堆在头上，肥胖的脸上满是褶子，看上去就像是还没褪去婴儿肥的小孩。最要命的是，他那一嘴镶着牙套的牙齿——每颗牙齿上都装着金属牙箍，就像戴了个刑具。每当他开口说话，我都担心他的嘴里会冒出火花。

不过有一点值得欣慰的是，他的个子并不矮，这让我很是羡慕。现在，他在镜子面前站得笔直，然后，他转过身，环视一下四周，确定这里没有别人。

"看看这个。"他把一只手伸进T恤，从胳肢窝里掏出一枚五块钱的硬币。"最终还是我赢啦，那个蠢蛋根本不知道我把钱藏在了哪里！"

"噢，那你真是把他耍了，塔比。"

"当然。"

他笑出声，握起那枚硬币，又把它藏到老地方。

整理好衣服，他又笑了笑。说到阿Q精神，真是谁也比不过塔比，他简直就是苦中作乐的高手。不过无情的事实依旧摆在他的面前——他唯一的胜利也不过是成功地藏好了一枚五块钱的硬币而已。

我按动烘手器的按钮，希望隆隆的声音能掩盖住我的问题。

"你哭了吗？"

"没，这次没有。"他顿了一顿，耸耸肩，接着说，"我只哭了几声而已。"

接下来便是漫长的沉默。不过，塔比总是知道该如何打破尴尬的气氛。他对着小便池吐出一大口浓痰，然后拍了拍我的后背，向门口走去。我失神地看着带血丝的浓痰逐渐消失在小便池里，突然觉得自己的人生和这摊污秽之物如此相像。我随着塔比走出厕所，却在刚要出门的时候听到厕所下水道中传来的一阵异响——那是隆隆的声响——就在地板的下方。

第一章
雨 在 下

对我来说,数学这个科目简直能让人发疯,我老早就认清了这个事实。说起来,我的学习成绩还算中等,可是只要一看到那些加减乘除符号,我的脑子就开始隐隐作痛。那个周五,平克顿老师正处在一种紧张的情绪之中:我们的学生会主席刚刚在广播里难掩激动之情,慷慨激昂地描述着即将到来的庆典,鼓吹着激动人心的演出,还有那场和康纳斯威尔小公马队的比赛,以及万众瞩目的超级大屏揭幕式,等等。所有这一切,都让平克顿女士的情绪久久难以平复。

"一块计分板……"她嘟囔着,"要不要用煤气灯换掉我们现在使用的灯呢?要准备新的计算器吗?Wi-Fi信号是不是足够稳定呢?还有那些被解剖的猪,该怎么处理呢?"

是啊,是啊,她是对的。本来,我还是很喜欢平克顿老师的,如果她不是那么喜欢刁难她的学生的话,那就更好了。现在,我唯一期待的就是她能对我手下留情,在学期结束时给我个及格。不过平克顿老师已经多次提醒过我了,想要及格,我必须在下周的测验中取得好成绩才行。

巨怪猎人
Trollhunters

　　让学生们当众出丑是平克顿老师最大的爱好。每堂课她都要叫无数个学生走到黑板前,去解那些天书般的二次方程式。我躲在一本书后面,假装正在专心致志地做一道练习题。这节课已经过去35分钟,我慢慢放松下来,向教室前面偷偷瞥了一眼。克莱尔·方丹正在黑板前解题,她的身影牢牢地抓住了我的视线。

　　在我看来,克莱尔的所有动作都值得用慢镜头回放后慢慢欣赏,当然,看她做数学题也不例外。白色的粉笔在她的指下轻快地跳动,身上的毛线衫随着她胳膊的摆动而上下飞舞。她将一缕头发别在耳后,不经意间,在头发上留下了零星白色的粉笔屑。虽然她并不是我们的班花,但在我看来,却是那么美丽。班里的女生们议论起她来,都说她不够瘦,不化妆,也不做头发。再看看她的穿着,哦,该怎么形容呢?她从不穿过膝的性感长筒靴,总是穿着一双像是登山靴似的胶底高帮鞋。她的服装风格总是那么复古,经常穿豆绿色的外套和土黄色的裙子,或是宽松款的长裤,戴着一顶贝雷帽,看上去就像是刚从战场上回来一样。

　　更加引人注目的,是她背着的那个极具少女风格的亮粉色的背包,上面没有任何标签,让人捉摸不透到底是什么来头。不过在我看来,也许她根本就不在意这些——管它什么牌子呢,不过就是个书包而已。

　　尽管克莱尔是那样特立独行,在我眼里,她依然充满魅力。相信我,这并不是我的错觉。我知道,她所展现出来的并不是她的全部,虽然她刚刚在我们学校上了一个学期的课,但我能看得出,她一定有着什么不同寻常的经历。她根本不在乎那些所谓的规则,也

第一章
雨 在 下

不在乎众人的眼光,也许是因为她并非来自加州的原因吧。是的,她来自大洋彼岸。我差点忘了说,克莱尔·方丹来自英国,带着一口浓重的英国口音。说到这里,你们大概对她有个基本的认识了吧。

看着克莱尔轻松地解出那个方程式,我想,在数学这个科目上,欧洲人一定比美国人更有天赋。我眼看着那根小小的粉笔在她手指间上下翻飞。当她解开一道题目的时候(她从未失败过),她总会在黑板上重重地点一下,就像是写完一篇文章一样。

"有些步骤有点多余。"平克顿老师开口道,"不过已经完成得非常不错了,克莱尔。"

克莱尔长出一口气,就好像打败了一个敌人似的。在她拿起板擦擦干净黑板的同时,平克顿老师又写了一行新的鬼画符似的文字,之后,她环顾教室,寻找着下一个倒霉蛋。

"我们还有点时间再来做一道,有没有人主动请缨呢?"

我低下头,装作更加全神贯注的样子,盯着我的练习册。我感到平克顿老师的目光从我身上扫过去,不禁对自己的演技颇为满意。可就在这时,灾难来了:克莱尔走回她的座位,轻轻地拍着沾满粉尘的双手,样子就像个万众瞩目的巨星。她无意间向我这边瞟了一眼,而我,正盯着她,一脸花痴的表情。她咧嘴笑了一下。

"去啊,斯特奇斯。"她说。

这声音似乎有一种魔力,驱使着我的身体背离了我的思想。我的右手不听使唤地举起来,嘴里还含混不清地说:"你刚才做得真棒,克莱尔!"

巨怪猎人
Trollhunters

"噢？是你举手了吗，吉姆？"平克顿老师问，"这真有点出人意料呢！来，让我们看看，你能不能解开这个难题。"

我回过神来，脸上的笑容顿时凝固了。现在，我必须面对这道恼人的方程式了。只看了一眼，我就懵了，黑板上的符号和字母铺天盖地地向我袭来，让我头晕目眩。我苦着脸，脸颊上的伤被扯得生疼。我的脑海中不禁浮想联翩：我展示伤痕，向同学们解释我刚刚受到的酷刑，以及我逃出生天的手段。之后，我求饶似的看着平克顿老师，而她一边说着"把粉笔给我"，一边接过粉笔，握在手中，那竖起的粉笔头就好像是她对我竖起的中指……

我振作精神，收起我那丰富的想象力，拿着粉笔，站在黑板前，脑中一片空白。我举起胳膊，才发现平克顿老师把题目写在了克莱尔那道题目的上边，而以我的身高，根本就连那个方程式的边儿都够不着，更别提去解开它了。身后响起的哄笑声让我想找个地缝钻进去。我双眼失神，眼前的景象纷纷化作一阵轻雾，在雾中，长相酷似克莱尔·方丹的女孩们戴着贝雷帽，妖娆多姿，她们和身材矮小但体魄强健的男人们相拥，他们在雾中深吻缠绵……

第二章
雨 在 下

5

对于我和塔比这种身体协调性极差的孩子来说，没有什么比体育馆上空悬挂的那条绳子更让人感到害怕的了。去年，塔比就曾经向老师们提出过意见，还和科尔校长进行了面谈。在塔比看来，让孩子们去攀爬那条绳子是一项非常粗俗野蛮的事情。况且，万一有学生从高达20英尺的绳子上掉下来，摔成残疾，又有谁能负责呢？完全可以让一个孩子去学习棒球或者排球，好歹长大以后还能当作兴趣爱好。可你让一个孩子去爬一条绳子，长大以后有个鸟用呢？塔比相信，他的想法合情合理，绝对能说服科尔校长，让他撤销学校里的这项运动。可没想到，科尔校长却以不容置疑的口气一口回绝了他。塔比灰溜溜地走出了校长室的大门，而那条绳子至今仍然挂在体育馆的天花板上。

塔比和我是最后两个还在和这条绳子较劲的人，绳子正中间有个标记，只要爬到这个标记处就算达标。在其他男生都已经开始练习投篮的时候，我却依旧在那条绳子的四英尺处苦苦挣扎。我屏住呼吸，又颤抖着向上挪动了两英尺。我觉得手掌被勒得像火烧般疼痛，大腿也一直在瑟瑟发抖。我心里不禁盘算：该以什么样的姿势

巨怪猎人
Trollhunters

着地,才能在掉下去的时候让自己的敏感部位不受伤呢?

"就是那样,斯特奇斯!"劳伦斯教练在下面大喊,"关键是要借力使力,掌握好力道。"

我不屑地哼了一声,看了看我右边的那条绳子。和我摇摇晃晃的样子比起来,塔比似乎更稳一些,虽然他爬行的速度比蜗牛快不了多少。此刻,他满头大汗,正紧咬着一嘴铁齿钢牙,整个身体都在微微抖动,似乎就快到极限了。

"做得好,塔比!"下面的劳伦斯教练兴奋地鼓励着,甚至忘记了叫塔比的学名。"你马上就要把这条绳子干掉啦!别放松啊,千万别放弃!"

"噢,主啊,救救我吧。"塔比嘀咕着,"不管是何方神灵,快出来一个,帮我一把。"

"再爬四英尺!肩部收紧。"我冲塔比说。

"你说的靠谱吗?"

"听不听随你。"

"给我闭上你的鸟嘴。"

"好吧,好吧。"我打趣着说,"哥们,真希望这条绳子上有个套,给你套脖子上。"

"噢!那敢情好。又快又没有痛苦,死得干脆。"塔比的嘴上也毫不示弱。

就在我们耍贫嘴的时候,身下突然传来欢呼的声音:"塔比!塔比!塔比!……"我向下看了一眼,劳伦斯教练不好意思地避开我的目光。大概就是他那一声塔比,才引来了这么大的动静。我将

第一章
雨 在 下

注意力重新集中到手中的绳子上,绳子的正中间系着的一条红色丝带,距离我大概只有十英寸远。我要做的就是摸到那条丝带,然后就可以回看台休息了。我轻呼一口气,用浸满汗水的手抓紧绳子,准备向红丝带前进。粗糙的绳索就好像一块烧红的烙铁一样,每时每刻都在灼烧着我的双手。

"斯特奇斯!"劳伦斯教练大叫着,"冲刺吧!"

我在心里给自己鼓着劲,刚要发力,就听到旁边的塔比一声大吼。他不断摇晃着脑袋,像是要躲避一只飞来的蜜蜂。不过我俩的绳子一直在晃动,我并没看得太清楚。慌乱中,我只看到塔比的牙箍勾住了一股绳子,从他惊恐的眼神中,我能猜到他在想什么:要是他现在掉下去,恐怕他的整个下巴都会被拽飞的。

塔比的绳子开始不断打转。我伸出一只胳膊,试图帮助他稳住绳子,可才刚刚够到他的一个手指尖,塔比就被他巨大的体重带得失去了重心,重重地摔了下去。还好,那股被勾住的绳子不堪重负,马上断裂开来,塔比则在众目睽睽之下,摔了一个大屁墩。

而我也好不到哪里去,因为伸手去救塔比,我也失去了重心,脚下一滑,单手挂在了绳子上。和塔比不同的是,我一直尝试着单手滑下绳索,不过最终还是没有坚持住,我膝盖着地,摔在地上,着实伤得不轻。

劳伦斯教练赶忙冲过来。由于体重较大,塔比看上去伤得更严重一些。刚才响彻整个体育馆的欢呼声此刻看来就像是提前敲响的丧钟。体育馆里一下子安静下来,只有篮球落地的声音,一直在"砰砰"地响着。一只篮球穿过人群，滚到塔比身边。塔比突然像触电般地站立起来，揉着受伤的屁股，一瘸一拐地走出了体育馆。

第一章
雨 在 下

6

我和塔比走进浴室，开始清洗伤口，这已经是今天的第二次了。这一次，我们谁也没有心情去缓解尴尬的气氛了。我们站在喷头下，看着身上的血渍被冲洗干净，血水流进浴室的下水道里。现在，储物间里只剩下我们两个人了。我差不多收拾整齐，穿好了衣服，塔比却仍旧失魂落魄地坐在长凳上，任凭身上的水滴滴落在地板上，他背对着我，身上裹着浴巾。

我不知道该说点什么好。

"别让他们破坏你的心情，塔比。"

"伙计，谢谢你的心灵鸡汤。你应该明白，我现在不需要心理顾问，好吗？"

"他们又不是我们的朋友，你何必那么在乎他们的眼光呢？"

"他们不是我们的朋友，那谁又是我们的朋友呢？麻烦你帮我数数？我保证，不出一秒钟时间，你就能数得完。"

"别这么说，我们还是有朋友的。"

"你知道我说的不是那种狐朋狗友，也不是那种扯闲篇的朋友，我说的是真正意义上的朋友——能够分享喜悦痛苦、畅谈人生的朋友，这种朋友我们有吗？"

塔比满脸怨气地看着自己裸露的肩膀。

"我知道你想说些让我开心的话，可现在不管你说什么，只会让我觉得更糟。"他说，"我们必须接受现实，那就是我们什么都不是！我们的人生就是用来被人嘲笑的，现在是这样，将来也是这样，不会有什么改变。我们不过是最最底层中的小蚂蚁而已。我不想要这样的生活，我不想一直被愚弄、被恐吓。难道你不觉得，我们会一直被别人当作小丑，就这样过一辈子吗？"

"听着，塔比，你还记得我小的时候被衣橱里的怪兽吓得要死的事情吗？"

"别说那些没用的，大家都知道，怪兽只藏在床底下。"

"是呀，你看，可我当时就是觉得我家的衣橱里有怪兽。我怕得不行，时刻担惊受怕，就像我爸爸那样。直到有一天晚上，我鼓足勇气，打开了那个衣橱，在里面足足过了一整夜，甚至还睡在了里面，我才知道，原来衣橱里根本就没有什么怪兽，我的这个噩梦也才终于结束了。你明白我的意思吗？我是说，我们现在遇到的这些事情，终有一天也会结束的，塔比。"

他没有回答。我穿好鞋子，鞋带被我系得太紧了，整个房间里的气氛也有些紧绷，我好像又回到了几个小时前被关在储物柜里的那种状态，闷闷的，十分难受。

"至少，我们还有彼此。"我说。

"是的。"塔比回应，"我们还有彼此，简直太棒了！你觉得我们该去哪里办理结婚登记呢？"

第一章
雨在下

  这话虽然听上去有些刻薄，不过我知道塔比的心情已经慢慢好转了，他在用另一种方式向我道歉。我轻呼一口气，看了看表。马上就要打铃了。这可真是漫长的一天，对于塔比来说，恐怕更是如此吧。

  "我猜会有人在外面迎接我们两个受伤的英雄，你说他们会送我们什么礼物？一套瓷器？一个面包机？"我开玩笑说。

  "那简直太好了，要是有一天丧尸来袭，面包机里的面包兴许能挽救我们的屁股。"塔比吸了口气，清了清嗓子，吐出一口浓痰。"给我一点私人空间，我要换衣服了。你都不知道我要穿好袜子有多难。"

  我知道塔比的这个习惯：他在换衣服的时候，不希望有别人在旁边。有些时候，他看似已经接受了自己肥胖的体重，可在他心底深处，大概还是有些自卑的。我识趣地慢慢向走廊走去。

  教师办公室在走廊另一边的尽头。楼道里的灯全关上了，大概是劳伦斯教练走的时候关掉的。盥洗室这一头的走廊漆黑一片，就像被蒙上了一层乌黑的油布。我不想再走得更远了，整个盥洗室里充满了一幕幕可怕的画面：粗糙的毛巾，被扔掉的内衣裤，被打火机点燃的网球鞋。没有什么地方比这里更黑暗了。

  我不断告诉自己，这些不过都是纸老虎，就像衣橱里的那只怪兽一样，然后慢慢向前踱去。可想不到的是，刚刚走了没有三步，我就看到一个乌黑的影子。

  他远远地蹲在一个角落里，我做了个深呼吸，慢慢向他靠近过去，那家伙似乎没有看到我。我仔细观察了一下，看上去，那团影子比我要高一点，静静地待在那里不动也不出声。我听到塔比正在穿衣服的声音，听上去他的心情好像还不错。不管那团影子到底是谁，我可不能再让他去欺负我的朋友，再一再二不能再三再四。我看到五步之外有个电灯开关，就在我和那团影子的中间，我慢慢地向那个方向移去。我的脚下有不少积水，要想无声无息地走过去颇有些难度，所以，这短短的几步行程简直和在体育馆攀爬那段绳子一样不容易。终于，我走到那个开关旁，空气中好像弥漫着一股刺鼻的气味，这气味让我有些胆怯了：不知道打开开关以后，我将面对怎样一番景象？

我迟疑着按下开关，昏黄的小灯闪了几下，亮了起来。

出现在我面前的是一座小山一样高的垃圾堆，全都是用过的脏毛巾。它散发着阵阵恶臭，不过还好，这些东西至少不会跳起来欺负我。我面部滚烫，大概是过于紧张的缘故。就在刚刚，我差点一脚踢在毛巾堆上，真要是那样的话，我可就要被这些臭气熏天的东西活埋了。

就在这时，浴室里传来一阵轻微的叮叮当当的响声。

我不经意地瞟了一眼，却好似触电般地被惊住了：下水道上面的铁箅子不知被什么东西移到一旁，源源不断向下水道倾泻的水流好似被什么东西踩住了一样，泛起阵阵水花。我和塔比的粉红色血渍也在其中。我向后退了一步，试图看得更清楚一点，可眼角的余光却发现有一团黑影正笨拙地向储物柜那头跑去。

"一定是史蒂夫！"我猜，他肯定是又回来向塔比讨要一天五块的保护费了。我可不能让同样的事情再一次发生在我朋友的身

第一章
雨 在 下

上。我赶忙扑身上去,却碰到了一团好似是脚一样的东西,不过感觉上,这双脚好像比史蒂夫的脚要大不少。紧接着,我听到一阵粗重的喘息声,像是从某个巨大的胸腔里发出的声音。

我加快速度,脚下的球鞋不断踩踏着满是积水的地面,身体也离那盏小灯越来越远。在黑暗的阻隔下,那团身影愈发无法识别,我只看到那个庞大的身躯有着宽于常人的肩膀,却长着两条细细的胳膊。不过,鉴于之前我对那堆毛巾的错误判断,我实在不能保证这次看到的是否真实。我回到浴室门口,壮着胆子,大喊了一声"啊哈"。

塔比正在里面穿衣服,还在跟他的袜子较劲。

"噢,你吓死我了!这么大声干吗,吉姆!吓我一跳。"

身后依旧有沉重的脚步声,连地面都随着这个声音微微震颤。我转过身,快速跑下三层台阶,向下张望,可就在此时,浴室里又传来一阵金属摩擦的响声。我向浴室那个方向的角落看过去,竟然发现,下水道的铁箅子又重新回到了原位。难道,之前是我看错了吗?我扶着发霉的墙壁,试着调整自己的呼吸。而那铁箅子就在我的眼皮底下,兀自微微抖动着,叮当——叮当——

7

总有些日子会让你觉得度日如年。我没想到,这一天发生的事情,只不过是个开始而已。

我和塔比并肩而行,走出学校的大门,然后毫不意外地发现,校门口的几个南瓜已经被踢得粉碎。塔比还在自顾自地说一些冷笑话,而我,却被这些橘黄色的南瓜瓤搞得十分反胃。盥洗室里发生的一切还让我胆战心惊,不过,我并没有把看到的事情告诉塔比。我想,现在他的心情已经够糟了,实在没有必要再跟他讲述这些不愉快的画面。

就在我们刚要走上人行道的时候,几个女孩儿冲我们迎面走过来,看样子,像是要和我们搭讪。这在平常可实在不多见,我真想找盆狗血淋在头上,看看我们是不是在做梦。可事实上,除了脸红,我什么也没做。其中的三个女孩穿着极显眼的演出服,看上去像是沉迷于古典剧里不可自拔。后面一个女孩则身穿迷彩服,正是克莱尔·方丹。

"明天就是选拔赛了。"她嘴里叼着一截草根,却没有影响她喝了一大口可乐。"不知道你们两位绅士是不是感兴趣呢?"

第一章
雨 在 下

绅士！这个词听起来多么美妙，我的脑海中瞬时就出现了自己穿着西装、口袋里还别着一朵红玫瑰的场景。克莱尔手里拿着一沓粉色的宣传单，上面印着她们即将参演的剧目：罗密欧与朱丽叶。一个已经被演俗了的传统剧目。这出剧的指导老师是丽茨老师，之前也曾经教过我们一些课程。受诸多因素的限制，这出时长半个小时的剧目只有一个星期的排练时间，由于被排演过太多次，大家亲切地给这出剧起了个小名，叫作罗朱。

"有免费的多纳圈？"塔比研究着那份宣传单，"上面居然写着有免费的多纳圈？这是真的吗？"

克莱尔笑出了声。她的脸颊饱满红润，微风吹过，从她的贝雷帽下轻撩出几丝长发。她拉了拉粉色背包，又开始嚼那段草根。大家都知道，她最爱吃的就是垃圾食品，正因为这样，她的身材看上去才会比那些骨瘦如柴的时髦女孩儿们丰满不少。不过我才不在乎什么脂肪什么碳水化合物呢，像克莱尔这么出众的女孩儿，胖点算什么。

她的笑声像银铃般动听。

"看！"塔比指着手里的宣传单说，"我就知道，这肯定是虚假广告。"

"不好意思，德肖维茨先生，"克莱尔边说边弹了弹那张宣传单，"难道你就只关心多纳圈吗？"

"噢！"塔比不好意思地说，"好吧好吧，就当我什么都没说。我明天要去见我的牙医，他说要给我换个新的牙箍。你应该注意到我的牙箍了吧？希望我的新牙箍能让我变得更帅，不过我本来就已经很帅啦。说实话,我非常喜欢多纳圈,不管它怎么拼写,我都喜欢。再多说一句,其实我也不知道我现在到底想说什么,我简直就是在胡言乱语。"

克莱尔的嘴边又绽开了那动人的微笑,就像在数学课上一样。她开始讲述他们剧团遇到的种种困难:男演员太少啊,新鲜血液太少啊,等等,等等。我不断地点头,可心思却根本没放在她说的话上。换作平时,没有什么能比克莱尔·方丹更吸引我的了,可是现在,我又听到了那个声音。

砰!砰!

我拿过她手里的宣传单,傻笑了一下。

"我会去的。"我说。

塔比耸了耸肩,又看了看另外一个女孩手里拿着的淡黄色的宣传单。

"为了我的多纳圈,我也会去的。"他说,"不过,前提是如果我还有牙的话。"

"那太好了!"克莱尔说道,"你们两个要练习一下莎士比亚的十四行诗,还要改一改口音哦。"

"没问题。"塔比说。

人行道上三三两两地走过来几个女生,剧社的女孩们又拿着宣传单向她们跑去了。

"其实,我根本不知道她刚刚在说什么。"塔比嘀咕着。

我扶着他的肩膀,把他推向道旁。他还在抱怨,而我的心里却十分紧张,盘算着该怎么才能尽快离开这个是非之地。迎面走来的

第一章
雨 在 下

人群挡住了我们的路,我感觉得到,那个声音离我们越来越近,可是我却判断不出它是从哪个方向传来的。

砰!砰!

塔比似乎也听到了什么,他的话音戛然而止。

"噢!该死的!"

史蒂夫·乔根森·沃纳就在我们附近,他手中的篮球仍旧在不断地撞击着地面。附近停车场的车有的正在掉头,有的正向出口驶去,交通状况一片混乱。不过,这些似乎并没有打乱史蒂夫的步伐。他看见了我们,嘴边缓缓地露出一丝让人心寒的冷笑。

"我希望你的那五块钱现在还在。"我轻声说。

塔比摇了摇头。

"没了,我在自动售卖机上把它花掉了。"

我狠狠地瞪了塔比一眼。

"人是铁,饭是钢,我总得吃点什么啊。"塔比委屈地就快哭了。

我迅速地寻找着周围的安全路径。在前面的马路旁,停着一排没熄火的校车。平时,我都是走路回家的,这是我的小秘密,我并没有告诉爸爸。冲上校车本来是我们逃离魔爪的最好方式,可糟糕的是,史蒂夫就在这条路上等着我们。

我急速俯下身,滚到一辆卡车的下面。

"吉姆?你在干什么?这可不是玩过家家的时候,我们现在可没时间给车加油。"

"快躲进来!"我低吼。

塔比看上去十分不情愿,不过迫于形势,他还是听从了我的建议。满是油泥的卡车底盘不断剐蹭着我们的身体,这情景似乎只应该出现在电影里才对:灰暗的人行道,一丛丛杂草,泥泞的轮胎碾过破碎的眼镜,无形的压力从四面八方不断逼近。

砰!砰!

篮球的声音越来越近,史蒂夫正朝我们这个方向走来。

"爬过去!"我低呼,"那辆车,旁边那辆车!"

我的手肘和膝盖的伤口被重新蹭破,阵阵刺痛刺激着我的神经,不过,这疼痛更提醒我不能再次落入史蒂夫的手中,我必须加快速度,从卡车下面爬到旁边那辆肮脏的小轿车底下去。塔比跟在我身后,不断地喘着粗气,汽车的保险杠和排气管似乎已经刮坏了他的上衣和裤子。

史蒂夫的篮球声向右边移去,透过车底的空隙,我能看到他那双崭新的限量版球鞋,还有他那条制作考究的裤子。他停下来,似乎正在确定我们的位置。我看了看左手边已经堵塞不堪的街道,那里喇叭声轰鸣,人们都在焦躁地等待着,整个画面就像一个大型的移动迷宫。不过,已经有车子妥协了,停下来暂时等待,所以车辆正在一一顺序通过,交通状况似乎有好转的迹象。

"快!"我低声招呼塔比,"就是现在,塔比!"

我向左手边滚去,滚到一辆正在怠速的车子底下。塔比随后滚过来,气喘如牛。阵风吹过,汽车尾气一阵阵向我们袭来,呛得人不住地咳嗽,我们只好不停地用手扇风,以保持呼吸的顺畅。几辆公交车就停在我们前方不远的地方,而我们藏身的这辆轿车开始不

第一章
雨 在 下

断地响起喇叭声，尖利的声响吓得我俩差点跳起来，我听到车子挂挡的声音，它马上就要发动了。

我们蜷缩在一起，紧紧地贴在地面上，汽车底盘从我们头顶上方呼啸而过，惊险万分。就在这时，一辆敞篷车直直地冲过来，为了躲避这辆车子，我和塔比赶忙各自逃离到附近的车子后面。史蒂夫大概是发现了什么，手下的篮球更加掷地有声。

我躲在敞篷车右侧的车子底下，而塔比则躲在左侧的车子底下。慌忙中，我的手指卡在了下水道井盖的缝隙里。我仔细听了听，史蒂夫并没有朝我们这边走来，我冲塔比做手势，让他到我这里来集合，可他一脸愁容地看着我，口型似乎在说：

我被卡住了，动不了！

我感到头顶上方的底盘往下沉了沉，似乎有人坐上了我藏身的这辆汽车。我身子发麻，几乎忘了该如何呼吸，要是这辆车开走了，我身边就再也没有可以藏身的地方了。我又听到了那该死的篮球声，甚至从汽车底盘下看到了史蒂夫的鞋子正朝我们这个方向移动。他离我只有五英尺远……不，是四英尺，三英尺，两英尺……我用手捂住嘴巴，生怕自己叫出声来。

突然，一阵金属摩擦水泥地面的声音吸引了我的注意，就在我的身下，斑驳的金属井盖正在微微抖动。这抖动不是因为汽车发动而引起的，倒像是里面有什么东西要喷薄而出一样。井盖径自移动着，不一会儿，便挪开了一道窄缝，露出黑漆漆的下水管道。我迷茫地盯着它看了一会儿，脑中一片空白。

一只巨大的、粗糙的、野兽般的爪子从深不可测的井底猛地探出来。

我简直就快吓尿了！这是我从未见过的场景，如果不是嘴巴被自己捂住了，恐怕我早就惊叫出来。那只巨爪大概有我的身子那么长，暗灰色的手掌上遍布着好似皮革般的"鳞片"，就像是一块块巨大的伤疤。手背上的毛发已经脏得发黑，沾满了下水道里种种令人作呕的污物。巨爪左右摆动着，似乎能感应到周围的事物，它好像发现了我，径直向我猛伸过来，手腕和指节发出让人胆寒的声音，咯咯作响，我吓得蜷成一个球。那只巨爪在地面上不断摸索着，足有我小臂那么长的黄色指甲好像一个巨大的钉耙，将所过之处的水泥地面碾成碎末。

远处传来一辆辆汽车发动的声音，听上去，停车场里的拥堵状况已经逐渐好转，车子正一辆辆地向停车场外行驶着。

我试图从车子底下匍匐出去，但这个过程却不像我想象的那么简单，我几乎被卡得动弹不得。那只巨爪还在不断向前探着，一条又细又长的前臂也伸出来，上面布满了白色的疤痕，就像是一个个令人毛骨悚然的诡异符号。我向塔比看去，想寻求一点帮助，可他却用双手紧紧地捂住了眼睛，我这才意识到，篮球声还在我们附近，史蒂夫正在很有耐心地慢慢寻找着我们。可我现在已经顾不了那么多了，在我的面前，还有个更大的麻烦。

在经历了一整天的悲惨遭遇以后，老天爷总算对我们发了点善心。坐在我头顶的这位司机，突然打开了车门，而车门则刚好撞到了史蒂夫的篮球上，漂亮的橘色篮球应声滚落在了地面上。

"噢，小伙子，我没看到你。"司机解释说，"对不起，十分

雨 在 下

抱歉。"

史蒂夫愣了一下。

"不要紧。"他说,"不是什么大事。"他的语气听起来十分诚恳,可是我却好像看到了他嘴边挂着的那丝冷笑。

漂亮的球鞋渐行渐远,大概是去追赶他的篮球了。我收紧身体,抓紧时机滚出车底,手脚并用地爬到另外一辆卡车后面。我身体的每一寸肌肤都在疼痛,但是我没时间顾及这些,只是一直大口地喘着粗气。救我于危难之中的那位司机已经开车驶出了停车场,我听到身后传来塔比的喘息声,他也抓住机会,从车下逃了出来。

他一瘸一拐地向我走来,脸上满是机油的痕迹,牛仔裤也已经脏兮兮的,不过,他的脸上仍旧有掩饰不住的笑意。

"我们简直太棒了!真该开个大派对,庆祝一下。"他说。

"我们……安全了吗?"

塔比往停车场的方向看了看,兴奋地说:"劳伦斯教练带他去训练了,我们又胜利了一次,我的战士!"

"不……我是说,那个东西……它……?"

塔比皱了皱眉。

"哪个东西?你到底在说啥?"

我靠在汽车的保险杠上,让自己放松下来,捏了捏自己的大腿。我不是在做梦,那东西是真的。我抓了一把地上的尘土,靠近鼻子闻了闻。

"你这是在做什么蠢事呢?"塔比嫌弃地看着我。

我小心翼翼地从卡车后面探出头,警惕地向我刚刚藏身的地方走去。我走得很慢，不敢离那地方太近。不断有汽车从我身边开过，司机们不耐烦地按着喇叭，嘴里夹杂着些骂骂咧咧的话语，埋怨我挡了他们的路。地面上那些刚刚被巨爪损坏的痕迹看上去并不太显眼，和经年累月留下来的自然磨损没什么区别。金属的井盖也好端端地盖在那里。

"你去看看那边。"我指着井盖说。

塔比向那个圆形的铁家伙望过去。

"这怎么了？"

塔比弯下腰，仔细地查看。我不禁紧张起来。

"我看见了！"他说。

轰——我的血液似乎一下涌了上来。

"你确定？"

"当然。你不会想让我把它弄出来吧？"

"什么？不，不，快躲开！"

塔比吃惊地看着我，我这才注意到，他的手正指着井盖上的一小块粉色斑点。

"是块口香糖啊。我跟你说，我兜里还有一块没吃过的呢。"

第一章
雨 在 下

最终,我还是没有把我看到的事情告诉塔比。说实在的,我实在不知道该如何向他证明我说的是真的,而且,就连我自己也在怀疑我看到的究竟是不是真的。我的身上并没有留下爪印,我也没有抓到它的任何毛发。之前很长一段时间,我都在为爸爸的神经质担心,正是因为这个原因,妈妈才会离开我们,我才会生活在一个像监狱一样的房子里。如果万一,我也遗传了爸爸的那种神经质呢?塔比一定会嘲笑我的。

我向足球场看去,工人们正在那里安装那个超级大屏。学校的东侧是著名的斯朗尼丝山脉,在夕阳的照耀下甚是好看,而西侧那些高低错落的山峦则已经朦朦胧胧的,看不太清了。我看着天色,估算着时间——今天又少不了挨·顿臭骂了。要知道,对爸爸来说,天黑以后才回家这种事是绝对不能被容许的。

"嘿,波卡洪塔丝(风中奇缘中的人名)。"塔比一边嚼着口香糖一边喊,"要是你再不回家的话,你们家那位老爷子一定会给你好看的。"

"别胡说。"

"我怎么胡说了！我猜，他恨不得给你身上再多拴两条狗链才踏实呢。"

"他只是担心我罢了。他总是担心得太多。"

塔比拍拍我的肩，说道："抄个近路怎么样？"他呲着一嘴铁齿钢牙，冲我坏笑着。

我们学校旁边便是著名的圣博纳迪诺历史科学博物馆，那是一座圆柱形的建筑，可以说是这个地区的地标性建筑。据说，那里面有很多非常罕见的艺术品。不过，比博物馆更为闻名的则是环绕其侧的那座以昂贵而出名的花园式礼堂。每个周末，你都能看到一对对新人在这里举办婚礼，或是拍摄婚纱照。穿过这个花园，就能抵达我们的学校，可是，为了防止学生们抄近路，他们特意竖起一道一米高的高墙来阻挡学生们通过。

不过，我和塔比却知道一条不为人知的小路。

"塔比，我觉得，总有一天我们会在抄近路的时候被抓住的。"

塔比并没有理会我的话，径直向博物馆门口走去，还回过头来冲我挤眉弄眼，招呼我赶快过去。我被他怪模怪样的表情逗笑了。他知道自己已经说服了我，便快步向博物馆入口跑去。我也背好书包，加快脚步跟了上去。我们踏上大理石的台阶，穿过雕饰着猫头鹰图案的门廊，来到入口处。

工作日时间的博物馆门口几乎没什么人，我们穿过护栏，来到卡尔小姐面前，那是我们最喜欢的工作人员。她比我们大不了几岁，大概是个大学生，手里总是喜欢拿着一根荧光笔。她看了我们

第一章
雨 在 下

一眼，开口说道：

"你们选错日子了，孩子们。"

"下午好，我的甜心。"塔比说。

"莱姆普克先生在里面呢，好像正在清点货物，我强烈建议你们还是打道回府吧。"

"没时间了，亲爱的，我们得赶在天黑之前回家。"

"随便你。"卡尔小姐说。

经过卡尔小姐窗口的时候，塔比举起手，头也不抬地和卡尔小姐击了个掌。

"谢谢。"我边说边跟着走了进去。

"我提醒过你们了啊，小心点！"

穿过一道旋转栅栏门，我们跑进楼梯间，墙壁上的画面我们已经看过无数次，已经烂熟于心：几个贵族打扮的男人，穿着蓝色的西装，戴着镶有羽毛的帽子，身边还围着几只猎犬；两排士兵手举长枪，队列整齐；一只只竹篮里装满了让人垂涎欲滴的水果。楼梯间最上方挂着一只巨大的野牛头，每次路过这里，塔比都要跳起来揪揪它的胡子。不过，我可不想这么干——因为它实在是太像下水道里那家伙的毛了。

每次，我们都会走同一条路。首先，我们会穿过中庭，那里有露天的穹顶，一些重大的活动或是募捐会都会在这里召开。这里的地板总是光可鉴人，以至于我们轻轻松松就可以从这头滑到那头。之后，我们会路过一个展室，玻璃橱窗里放满了各式各样的古老器物：远古时期的武器，从美索不达米亚发掘出来的古老的面具，其至还有异龙的骨架标本。

  我俩边走边轻声地笑着,每次走过这条小路的时候都充满了刺激感。小路前方是一道门,上面写着"员工专用"。不过我们知道,这里根本没人使用。塔比推开门,一道老旧的楼梯便出现在我们面前。可不同的是,这一次,莱姆普克教授就站在楼梯中间,手里拿着个本子,震惊地看着我们。

  孩子们总是抱怨平克顿老师繁重的作业,或是劳伦斯教练的霸道,那大概是因为他们并不太熟悉莱姆普克教授。我想,要是在南加利福尼亚州评选最傲慢的人,他认第二,就没人敢认第一。他坚信,自己是史密斯森协会(联合国博物馆)会长的继承人,而他也一直以此为志。他以强硬的手段管理着圣博纳迪诺历史科学博物馆,制定了一套严格的规程。他希望,所有人要以朝圣的心态来参观艺术品,要时刻保持肃静,心怀诚意。如果小朋友在这里尖叫打闹,一定会被他请出门外,甚至老年人在博物馆里多咳嗽几声,也会被处以相同的待遇。

  对我们而言,他简直就是魔王一样的存在。

  莱姆普克教授戴上了他的镶边眼镜。

  "我最后再说一次,孩子们,这里不是你们的游乐场!也不是你们抄近路的地方!"他把眼镜放回粗花呢的夹克口袋,从楼梯上快步走下来。每走一步,裤脚处就会露出老旧的苏格兰格子袜,让人眼花缭乱。

  塔比马上做出一个懊悔的神态,我也乖乖地低下了头。

  "这里有这里的制度,"莱姆普克继续说,"你们在这里追跑

第一章
雨 在 下

打闹,很有可能会打破这里的塑像,或者会破坏这里珍贵的油画,到时候,你们可就追悔莫及了。我相信,你们的家长也不希望你们被送进少管所吧……"

"少管所"是我们事先定好的暗号,听到这个词,塔比猛地抬起头,疯狂地向楼梯下跑去,我紧随其后,甚至一头撞在了他的后背上,顿时眼冒金星。莱姆普克教授知道以他的身手不可能追上我们,他俯身靠着楼梯,挥舞着手中的本子,冲我们大声喊道:

"听着,你们已经欠了我至少900美元的入场费了,别以为我记不住!等我闲下来,看我不去向你们的父母告状!你们给我记着!"

不过,塔比家中只有年迈的奶奶,而我也只有爸爸一位家长,莱姆普克教授一直拿我们没有办法。我们一路狂奔,冲出礼堂的大门,像疯了一样大笑起来,然后又彼此拉扯着继续狂跑。几分钟后,我们来到第一个十字路口,我们大口喘着粗气,感觉终于活下来了。

我们调整了一下呼吸,看着对方傻笑着。此时此刻,身上的伤痕看起来似乎不再是弱者的证明,而像是勇士们的图腾一样,这令我感觉好极了。我抬头仰望,这才注意到,天已经逐渐黑了下来。看来,我们在停车场耽误了太多时间,我无论如何也不能在天黑之前赶回家了。

塔比搂着我的脖子轻叹了一口气。

"我知道你爸爸很紧张你。"他说,"可是,也不至于紧张成这样吧。"

话音未落，我就听到一阵警笛的长鸣。在我们的正前方，一辆警车正闪着红蓝交替的灯光向我们开过来。

第一章
雨　在　下

9

    圣博纳迪诺流传着这样一个传说：本·古拉格警官从出生时起就长着浓密的胡须，甚至还有照片为证。不过，这只是古拉格警官的第三大显著特征，他还经常带着一顶西瓜头的假发，而且，假发还经常脱离它原有的位置，歪向一边。不过，在这个城市里，没人敢嘲笑古拉格警官。大家都知道，古拉格警官的假发是用来遮挡他脸上最为显著的第一大特征的——那是一道可怕的、凹凸不平的伤疤，就在太阳穴的位置。十年前，古拉格警官是这个城市的巡警，主要负责处理城市南部发生的一些家庭纠纷。有一天，他接到一个任务，说是一家男主人和女主人正打得热火朝天，盘子碗摔了一地。可是当他赶到的时候，事情却变得糟糕起来；男主人因为过于生气，正用枪指着自己的家人，女主人则抱着两个孩子躲在沙发后瑟瑟发抖。古拉格警官赶到后，毫不犹豫地挡在沙发前面，而一枚子弹刚好击中了他的颅骨。

    所有的医生们都认为，古拉格警官能够活下来简直就是一个奇迹。那枚子弹卡在了他的颅骨和大脑之间，外科医生认为，要想安全地取出子弹实在太过冒险，所以，他们并没有给古拉格警官实施手术。六个月后，古拉格警官重返工作岗位，他的身体恢复得很好，只是留下了一个口吃的毛病。而且，枪伤周围的头发再也长不出来了。

要知道，没有什么比被一个英雄警察遣送回家更糟糕的事情了，特别是，这个警察几乎都没有做错过任何事情，可以说是备受人们敬爱。

"斯……斯……斯……斯特奇斯先生，你们不能再……再……再这样了。"

脱离了古拉格警官的束缚，我赶忙溜进厨房，从敞开的前门里，我看到了正在警用巡逻车里无精打采的塔比，玻璃窗后面的他看上去相当沮丧。

爸爸狠狠地瞪了我一眼，转身看向古拉格警官。

"警官，请接受我的道歉。吉姆其实是个好孩子，对他看管不严是我的过失。我已经告诫过他很多次了，也对他施加了不少压力，让他一定要在天黑之前回家，告诉他夜晚会有多么危险。可是，您也知道，像吉姆这个年纪的孩子……"

古拉格清了清他的喉咙。

"先生，我说的不是吉……吉……吉姆。"

爸爸疑惑地推了推鼻梁上缠满胶带的眼镜。

古拉格从兜里拿出一个记录本打开。

"5月26日，晚上7点5分，我们从一……一……一个街区以外找到了他。"

"是的，确切地说是两个街区以外……"

第一章
雨 在 下

"6月5号，晚上7点10分，在200英尺外的……"

"对，那天晚上下雨了，您知道，雨夜是什么都可能发生的……"

"7月9号，8月10号，9月3……3……3号。"

"警官，请原谅，我知道您想说什么，但是这个世界实在太危险了，您知道……"

古拉格警官抬了抬眉毛，那道伤疤从假发下露出来。爸爸固执地看着古拉格警官。不过，几秒钟后，他妥协了。

"我知道了，"他低声说，"请接受我的道歉。"

古拉格警官的目光扫过我们的房间，他看着那一道道金属百叶窗，看着那三个闪闪发光的电子密码面板，同时，也注意到了正在头顶嗡嗡作响的电子巡视系统。最后，他的视线落在我的身上，我从他的眼神里看出了一丝同情。我耸了耸肩，而古拉格警官则轻叹一声。

"你……你……你看，斯特奇斯先生。"他用大拇指比了比身后的警车，"我还得把那家伙送回家去，但是在走之前，我还是想和您聊……聊……聊几句，希望您能听得进去。的确，这世界上有很多危险的事情，这些事情需要我们留……留……留心注意，但是，如果您再为了这样的小事拨打我们的电话，我们恐怕没有足够的人力来帮助您了，不知道您有没有听清我的话？"

"当然。"爸爸轻声说，"谢谢。"

古拉格又用不容置疑的眼神看了我们一会儿，似乎在询问我们还有没有其他想说的。不过，你们知道的，我们斯特奇斯家族最擅长的就是闭口不言。古拉格警官重重地点了点头，合上记录本，转身走开了。庭院里的电子监控系统一直目送着他离去，直到他钻进那辆警车。

爸爸关上门，又开始上演那支熟悉的交响曲。这一次，听上去比以往都要凄凉：咔嚓——嘎吱——嗞——嘎吱——噼里啪啦——噼里啪啦——铛——嘎吱——噗——嘭……最后一道锁关闭的时候，我深吸了一口气。

爸爸转过身，面朝着我，我看到他的嘴唇一直不停地发抖。

"我有我的原因，吉姆。我知道，这听起来不太公平，可是我必须要求你完全按照我的话去做——在天黑之前回家。孩子，能做到吗？天黑之前？"

一瞬间，愤怒、失败、无助，各种情绪涌上心头。这是我从未有过的感觉。一年又一年，一天又一天，他一直在变本加厉。我甚至觉得，今天下午在停车场看到怪兽幻影也要归罪于我的爸爸。

"我就是不懂，"我说，"你到底为什么要这样对我？"

他俯下身来看着我，我甚至能闻到他脸上眼泪的味道。

"因为，这里不安全。"他开始喋喋不休，牙齿都咬得咯咯作响，"我已经失去了太多！我向自己承诺过，在我的人生里，同样的事情绝不能再发生第二次。绝不能！"

我不知道他看到了什么。也许是我脸颊上的擦伤，也许是我膝盖上从绳子上摔下来时留下的伤痕。不管是因为什么，他又陷入到了对哥哥杰克的回忆之中——那个曾经叫他"吉宝"的哥哥。他转过身去，对着电子面板输入了一大串复杂的密码，之后，我听到那

第一章
雨在下

机器的回应声：住宅保护开始。开关关闭。安全级别3-A。他按下一个按钮，前后院里的探照灯全部亮了起来。邻居家的狗叫声此起彼伏，像是在表达他们的不满。

爸爸一言不发地走回客厅，进入他的卧室，关上了门。30秒后，我听到他房间里传来了熟悉的歌曲声，这歌声我已经听过无数遍，那是过去的一个乐队演唱的歌曲，乐队的名字叫作"唐和胡安"。

"我站在墙角

等待着你的到来

满心期待……"

10

　　午夜来临,我被自己提前设定的闹钟吓了一跳。房间里漆黑一片,我直勾勾地看着手机屏幕,没有丝毫睡意。

　　白天的种种经历让我没法静下心来。我打开电脑,开始上网。我搜索了很多网站,包括一些比较知名的,也有些比较小众的,试图发现一些线索。我在关键词栏里输入了"下水道""储物室"等字眼,却什么也没发现。不过,经过一个半小时的苦苦搜索以后,我发现了一个奇怪的视频。那个视频几乎无人问津,我差点就错过了它。我点开一看,发现大部分的图像模模糊糊,并无内容,直到最后,我听到一个醉醺醺的声音说道:"看那个!那边!"

　　这声音吸引了我的注意,我盯着屏幕,又仔细看了起来。这是一个摄影爱好者拍摄的短片,虽然视频质量不太好,但是我仍旧可以依稀看见昏暗的小巷里似乎有什么东西正在慢慢移动。这段视频只有一两个人点赞,下面的留言框里也只有一条留言,写着:天哪,太假了吧。可是,对我而言,那个怪异的影像竟是如此地熟悉与真实。

　　我不敢再看下去,赶忙摘下耳机。此刻,我真希望自己压根

第一章
雨 在 下

就没有点开过这段视频。黑暗的房间里安静得出奇，一些古怪的念头从我的脑海里冒出来：我觉得，这房间里正有一张巨大的血盆大口，在源源不断地吸走房内的空气。我甚至能听到一些平常听不到的声音：院子里的监控摄像头发出的嗡嗡声，还有从爸爸房间里传出的呼吸声。

这房间里一定还有什么别的东西。我知道这样的想法很疯狂——在我家这样一个密不透风的碉堡般的建筑里，什么人要想悄悄地溜进来是完全不可能的——你首先要解决掉门上一道又一道的锁链，之后，还要通过三道电子监控摄像头的监测，这简直就是不可能完成的任务。我从门缝向外张望，客厅里一切正常，两束红色的灯光像平日一样亮着，这说明电子监控系统运行正常。每天晚上，我都能看到这两束灯光，可是，今晚它们看起来有些不对劲。

两道光在闪烁。

不对，它们为什么会闪烁？

那不是灯光！那是两只红色的眼睛！

我躺在床上，恐惧得几乎忘记了呼吸。那两只红色的眼睛逐渐向我移过来，我听到地板发出吱吱的声响，那是不堪重负的声音。我还听到一阵沉重的呼吸声，就像是马的鼻息。接着，它逐渐离开客厅，离我越来越近，马上就要进入我的卧室了。这已经是我遇到过的最糟糕的事情了，然而，更糟的还在后面。

那东西逐渐睁开了更多的眼睛：三个，四个，五个，六个，七个，八个。每只眼睛都单独飘浮在空中，似乎连在一些触手上，被同一个身体控制着，有些向左弯曲，有些则弯向右面，还有的盯着

第一章
雨 在 下

后面，而剩下的全都直勾勾地对着我。我不知道这是个什么东西，但它的体型巨大，占满了我的整个房间。我环顾四周，希望能找到个顺手的武器，可是，房间里全是些没用的东西：搭建了一半的模型，没写完的作业，还有些其他的男孩子喜欢的东西。这些东西之前就没什么大用，现在看来更是如此。

那东西的触手先是碰到了爸爸的房门。和我一样，爸爸每晚睡觉的时候，也总会把房门留一道缝。我躺在床上，几乎动弹不得，只能寄希望于爸爸，希望他已经被惊醒，做好了攻击的准备。有几只触手钻进了爸爸的房间，接着，我听到了一阵金属摩擦的声音，再然后，便是一阵令人作呕的舔食的声音。

我瑟瑟发抖，胸前的笔记本电脑险些掉到地上。对了，笔记本电脑！此时，屏幕已经进入睡眠状态，只要我按下一个键，它就能发出足以照亮这个房间的光芒。可一瞬间，我犹豫了。似乎有一个声音在提醒我：你将要看到的事情足以令你终生难忘。一旦我看到那个东西，我会不会变得像爸爸一样疯狂？可是，如果我胆怯得什么都不做，岂不是更糟？

没有时间了，我看到一大片阴影在我的头顶俯视着我，那感觉十分诡异。尽管整个房间都充斥着黑暗，可我头顶上的这一片却与众不同，那黑暗是有形的，带着一股令人压抑的重量感，扑面而来。它抚上我的身躯，质感像一坨滑溜溜的泥。它粗糙，表面似乎有着如鳞片般的纹理，没有一丝温度的触手从我身上缓缓滑过。所过之处，全是它留下的刺鼻的味道：那是腐尸的味道，酸臭，咸腻，恶臭扑鼻。舔食的声音仍旧没有消失，有几只触手已经蠕动到我的床下，它们盘踞在那里，就像几只巨大的蠕虫。

我的脑海中不断闪现出一张张熟悉的面孔：塔比，克莱尔·方丹，爸爸。也许，我就要和他们说再见了。不！为了他们，就算是为了他们，我也必须勇敢一次。我鼓起勇气，将电脑屏幕猛地转过去，按下了唤醒键。

一瞬间，光线充满了房间的每一个角落，我的眼睛一时无法适应，本能地眨了又眨，才逐渐看清房间里的陈设。衣柜、门、门外的走廊，还有客厅。

什么都没有。

我看清了这一切，却感受不到一丝兴奋与放松。我将电脑放在膝上，双手抱头，手指深深地扎到头皮里。冷静与理智似乎正在离我远去，我的头脑中又浮现出另一个疯狂的念头：我应该打开这屋里的每一盏灯，搜索每一个角落，这样，也许我就能发现一些蛛丝马迹，证明刚刚的景象并不是我的胡思乱想。我下定决心，刚要起身，目光却扫过了我的衣柜。

就像我曾经告诉过塔比的那样，在我很小的时候，这个衣柜曾经让我恐惧了很久。我猜想，那东西会不会藏身在衣柜里呢？可根据体型判断，这小小的衣柜似乎不足以让它容身吧。

我的心脏"扑通扑通"地剧烈跳动着，胸腔里就像有把巨锤在不断地敲，我鼓起勇气，一只脚踏到地板上。"吱——"，地板发出一声轻响。我盯着那个衣柜，生怕柜门后面会发出什么动静。然后，我小心翼翼地将另一只脚也踩在地板上。地板再次发出"吱"的一声，而衣柜里依旧没有任何声响。童年时的恐惧感似乎再一次

第一章
雨 在 下

席卷了我的全身,可我别无选择,只能一步一步地向前挪去,等待着打开柜门的那一刻。

我站在衣柜前,猛地拉开柜门,紧张得浑身僵硬。

可那里面,空空如也。

紧接着,床下突然伸出两只巨大的爪子,抓住了我的脚踝。那手掌的肌肉强壮有力,冰冷的爪尖似锯齿般发出淡黄色的光芒。那巨爪猛地一拉,我的身体控制不住地随之倒下。在我昏迷之前,我的脑海中只有一个悲凉的念头:

塔比说的是对的——怪兽,果然在床下。

第二章 初现端倪

The Killaheed Cometh

11

水滴落到我的眼里,酸涩刺鼻。我揉了揉眼睛,逐渐清醒,身上满是针刺般的疼痛感。头顶上方不断有液体缓缓滴落,我坐起身,用手抹了抹脸。我的身上仍旧穿着睡衣和睡裤,不过,在我的身下,早已没有了温暖舒适的小床,而是污秽肮脏的管道。此刻,我身处一个昏暗的洞穴中。

我活动了一下麻木的双腿,踢开身边的垃圾,环视周围的环境。这似乎是个在巨石中开凿出的洞穴,不过天花板上却显示出人类生活的痕迹:汩汩的流水声,老式的下水管道,布满苔藓的沟渠,还有满是灰尘的、早已烧焦的电网。浸满锈迹的水滴正从管道的连接处接连不断地滴下,唯一的出口是一条幽长恐怖的走廊,走廊的尽头似乎是一个大厅。

我站起身,等待视线逐渐适应了这里的光线。这个洞穴里满满的全是垃圾,让人不可思议的是,这些垃圾并不是杂乱无章地随意堆放,而是摆放得相当整齐,这让我内心的恐惧又加深了一分。我的左手边是一座堆满老式手打打字机的垃圾堆,是80年代常见的款式,此时,它们似乎还散发出一股墨水的味道。右手边则是满满一

第二章
初现端倪

整面墙的微波炉烤箱，它们被码放得整整齐齐，就像是一摞摞砌在墙上的砖头一样。白色的，棕色的，红色的，各式各样。其中有一些肮脏陈旧，另外一些则看起来像是刚刚搬到这里，甚至还能看到上面沾着的食物痕迹。不过显而易见的是，所有的烤箱都已经不能再使用了。

我慢慢移动着，走进走廊另一头的大厅。令我感到惊奇的是，这里的照明并不依靠电灯，而是依靠古老的油灯，它们被放置在高高的墙壁上，发出幽暗的光芒。我小心翼翼地走着。高大的大厅里并不像我想象的那般安静，灯管里不断发出"嗞嗞"声，头顶的水管里发出汩汩的水流声，还有一阵阵似乎是什么东西在震动而发出的隆隆声。所有的这一切都超出了我的想象。

整个大厅被各式各样的垃圾分割成几个不同的区域。其中一个区域堆满了各种钟表：电子的，模拟的，男用的，女用的，儿童型的，等等，大概堆到了齐腰的高度。另一个区域里放满了各式各样的电扇：布满了灰尘的吊顶扇，塑料制的台扇，大型的金属制工业用扇，有些电扇的扇叶甚至还在缓慢地转着，发出嗡嗡的振动声。而最后一个区域里的场景最让人感到毛骨悚然：那是一台又一台的冰箱，大概有50多个，它们默默地矗立在那里，就像一个个没有名字的墓碑。

大厅的尽头是一片宽敞的凹地，里面还生着一堆火。借着火光，我四处张望，头顶上方，带着恶臭的水滴仍旧不断地滴落下来。透过迷蒙的水汽，我看到前方有一座高大的石头拱门，像是16世纪教堂里面的样式。我摸索着穿过拱门，眼前的景象又令我惊讶

巨怪猎人
Trollhunters

得说不出话来。

　　这里简直就是一座用废旧物品堆砌而成的教堂。所有我能看到的地方，都是一堆又一堆码放整齐的废旧物品，其中有一堆格外恐怖，因为，那里堆放着的全部都是孩子的玩具。廉价的玩具枪，印着卡通头像的午餐盒，不成对的溜冰鞋，鞋上的轱辘还在吱扭吱扭地转着。而最引人注目的还是那座巨大的、破旧自行车堆砌而成的小山，所有的自行车身上已经生满了铁锈，它们彼此交错着堆放在一起，足有20英尺高，就像一座高高隆起的金字塔。

　　墙壁上挂着一个个闪烁不定的荧光灯，发出灰白的光芒。房间的另一头有个壁炉，里面正噼啪作响，燃着熊熊的火焰。我犹豫着，不知道该不该继续向前走。

　　就在这时，一堆废旧的玩偶娃娃吸引了我的注意。我走上前去，惊奇地发现，旁边的墙壁上竟然刻着一幅巨大的壁画。壁画看上去并未经过仔细的雕琢，可画面的内容看上去却很复杂。壁画的右侧画着很多小桥，桥下似乎隐藏着很多怪兽，它们正虎视眈眈地盯着一艘商船，像是随时准备登船的样子。画面的左侧同样有一艘商船，更多的怪兽纷纷从船上跳下，潜入水中，躲进小桥下。

　　一座大桥横亘于整个画面，桥上雕刻着各种爪子、触手一类的东西，那些东西雕刻得栩栩如生，它们都奋力向上伸展着，向桥中间的巨石探去。而巨石上则雕刻着一只骇人的长着六个爪子的怪物。它的眼睛疙疙瘩瘩，其中一只镶嵌着一块闪闪发光的红宝石，而另一只半睁着，里面流出令人作呕的脓液。

　　整个壁画看上去阴森恐怖，让人不寒而栗。而超出我想象的

第二章
初现端倪

是，画面下方刻画的景象更让人望而生畏。那是一场人与怪兽之间的战争，由于场面过于激烈，根本无法分清哪里是人类，哪里是怪兽，哪里是人类使用的武器，哪里又是怪兽的触手。我将视线移到壁画的边界处，那里画着些怪异而丑陋的影像，似乎与其他的怪兽不同。其中一个，长着尖尖的獠牙和狗一样的长鼻子，紧挨着它的怪兽看上去根本就没有头，一双溜圆的小眼睛长在光滑的胸口上。而第三个，则长着八只猩红色的眼睛，每只眼睛都长在一条长而软的触手上。

那些眼睛在不断地晃动。

那根本就不是壁画！

那就是在我家里袭击我的怪兽！它有数不清的触手，所有的触手都连在一个不知道是什么物质组成的躯干上，它的身体粗糙丑陋，似乎长着鳞片，还粘满了奖章、奖牌、奖杯和绶带一类的东西，难以计数的触手彼此交织纠缠在一起，像是极度渴望着下一个猎物。那东西越过壁炉，火光映射着它那橄榄绿色的皮肤，还有鳞节状的表面，身躯上不断流出一股一股的黏液，使它能更快速地在地面上滑行。它的嘴巴，可以说就是一道巨大的裂缝，此刻，它正微微张开，发出一阵让人窒息的颤抖声：

吭哧——吭哧——

我的脚绊在一只玩偶娃娃的头发上。

那东西移动得非常迅速，嘴里还发出呼噜呼噜的声音，而我的身后，只有那些毫无用处的面带笑容的玩偶娃娃。不远处的壁炉里发出熊熊的火光，如果我能走到那里，说不定就能找到个什么东西当作临时武器。可是，没有时间了。那东西已经向我扑过来了。藤蔓般的触手从空中伸展到我的面前，八只闪着红光的眼睛围绕在我的身边。我万念俱灰，只能坐以待毙。

几秒钟过去了，没有任何动静。其中的几只眼睛似乎正在犹豫不决，好像不确定我是否在它们面前。我像个傻瓜一样，往前走了一小步，站到其中一只眼睛的前面。没有任何反应。我犹豫着是否要趁这个机会逃走——可是，我能在这东西勒断我的脖子之前冲出它的包围吗？

"它看不见你。"一个声音说道，"它和瞎子没什么区别。"

那东西挺直身体，转身向壁炉那边走去，嘴里还发出一些叽里咕噜的奇怪声响。我转头看去，在壁炉前面，一个金属人正蹲坐在那里。在他身边，还有两把闪烁着金属光芒的宝剑，剑身上沾满了血迹。他擦净了剑身，将两柄宝剑插入背上的剑鞘。

"你可以叫它瞎眼怪。"他说，"这里的怪兽们都有个合乎身份的名字。"

他停顿了一下。

"不过，我也并不认识几只。"

金属人的声音不断地回荡在大厅里，就像是用了个立体声的扩音喇叭一样。他的样子看上去非常古怪：嘴上罩着一个破旧的录音机上拆下来的滤网，看上去不像是个机器人，而是个用专业装备武装到牙齿的人类。不过，和这里的所有东西一样，他的这身装备也全都是用废旧物品改装而成的。脸上的面罩是用飞行员的护目镜和橄榄球运动员的头盔结合在一起改装的，耳罩则是用专业的耳机改

第二章
初 现 端 倪

造的。

我知道,所有的这些废弃物都曾经是孩子们的宝贝。

那些失踪了的孩子们。

那些牛奶盒上印着的孩子们。

我惊讶得动弹不得。

他的盔甲——如果那能算是盔甲的话——同样以令人难以置信的方式披挂在他的身上。他的手上戴着一双钉满大头钉的手套,小臂上镶满汽水瓶的瓶盖,大臂上则缠满一圈又一圈从活页本上卸下来的螺旋线圈。他的胸部装着两个小型的、可爱的平底锅,那大概曾经是某个小女孩的烘焙工具,腹部挡着两个金属的汽车和卡车形状的烘焙模具,在火光下熠熠发光。他的腿上缠满了自行车车条,有些已经生了铁锈,而有些还闪烁着金属的光芒。

当他走动的时候,身上就会发出一阵阵金属交错的声音,非常刺耳。

我向后退了一步,既不想离那怪兽太近,也不想靠近那个金属人。同样,那个金属人也停止了移动。身后的两柄宝剑高高耸起,像是他头上的两个角。而我的脑中却只记得被鲜红的血液浸染的剑身。

金属人伸出一只手,手套上的大头钉在火光的照耀下熠熠生辉。

"你听我说。"

"说什么?"我不解,"你到底是谁?我在哪儿?"

"我没那么多时间跟你解释。"

"解释什么？你到底要干什么？"

"你昏迷得太久了，天马上就要亮了。"

"天亮了又怎么样？"

"你必须马上离开。"

"我没法相信你。"

"我管你信不信呢，我们没时间了。"

"那你就快点说给我听。"

他挥了一下手，金属声不绝于耳。

"我再说一遍，我们没时间了！"

我听到不远处传来的一阵巨大的声响，像是什么猛兽苏醒的声音，它似乎正在低声吼叫。

"行了，现在你满意了。"他说，"你把'巨型怪'弄醒了！"

一阵咆哮声响彻整个洞穴，吼声消失后，洞穴里寂静一片，只听见金属人急促的呼吸声。

转瞬间，又一阵狂风般的声音席卷而来。那是大型猛兽狂奔的声音，那东西似乎就在我们附近，就在壁画旁边的那条隧道里。紧接着，洞里所有的东西都跟着震颤起来，旱冰鞋滚落得到处都是，塑料玩具枪也倒塌一地，连自行车的车轮都被震得转了起来。

我又向后退了一步。

"什么是'巨型怪'？"

"你根本就不听我的话，我早就告诫过你。"金属人深吸了一口气，大叫一声，"巨型怪！！！"

第二章
初 现 端 倪

我被吓得又倒退了一步。

"记住我的话，千万别喊错了。"

"你放心，我记住了。"

就在我们说话的这短短几秒钟的时间里，那庞然大物已经穿过隧道，冲到了我的眼前。那东西有着一身乌黑且粗糙的皮毛，它穿过拱门，径直站到我的面前。它像是伸懒腰般地伸展着身躯，浓密而乌黑的毛发下满是强健有力的肌肉。它的利爪握成拳头，那爪子曾经出现在我的床下，也曾经出现在阴暗幽黑的下水道口，我终生难忘。

那东西长得好似一只大猩猩，不过它的身躯足有三只大猩猩那么高，它长着两条胳膊，两条腿，而且，谢天谢地，它只长着两只眼睛。它的头上长着一对尖尖的犄角，十分锋利，就像山羊角一般。所过之处的管道全都被那对犄角顶得残破不堪。其中的一条管道在猛烈的撞击下，裂开了一道大大的口子，灰褐色的污水飞溅出来，落在了那东西满是污渍的皮毛上。它那橘红色的双眼目光凌厉而又机警，它抬起长长的鼻子，深吸了一口气，张开嘴巴，露出深紫色的、长满了獠牙的血盆大口。

它嗅到了我的气味。

我无路可退，背后靠着的是一堆毫无用处的弹簧床垫。那怪物跳跃着奔过来，管道上的铁锈被撞得纷纷掉落下来，就像下了一场橙色的雨。它很快来到我的面前，弓起腰身，潮湿的长鼻子离我的脸大概只有一英寸远。它深吸一口气，又呼出来。腥臭的恶气把我的头发吹得都飞了起来，黏腻的口水不断顺着它那参差不齐的尖牙流下来，它用贪婪的眼神看着我，每只眼睛都有一只垒球那么大，将我的全身上上下下看了个遍。

它低吼一声，身后的弹簧床垫被震得嗡嗡地响个不停。

金属人摘下一只手套，伸手在他胸前的平底锅里摸索了一阵，接着，掏出一块黄铜色的奖牌。尽管我离他还有一段距离，但是仍旧可以依稀看到上面的图案。那上面画着一柄长剑，还有一张正在张嘴嚎叫的怪兽的脸，下面雕刻着一段难以辨识的文字。

"带上这个。"他冲我喊。

那巨兽扭头看了看那块奖牌，转头望向天花板，长嘶一声，锋利的犄角顶翻了墙壁上的荧光灯，一时间，火花四溅。我不知道巨兽的长嘶意味着愤怒还是欢喜，不管它代表什么，反正，那怪物的注意力已经不再集中在我身上了。

我抓紧时机，冲到最近的一条甬道里，身后不断有声音传来：自行车链条摩擦的声音，巨兽急促的呼吸声，还有怪物四爪飞奔的声音。

"吭哧——吭哧——"

那是瞎眼怪的声音，它也追了上来。我慌不择路，急忙钻进一条不知通往何处的隧道里，一头撞在了冰冷的墙壁上。这里漆黑一片，不仅没有灯，更是连光亮也照不进来，我只好一手扶墙，边摸索边往前走。隧道忽而向左弯，忽而向右弯。一个弯转过去，我的两只手忽然摸不到周围的任何墙壁了，而身后依旧是让人胆寒的猛兽的追赶声，我心中一片迷茫，完全失去了方向，不知如何是好。

"停下！别再往前走了！"

第二章
初 现 端 倪

金属人冲我喊道,似乎离我越来越近。我无法相信他,慌不择路地狂奔起来。突然,我看到一点微弱的光亮。那光线虽然昏暗,却给了我一点逃生的希望,我加快步伐,又奔跑起来。突然间,我脚下一空,坠入了一条狭窄的隧道中。隧道里虽不十分明亮,不过,我还是看清了周围的景象。

我抬头仰望,头顶上方是一条排污管道,管道里似乎有光亮,而且管道的宽度刚好够我容身。要让自己置身于一条排污管道中,这真是我以前想都没想过的事。可是现在,巨兽和瞎眼怪正对我紧追不舍,如果我能钻到这管道里,也许还能保住自己的一条小命。想到这儿,我下定决心,扒住管道的边缘,钻了进去。

管道里堆积的污物足有几英寸深,那些排泄物发出的恶臭让我呕吐不止。我的呕吐声可能会引来怪兽和金属人,所以我唯一能做的,就是爬得再快一点,再远一点。我手脚并用,一寸一寸匍匐着往前挪动,脑袋不断撞在管道顶上,衣服更是早已被那些恶心的粪水浸透,不过,我还是强忍着,继续往前爬。每往前挪动一点,那光线就又亮一分。

终于,我爬到了管道的尽头,再往前去,是一段令人生畏的陡峭斜坡。我盯着斜坡的尽头仔细查看,可是,除了一摊泥泞,什么也看不到。不过,斜坡尽头依旧能看到光线,而且,是很多很多束光线,闪烁不定。我甚至听到斜坡那一头传来的嘈杂的声音,那不是机器的轰鸣声,而是说话声、喊叫声、笑闹声,还有木头相互撞击的声音以及金属摩擦的声音。

没有别的选择了。我将身体前倾,一瞬间,脑海里闪过一个不祥的念头：我该不会就这样掉入泥潭溺毙而亡吧？说不定被发现的时候，我的尸体已经在污秽不堪的脏水中浸泡好几周了……这念头只持续了一秒，便被我从脑海中赶了出去。我曲起双腿，跳了下去。

我在空中下坠了大概两秒钟，最终，落在了一堆柔软的东西上。当然，那是一摊泥，这里除了泥，还会有什么别的东西呢？我坐起来，用手抹掉脸上的泥水，心潮澎湃，气喘连连。借着灯光，我环顾四周，眼前的景象看上去简直就是天方夜谭。所有的光线和声音都是那么熟悉，那么似曾相识。可几秒钟以后，我便意识到了不对劲的地方：我已经跌落到了深深的地下，而这里，怎么会有这么熟悉的景象呢？

我被自己所看到的一切搞糊涂了。

第二章
初 现 端 倪

12

　　这里，是怪兽的城市。目光所及之处，满是泥泞蜿蜒的道路，建筑物上也被潮湿的泥浆所覆盖。这里看上去高大且空旷，眼前似乎是一片集市，各种稀奇古怪的生物在我头顶上晃来晃去，好像正在互相交易。不远处的肉铺货架上升起一股炊烟，烤肉叉上的食物正被烤得嗞嗞作响，我猜，那是只可怜的松鼠或是兔子。还有些货架上悬挂着一些奇怪的"艺术品"：带着皮毛的动物羽毛，让人看上去就觉得不寒而栗；被磨得闪闪发亮的石头；奇形怪状的潜望镜；不知干什么用的节拍器；还有些其他的我根本认不出来的东西。这里甚至还有个铁匠铺，门前生着炽热的炉火，一把大锤正砸在通红的铁棍上，铛铛作响。一口铁锅里咕噜噜地煮着一锅黏糊糊的东西，有怪兽不断地搅拌着，然后再把它们倒进木头大碗里。这里的交易似乎主要是以物换物：它们使用一些奇怪的硬币，或是用一袋子呱呱叫的青蛙换回一罐萤火虫，又或是在石头上雕刻出鬼画符一样的刻度线，不知道是什么意思。

　　怪兽们或爬行或直立行走或四脚狂奔，总之，整个集市上热闹非凡，似乎正在举办一场大型的盛会。这场面于我而言，实在是太诡异了。首先注意到我的，是一只三头十足的怪兽，它身后还拖着一辆小汽车的框架，上面缠满了圣诞树上挂着的那种彩灯。这三只头的怪兽长相十分恐怖，它们的脸长得几乎相同，每张脸上都长着长长的灰色胡须，唯一不同的是脸上的伤疤。这三张脸上只有一只眼睛，剩下的两张脸上只空长着一个凹陷的眼窝。那只眼睛异常凸出，眼珠滴溜溜地转着，十分机敏。怪眼看到了我，它伸出一只手臂，打断了旁边两个同伴的对话。没有眼睛的那两个家伙似乎不太乐意被打断，嘴里嘀嘀咕咕地抱怨着。单眼怪摘下自己的眼球，交给它的同伴们，剩下的两只怪兽轮流将眼球安在自己的眼窝里，这下，它们可算是看清了我。

我站起身，身上还不断地往下淌着污水。我也曾想过，趁它们交换眼球的空当冲出去，可是，我又能逃到哪儿去呢？

不知从哪里又一次传来了震耳欲聋的吼叫声——是巨型怪！

我看着最左面的那只怪兽，它虽然没有眼睛，却好像知道我要干什么，它挥了挥手臂，我闪身躲过，从它的身下钻了过去。一时间，我的周围聚拢了无数的怪兽，有的十分高大，双腿之间足够我容身；有些则很矮，甚至不足一英尺高——它们发出叽叽喳喳的声音，一只爬在另一只的后背上，手里举着小型的盾牌和短剑一样的东西。有的怪兽穿着破旧的斗篷，有的穿着磨烂了的长袍，上面甚至还配着肩章，还有一些只穿着短款的上衣。不过，大多数的怪兽都裸露着身体，我一时看不清它们的长相，只能用颜色来进行区分：墨黑色的，亮铜色的，肉粉色的，还有血红色的。

一个不留神，我撞上了一个肉铺的货架，上面挂着的动物尸体

第二章
初现端倪

被我撞得不停地摆动，一个看上去有点斗鸡眼的怪兽系着围裙，拿着尖刀，愤怒地对我咆哮着。肉铺前的怪兽们注意到了我的存在，它们发出高低不同的吼叫声。而紧随其后的，便是巨型怪的叫声，似乎正在两条甬道之外。

怪兽们对着我张牙舞爪。长着粗糙毛发的手臂、带着鳞片的利爪，还有扭曲的触手，全都向我伸过来。我灵巧地躲避着，就地一滚，滚到肉铺摊子的下面，然后猛地起身，冲到离我最近的一条小路上。在逃跑的路上，我不断撞上一只又一只怪兽，有的看上去像是怪兽一家，它们都有着蓝色的皮肤，矮矮胖胖的，身上的翅膀一直在不停地扇动着。还有一只长着黄色头发的六足怪兽，脑袋上顶了两根奇怪的蜡烛，身上还背着一个用木棍串着的猪头——也许是它的点心。我急忙调转方向，向另一边跑去，这里码放着一排装载着货物的小推车。我站立不稳，撞到一只骨瘦如柴的怪兽身上，它的身上戴着装饰着红宝石的金属环，行动起来，就会发出丁零当啷的声音，十分刺耳。我撞到它的时候，它正在向一只巨大的蠕虫怪兽抱怨什么，那只蠕虫怪兽浑身上下光溜溜的，没有胳膊也没有腿，只在胃部有个大大的切口，像是被什么东西划伤而留下的伤疤。可让我没想到的是，那切口竟突然裂开，从里面钻出四只小怪兽的脑袋。

所有的怪兽都停止了手头的活动，转过头来，盯着我看。

"抱歉，打扰到你们了。"我尴尬地说，"这儿看起来相当不错，可惜，我忘了带钱包了。"

事实上，我觉得这里的一切糟透了。那些小推车上堆满了一个

第二章
初现端倪

一个的罐子，里面装着些像是麦片粥一样的东西。让人恶心的是，这罐里可不是我们常吃的燕麦、坚果、葡萄干，而是蟑螂、头发还有牙齿。我向后退去，却在路口看到了那只我熟悉的黑色的长鼻子，还有那激光般的橘红色的眼睛。

巨型怪的嘴里喷射出一股猛烈的气流，两只小怪兽一个没站稳，被吹得摔倒在地。

我跳上小推车，脚趾头碰倒了一个罐子，罐子摔在地上，跌了个粉碎。白色的牙齿落在地面上，大大小小的蟑螂们就像是得到了大赦一样，赶忙躲进了地面的缝隙之中。我的身后，是正在不断追逐我的怪兽，而我的面前，是一个娃娃脸的小怪物，它的脑袋上梳着两个马尾辫，每条辫子上都系着一个更小的小怪兽。我撞开马尾辫，跃过一个冒着烟的土坑，冲开一道低矮的篱笆墙，站在篱笆墙外的两只长着长尾巴的绿色怪兽甚至没来得及反应，我就已经跑了进去。

原来，我误打误撞地冲进了一个怪兽的赌场，怪兽们手里拿着硬币低声吼叫着，似乎对我的闯入非常不满。我一边喊着对不起，一边又冲开赌场对面的那道篱笆墙，跑了出去。这一次，守卫在那里的绿色小怪兽没有再放过我，它狠狠地在我的脚后跟上咬了一口。

我真是狼狈透了。就在这时，不知从哪里传来一段音乐声，我听得出，那是手风琴和留声机交织在一起的声音。我看到，前方不远处竟然有闪烁的酒吧招牌霓虹灯，甚至还有嘉年华里的游乐设施——应该全是从人类世界偷来的东西。迷幻的灯光让我产生了错觉,感觉自己就像置身于纸醉金迷的幻象中一般。我像个醉汉一样转着圈,直到最后,撞在一个胸部硕大的怪兽身上。那只怪兽浑身都装扮着不知从哪儿偷来的缝纫用品,脚趾上戴着顶针,手上装饰着小巧的粉色剪刀,甚至连乳头上都镶嵌着不成对的纽扣。它顶着一头散开的毛线,看着我,阴森恐怖地笑着。我看到它满嘴稀疏的牙齿,牙龈上插满了上百根缝纫用的尖针。

我吓得猛地一转身,冲进旁边的一条小道里。在这里,一群怪兽正在用石头玩着类似打牌一样的游戏,不过我知道,它们都在作弊,因为我看见它们身上都还藏着一些奇形怪状的石头。还有一些怪兽正在玩绳球的游戏,它们用一条绳子系着一块古老的石头,用杆子将它高高吊起,谁能用轮胎打中那块石头谁就赢。这游戏还有个裁判,它用尖利的爪子在石板上划着斜线,用来纪录分数。这里的情景让人难以想象,就像个原始世界,落后而又野蛮。几阵风吹过,怪兽们又重新开始了它们无聊的游戏。

和其他地方一样,这里也堆放着不少垃圾,这一次,是一大堆的电视机。有70年代的超大型柜式电视机,80年代的黑白电视机,90年代的圆角电视机,还有现代的高清平板电视机。这些电视机有的被直接堆放在地上,有的被捆在铁丝网上,所有的电视机上都被安上了临时天线,天线上系着绳子,绳子的另一头连在了上方的电网上。这些电视机里没有播放任何节目,而是呈现着各种不同的静态画面。即使这样,还是有怪兽不断地来参观这些电视机:它们拿着硬币或是老鼠一类的东西,来换取到电视机前站一小会儿的权利。

第二章
初 现 端 倪

巨型怪还在我身后紧追不舍。怪兽们吓得四散逃窜，它们踢倒了电视机，正在玩游戏的怪兽们也被冲得东倒西歪，数不清的怪兽纷纷吼叫着，我的心脏扑通扑通地狂跳。眼看巨型怪就要追到我的近前，我一个转身，冲进身边最窄的一条甬道，以此来延缓那只怪兽的脚步。

可是，这并不奏效。巨型怪轻而易举地就毁掉了这条甬道里的房屋。我觉得自己就像是在和龙卷风赛跑，头顶上方不断有木框和金属架砸落下来，我只好边跑边用双手抱着头，不停地左突右拐。怪兽集市里照过来的灯光愈发暗淡，我这才注意到，周围的怪兽变得越来越少，我的脚下已不是坚硬的石板地，而是变得泥泞不堪。身后巨型怪的脚步声愈加清晰，听上去就像是石头落入沼泽的声音。

前方不远处，像是有水光在闪动。周围的建筑物已经越来越少了，我没有别的去路，只好向着水光闪耀的方向跑去。巨型怪呼出的热气喷在我的脖子后面，大概只要几秒的时间，它就能追上我。令我失望的是，那水光并不是一条清澈干净的小河，而是一条充满粪便的地下污水渠。沟渠两边坐着几只长着尖牙的怪兽，它们手拿渔网，正在打捞污水中漂浮着的垃圾。看上去，这里像是整个怪兽之城的垃圾收集场，所有用来建造城市的垃圾都是从这里收集而来的。沟渠两旁，已经堆满各种各样的垃圾，它们都被分类码放在每只怪兽的身后。

我跑到污水渠的最窄处，大步跨了过去，沿着堤岸继续奔跑。这里几乎是怪兽之城最边缘的地方了，我抬头望去，两侧尽是悬崖峭壁，崖壁上围着木头栅栏，几只怪兽三三两两地坐在悬崖上方，旁边还散落着几支火把。火把照出的光亮有限，我只看到，这些丑陋而庞大的生物们静静地伫立在那里，好像正在麻木地迎接死亡的来临。它们似乎已经在这里静坐了很久很久，有些怪兽的身上甚至已经长满了苔藓和毒菌。

突然，一团黑影从天而降，站在了我的面前。在火光的映衬下，我看到了黑影脸上的护目镜和小臂上的汽水瓶盖，也看清了他大臂上一圈又一圈的活页螺旋线。我吓得后退一步，没想到，却撞上了那只八只眼的瞎眼怪。而就在此时，那只远古巨兽一般的巨型怪也追上了我，它那长长的獠牙在火光中闪烁着锋利的光。

"你浪费的时间太多了。"金属人的声音从厚重的护具里传出来。他举起一只手，一块黄铜色的奖牌赫然出现在我的面前。"别再让我说第二遍，吉姆·斯特奇斯。戴上它，不然，后悔可就来不及了。"

我愣了几秒钟的时间，这才反应过来，这个金属人竟然叫出了我的名字，他怎么会知道我的名字？难道我被带到这里是有计划有预谋的？这太可怕了！难道，爸爸每晚担心的事情竟然都是真的？这世界上真的有人想要抓我？我不禁想到家门上的十道锁，我第一次如此渴望听到它们的声音——那充满了安全感的声音。

金属人好像猜出了我的想法。

"你爸爸就曾经拒绝过一次，"他说，"你可不要再犯相同的错误。"

我一下子懵了，身体也颤抖起来，之前的种种遭遇和长时间的

第二章
初现端倪

逃亡所带来的疲惫席卷而来。我到底都经历了些什么？我是不是疯了？我好想痛哭一场，却发现自己连哭的力气都没有。我颓然地跌坐在地上，将脑袋埋在双腿之间，双手紧紧地捂住自己的脸，我被这疯狂的、难以想象的事实彻底击垮了。

"是你。"我说，"带走杰克伯父的人是你。"

"对。"

"是你毁了我爸爸的一生。"

"对。"

"现在，你又要来毁掉我的一生。"

"戴上这个。"他把那块铜牌举到我的面前，"戴上这个，你不会后悔的。"

一阵凄厉的啼声划破了夜空，铃声和号角声响彻在整个城市的上空。一瞬间，几乎所有的火光全都熄灭了，飘扬在城市上方的旗帜缓缓降落，甚至连悬崖上的栅栏都被折叠起来。怪兽们慌忙地四散逃窜，无数辆手推车从城市中心向城市边缘涌来，连大地都跟着震颤起来。

几道阳光照射进来。

在我的头顶上方，几缕阳光像利刃一般透过岩缝射进这深不可测的地底世界中。随着阳光愈发强烈，我听到怪兽们惊恐的尖叫声此起彼伏。

"你！"金属人将铜牌猛地举起来，尖声叫道，"戴上这个！马上！"

"可是……"

巨怪猎人
Trollhunters

"没什么可奇怪的,这是每天早上都会发生的事。戴上!"

无数道阳光射入这个地下山谷之中,或明或暗的阴影散射在地面上,好似一只只怪兽的影子。离我最近的光线就在十英寸之外,我几乎能感受到它温暖的气息,我不禁跨步走过去。

而瞎眼怪和巨型怪却在不断退缩躲避。

我记得,之前金属人曾经说过,天亮的时候一切都会不一样,这是真的吗?我睁大眼睛盯着金属人和它的两只怪兽。金属人的手上还紧紧地握着铜牌的链子,他似乎并不像那两只怪兽一样惧怕阳光。大大小小的怪兽从我们身边跑过,它们连滚带爬地仓皇而逃,不断发出瘆人的惨叫声。身形巨大的怪兽们纷纷向更深的隧道中逃去,而身形矮小的怪兽们则像蜥蜴一样向山崖上方爬去。

我又朝着阳光所在的地方迈了一步。

"如果你现在不戴上它,"那金属人咆哮着,"你将永远不得安宁,我们明天、后天、大后天还会去找你。吉姆·斯特奇斯,今晚只是个开始而已,你就等着一辈子在梦魇当中度过吧。"

这是个无法拒绝的交易。我纠结着,挣扎着。在我的眼前,到处都是扭曲的怪兽的肢体,这里就像是人间炼狱,我不想再多停留一分一秒。

金属人的耐心已经被消磨殆尽,他收起手中的长剑,似乎在对他的两个同伴发出号令。巨型怪的身躯猛地一震,伸出推土机一样的巨爪向我扑了过来,瞎眼怪也紧随而上,张牙舞爪的触手马上就要伸到我的面前,眼看就要把我扼制于爪下。我几乎感觉到了怪兽皮毛的触感,可是,刺眼的阳光近在咫尺,它照耀在我的身上,我

第二章
初 现 端 倪

的双手变得惨白,随着阳光的照射,我的眼前一片迷茫,什么都看不到了。我觉得浑身都在燃烧,鼻腔中满是煤渣的味道,我紧张得几乎忘记了呼吸,浑身的骨头都是要被折断一样。紧接着,我眼前一黑,失去了知觉。

当我再次醒来的时候,我发现自己正躺在我那松软舒适的枕头上。

爸爸在门口看着我,他穿着周末时割草穿的工作服,正在和他袖口上的纽扣较劲。

"早上好,我的儿子。"

他跟我打了个招呼,然后向客厅走去。

一个东西掉到我的床垫上,我吃了一惊,几乎要叫出声来。

竟然是那块铜牌!

13

    眼不见心不烦,我将那块铜牌藏在了枕头下面。几秒钟后,我才感觉到自己出了一身冷汗,这梦魇般的一夜,着实让我疲惫不堪。我长出一口气,脱掉睡衣,看到了腿上残留的污水痕迹和脚上的黑色泥巴。

    我冲进浴室,用力擦洗着身体。灰色的泥水旋转着流进下水道的入口,我盯着入口,一幕幕恐怖的怪兽之城的画面又一次出现在我的脑中。我飞也似的逃出浴室,擦干身体,穿好衣服,犹豫再三,终于,还是从枕下掏出了那块铜牌。这块看上去普普通通的铜牌和其他的奖牌看上去并没什么不同,可是,其中却藏着那么大一个秘密。这东西真的会有什么魔力吗?也许,只有试一试才能知道。

    我戴上了它。

    然而,什么都没发生。

    也没什么特别嘛,我松了一口气,把铜牌放到T恤里面。说不定戴上一整天以后,我所有的担忧都会消失了呢。

    我原打算去厨房随便吃点什么就出门,可出乎意料的是,我闻

第二章
初 现 端 倪

到了一股久违的味道。我探头进去,看到爸爸正在煎一块培根,旁边的桌子上还有一盘热气腾腾的刚刚烘烤出炉的蛋糕。我简直不能相信自己的眼睛。自从妈妈离开这个家以后,我还从未吃过这么丰盛的早餐。爸爸把培根端上桌,坐在桌子前,心满意足地啜了一口咖啡。

"今天是个好日子,吉姆,快坐啊。"

他甚至还吹起了口哨。那是唐和胡安的"你叫什么名字"。爸爸竟然会吹口哨!这场景太过诡异,弄得我有点晕乎乎的。

"你还好吗,爸爸?"

"我简直好得不能再好了。你知道吗,吉姆,昨晚是我这么多年以来睡得最好的一晚。自从杰克出事以后,我再没有睡得这么安稳过,我从没想过我还能睡个安稳觉。"

他兴奋地摸了摸手边的工具包,似乎在昨晚过后,他的整个人生都将发生转折似的。他的手指摸着眼镜框上的邦迪创可贴,像是下了决心,要把它彻底修好。我从未见过爸爸像今天这样高兴,情不自禁地,我也向他露出一个笑脸。爸爸欠起身,伸出双手,去取桌子上的糖浆。

可是,我却在爸爸脸上看到一丝不对劲的地方:一些奇怪的东西粘在他的嘴角、下巴还有脖子上。这让我不禁想起了昨天晚上从他房间传来的舔舐的声音:吭哧——吭哧——吭哧——

他看着我,嘴角的结痂掉落了一小块,落在还冒着热气的蛋糕上。

"快坐下吃饭吧,相信我,一切都会好起来的。"他说。

我再也无心去看桌子丰盛的早餐，转身奔出家门，骑上我的自行车，向外面冲去。这是秋季庆典的第一天，所有的道路都被挤得水泄不通。我骑到主路上，才发现自己犯了个大错：到处都是正在游行的队伍，要想到达目的地，我至少要躲避好几百个盛装打扮的孩子。我急忙掉转车头，不顾无数司机的鸣笛声和无数竖起的中指，向小路上拐过去。

在帕帕多普洛斯牙科诊所的门外，我把自行车扔到灌木丛旁，以火箭般的速度冲上台阶。我跑到前台小姐面前，气喘如牛。负责接待的前台小姐惊恐地看着我，轻柔的爵士乐不断传入我的耳中。

"找塔比。"

"慢点说，亲爱的，你找谁？"

我喘了口气，重新说了一遍。

"我找塔比。"

"我还是不明白——"

"塔比·D。"

"请问他的全名是——"

"托拜厄斯·德肖维茨。"

接待小姐推了推眼镜，打开预约客人的名册，视线自上而下地搜索着。

"德肖维茨……德肖维茨……噢！"她咧嘴笑了一下，又仔细地看了一下名单，"噢！"

隔壁传来电钻的声音。

几分钟以后，我跑上诊所的三层，在诊疗室里找到了塔比。他

第二章
初 现 端 倪

正端坐在一把椅子上,四肢都被固定在椅身上。他的嘴上支着一个像蜘蛛网一样的铁家伙,用来把嘴巴撑开。我看到了他的新牙箍,这才知道,原来的那个铁齿铜牙比起这个来,简直就是小巫见大巫。他的每一颗牙齿上都包裹着一个金属套子,在灯光的照射下,晃得我眼花缭乱。塔比的头顶上烟雾缭绕,刺鼻的味道一阵一阵地涌入我的鼻腔。

他被固定得牢牢的,无法动弹,也无法摇头,只好挑了挑眉毛跟我打招呼。

我坐在了他旁边的一把椅子上。

"那东西找上门来了。"我急匆匆地说,"停车场的那东西,又来找我了。"

他又不解地挑了挑眉毛。

"它们把我抓走了!就是停车场的那东西——对了,我当时没跟你说……不过你一定要相信我,就在我趴在车子底下的时候,有个怪物从井盖里窜出来,它长着锋利的爪子——塔比,我知道没人会相信我,可是你一定要信我!我被它们带到了一个你难以想象的地方——那里到处都是怪兽,而且,它们好像已经在我们周围生活了很久,那些失踪的孩子可能就是被他们带走的。它们当中有三个格外奇怪,一个浑身长满了眼睛,你知道吗!你一定很难相信,那些眼睛都悬在空中……还有一个金属人,全身上下穿着垃圾做成的衣服,它身材最小,可是却更让人害怕……还有一个最可怕的,就是长着爪子的那个怪兽,塔比,你都不知道它有多大!光胳膊就有一米长!它的牙,数不清的牙!每颗牙都像一个隔离墩那么大……"

帕帕多普洛斯医生打断了我们的谈话，他手拿一摞X光片走了进来。我不情愿地从椅子上站起来。塔比早就告诉过我，帕帕多普洛斯医生是个毛发浓密的人，他甚至总能在他的牙箍上发现帕帕多普洛斯医生的臂毛。原本我还不相信他的话，可当我见到帕帕多普洛斯医生本人以后，才知道塔比说的一点都不夸张。因为我看到，连他手上戴的戒指都已经淹没在他浓密的手毛里了。他微笑着看了我一眼，露出洁白整齐的牙齿。

"你们刚才在说什么？是你看过的电影吗？"

我不由自主地点点头。

"我平时几乎没什么时间看电影。怎么说呢？我的全部时间都用在了研究牙齿上。别着急，托拜厄斯在这儿耽误不了多久，我只要再紧一紧他的牙箍就可以了。"帕帕多普洛斯医生把X光片扔到桌子上，将头几乎伸进塔比张大的嘴里，然后兀自点了点头，再一次走出了房间。

我趁空坐回塔比身边。

"塔比，塔比，你说我该不该告诉爸爸？我觉得我不能告诉他，你说呢？他会疯的，他会把我用铁链锁在家里的。我得做点什么！你得帮我，我们计划一下怎么样？嘿，你听我说啊，塔比，它们说它们还会回来的，就在今晚，今晚！我没时间了……"

"人们总觉得自己没时间，其实，只要挤一挤，总会有时间来看牙医的。"帕帕多普洛斯医生又走了进来。

他手里拿着一些我见都没见过的稀奇古怪的器械——闪烁着金

第二章
初 现 端 倪

属光芒的奇形怪状的铁钩,看上去像是钳子但比钳子还要锋利的家伙,细长的手握型折叠刀片,等等。每只器械都光可鉴人。只要一想到这些器械都要用来修理塔比的牙,我就觉得恐怖至极。

帕帕多普洛斯医生拿起器械,上下翻飞。

"托拜厄斯是个很好的医疗案例,他给了我很多灵感。这些器械是我在自己的实验室里研制的,都是我亲手打造焊接而成的,也是专门为了他的牙齿而定制的。这可是相当大的成就,说不定,今年在阿纳海姆举办的口腔医疗大会都会为此给我发邀请函呢。"

帕帕多普洛斯医生边说边拿起一把扳手,津津有味地看着塔比的嘴,就像是一位美食家正准备剖开一只多汁的火鸡一样,研究着该从何下手。

"嗯,完美!"他满意地点点头。刺耳的金属声不断从塔比的嘴里传出来。帕帕多普洛斯医生的身体挡在我和塔比中间,尽管我看不清具体的操作细节,但是从塔比张牙舞爪的姿态来看,他一定是吃了不少苦头。帕帕多普洛斯医生可不管那些,他继续面无表情地操作着那些冷酷无情的器械,嘴里还念念有词:"嗯,不错,就快好了啊!好啦!"

这真是让人难以忍受的五分钟。终于,塔比结束了煎熬的治疗,帕帕多普洛斯医生满意地长出了一口气,解开绑在塔比身上的绳子,取出他嘴里那个像蜘蛛网一样的铁架子,之后,摘掉自己手上的橡胶手套。

"去好好漱漱口。我们下周再见。"

说完,帕帕多普洛斯医生将目光转到我的脸上,我猜,他对我的口腔相当不满意。他对着我皱了皱眉,又仔细地检查了一下我那不口怎么精心打理的牙齿。

"嗯……我想,我可以帮你处理一下你的牙齿。去做个预约吧,相信我,这会改变你的人生,孩子。"

他眨了眨眼睛,我耸了耸肩。见我没有回答,帕帕多普洛斯医生拿起病历本,走出房间,准备迎接他的下一位病人。走到门口的时候,他吸了口气,之后皱了皱眉,又吸了一口。然后他按下墙上的对讲系统,说道:

"贝蒂,我闻到一股下水道的味道,你能不能马上帮我叫一个水管工上来?"

我看到,空气中飘着几缕他身上掉下来的毛发。

我再一次抓紧塔比旁边的那把椅子。

"我不是在跟你开玩笑,塔比!出事了!不是我一个人的事,是整个城市,整个世界都要出事了!你现在还被蒙在鼓里,你可能难以想象我们要面对的到底是些什么东西!在地底,那里到处都是……"

塔比竖起一根食指。他坐直身子,小心翼翼地端起桌上的纸杯,轻轻地抿了一口,又在嘴里漱了漱,然后吐进洗手池里。之后,又重复了一遍:喝水、漱口、吐出。最后,他摘掉自己身上的纸围兜,抹了一把嘴,重新坐回椅子上。他轻呼一口气,看了我一眼,咧着一嘴崭新的银光闪闪的牙箍,开口说道:

"你有病啊?你是不是疯了?!"

初现端倪

14

塔比用肩膀撞开家门，一只挂着铃铛的手工编织小猫挂在门框上方，发出叮叮当当的声响。

"奶奶，我回来了！"

塔比的家里至少养了几十只猫，见到陌生人进来，它们纷纷弓起腰身，做出随时准备扑上来的样子。我向后退了一步，不敢对它们过分亲热。而塔比则对这些小家伙们视而不见，连看都不看一眼，就径直走进屋去。小家伙们嘴里发出恼怒的喵喵声，四散窜到铺着塑料布的沙发上，或是茶几上。我知道塔比家的规矩，为了让猫猫们有个舒适的环境，他家的茶几上是绝对不会放茶水和咖啡的。塔比的家是典型的美式风格，只不过家里的摆设让人一看就知道是便宜货：十字绣的耶稣像，放置着各种陶制小猫摆件的置物架，还有数不清的编织小物和仿水晶的小摆件……总之，没有一件值钱的东西。最要命的是，在这个杂乱无章的家里，猫毛到处都是，整个房子里弥漫着一股猫尿的臊味。

"塔比，我们到底该怎么做？"

"怎么做？我们？好吧，我要做的就是把自己锁在家里，直到

巨怪猎人
Trollhunters

把这些烦人的牙套摘了再说。或者,我可以去找奶奶要点线,干脆把我的嘴缝上,只留一个小缝,插上一个吸管,每天就靠流食度日得了。你懂我的意思吗?你说,现在有哪个姑娘看见我不是掉头就走?我嘴上的这些东西就像子弹一样,子弹你知道吗?姑娘们最讨厌子弹了。"

"塔比,你脱鞋了吗?"厨房里传来塔比奶奶的声音。

"脱了,奶奶!"塔比一边喊着,一边两脚一蹬,把鞋子向火箭一样发射出去。我弯腰解开自己的鞋带,说实话,我实在不喜欢来塔比家,在他家,脱掉鞋子是强制性的要求。可是,一想到要光着脚踩在沾满猫毛和猫粪的地毯上,我就觉得反胃。

"嘿,"塔比说,"你戴的那是什么玩意儿?"

"什么?"

塔比指了指我的胸前,说:"这玩意儿可不适合我们,年轻人。"

我低头看了看我的胸口,因为正在弯腰脱鞋,那块铜牌顺势从我的领口中滑了出来,我一把抓住了它。

"对了!你看!这就是证据,就是这块铜牌!这是那些怪兽给我的。"

"哪个怪兽?金刚?海底八脚怪?还是机器人?"

"别再开玩笑了。"我生气地摇了摇头,"你能不能好好听我说话?"

塔比没有理我,而是走进厨房,我也跟着他走了进去。

塔比的奶奶德肖维茨老太太是个身材矮小却强壮的女人,她

第二章
初现端倪

戴着一副拴着链子的老花眼镜,灰白色的头发被染成了紫红色。每次见到她,她都系着那条褶皱的波点围裙,今天也不例外。此刻,塔比的奶奶正在烘焙蛋糕,这是她最爱做的事。塔比的任务,就是帮奶奶打扫掉一盘又一盘的蛋糕,然后腾空盘子,为下一次烘焙做准备。塔比拿起一块生面团,刚要动手,就被奶奶一把拍掉在桌子上。

"你会把它弄脏的。"

"哎呀,奶奶,不干不净,吃了没病。"

"你要是真想帮忙,就来帮我洗洗这些盘子好了。"

塔比冲我耸了耸肩。

"上次就是我洗的。"他边埋怨边拿起擦碗毛巾。

我看了看塔比,走上前去,跟塔比奶奶打了个招呼。

"噢!吉姆·斯特奇斯!"奶奶高兴地说,"欢迎欢迎!放心,我烤的蛋糕足够你们两个人吃的。"

"谢谢您,德肖维茨夫人。"

"家里终于有个男人了,真是太好了。"

"奶奶!"塔比猛地举起了手,"这是什么鬼话?难道我不是男人吗?"

"哎呀,吉姆不是比你大嘛。"

"他只比我大三个星期而已!"

这情景以前不知道重复过多少次,我不再多说,将手伸进洗碗池。我的一只手摸到一只脏乎乎的量杯,而另一只手却好像摸到了一个长着尖耳朵和尖牙齿的小脑袋。那东西冲我龇牙大叫,吓得我差点跳起来。

"连洗碗池里都有猫？塔比？"

那只猫从洗碗池里跳出来，落在桌面上，不停地甩着身上的水。这是第23号猫咪。在塔比家，前前后后养了将近50只猫咪，曾经有一段时间，塔比还试图记住它们的名字，可是随着猫咪的数量越来越多，塔比彻底放弃了这个念头，并给这些猫咪都编了号。在他的房间里，有一个长长的猫咪名册，不过塔比从来没有好好看过它一眼。

"猫咪怎么会待在洗碗池里呢？它们不是怕水吗？"

塔比摊了摊手，说："一百万只猫里大概有一只是喜欢水的，而我们家养过的猫大概超过一百万只了吧。"

说着，塔比赶走了正在晾碗架上睡觉的第37号猫咪。

我拿起洗碗池旁的海绵，开始清洗那只脏乎乎的量杯。

"如果你不帮我的话，我只好去告诉我爸爸了。"

塔比看了奶奶一眼，接着，偷偷地穿过油腻的地毯，走到奶奶身边，伸手关掉了她的助听器。他长出了一口气，回到我的身边。

"好吧，你去告诉你爸爸吧。这下，你俩可真是同病相怜了。你们全都会被自己给逼疯的。"

我从脖子上摘下那块铜牌，递给塔比。他眯着眼睛，仔细地看了一会儿。

"看上去没什么特别啊，像个假货。特别是底下那行字，更假了。那是什么文字？中国字？"

"不，那是怪兽的文字。"

第二章
初现端倪

塔比把铜牌扔回给我。

"我真是服了你了,哥们儿。"

"塔比!"

他扔掉了手上的擦碗毛巾。

"我是认真的,吉姆。我劝你赶快把这个破玩意儿给扔了。等到开学的时候,你可以去和任何一个人说那些什么整个城市要被怪兽入侵之类的话!你去试试,看看有没有人能相信你的话,或者感谢你的提醒。你会被当成一个傻瓜被大家嘲笑的!难道你觉得我们现在过得还不够衰吗?吉姆,别傻了。我知道,你只是做了个噩梦而已。我不能让你再继续犯傻,不能因为你一时的糊涂就毁了我们现在的生活。"

31号猫咪走到塔比的腿旁,却被他一脚踹开。

"加了奶油糖的蛋糕就是不一样。"塔比的奶奶在厨房的另一头说道。

我无话可说,只好又拿起一只脏盘子,继续刷起来。全部刷完以后,我拔掉水池的塞子,满是肥皂泡泡的污水旋转着缓缓流进了下水道里。

"好吧,"我说,"我有个计划,你只需要迁就我一个晚上,就一晚而已!我记得,你有一套射箭的装备,对吧?"

"对啊,我有!那又怎么样?"

"另外,你还有一个摄像机,对吗?"

"是,摄像机我也有。那东西可贵着呢。奶奶一直说要用那东西来抓贼,看看到底是不是我家的保姆偷吃了她的蛋糕。不过,你可千万别告诉她,其实,蛋糕是我偷吃的。"

"好,那最好不过了。今天晚上,你就带着这两样东西溜出来,到那个临时搭建的舞台等我。"

"什么?临时舞台?别开玩笑了,吉姆,我不会去的,我说什么也不会去。"

"我把我的恐龙世界给你玩,怎么样?"

这个交换条件让塔比心动了。我相信,所有的孩子都会对那些可望而不可即的高级玩具抱有幻想——高级赛车,芭比娃娃之家,还有那些高科技的玩具,等等。可是,那些玩具太贵了,有些玩具甚至比一部小轿车还要贵。几年前,我就曾经收到过这样一个高级的玩具,那就是我的恐龙世界。整套模型玩具大概有我胸口那么高,里面包括各种大小的洞穴和隧道,甚至还包括十支恐龙部队。

"我……"塔比犹豫着,这个条件实在太具有诱惑力了。"你别开玩笑了,我都多大了,早就不玩恐龙世界了。"他的声音听起来不那么有底气。

"再加一袋QQ糖,不,一盒,一整盒。塔比,一整盒可有八袋呢。"

"吉姆……"

"随便你想要什么,都可以。我都可以给你。我只需要你帮我这一次,过了今晚,我保证,我再也不提这件事了。"

塔比低头看着地板,猫咪40号正在和猫咪17号互相逗着玩。塔比赶走了它们,他那长满雀斑的脸憋得通红。我知道,我的条件打动了他。

第二章
初 现 端 倪

"再加五块钱硬币。"他小声说,"五块!你知道的,我要交给史蒂夫的。"

我走过去拍了拍他的肩膀。

"太棒了,塔比。晚上学校见,就这么定了。"

"没问题,说定了。"

我把海绵扔回洗碗池,在牛仔裤上蹭干了手。

"我得从我的阁楼里找点运动器材出来。"

"运动器材?找它们干什么?"

"我以后再跟你解释。"

我悄悄走到德肖维茨老太太身边,伸出一只手,打开她的助听器开关,跟她说了声再见。下水道里传来的声音再一次吸引了我的注意。我在心里暗骂自己,实在不该拔掉洗碗池的塞子,因为这轰隆隆的流水声,又让我想起了那些让人恶心的缠绕在一起的触手。

巨怪猎人
Trollhunters

15

　　由于这次庆典的演出场地是在室外，因此，准备参加选拔赛的演员们都在哈里·G.布里克体育场旁边的一个小土坡上集合排练。而体育场里，学校的足球队则正在进行训练。一对一对的男女演员正在土坡上练习着罗密欧与朱丽叶剧本里面的经典台词，丽茨老师是这次剧目演出的总导演。此刻，她顶着一头蓬乱的头发，随意地戴着个发箍，穿着一件松松垮垮的毛线衫，正在记录着什么。
　　体育场的另一边，足球队员们激战正酣。而我的爸爸，正开动着他那台大型除草机，为我们学校修整草坪。这台除草机花费了爸爸不少积蓄，现在，它已经工作了五个年头，而且还在继续勤勤恳恳地工作着。不得不说，这台机器绝对物有所值。它的体型足有普通除草机两个那么大，机身是耀眼的金黄色。它的两个后轮是从一辆卡车上卸下来的，凸出的面板就像波音747的机翼一样，马力极强。我甚至曾经因为离得太近而被飞溅的草叶割伤过皮肤。
　　让我庆幸的是，爸爸并没有注意到我。他戴着护目镜和厚重的手套，穿着带有金属护趾的靴子，头上还带着专业的头盔，看上去就像一个开着机器入侵我们这个绿色星球的外星人。

初 现 端 倪

我站在准备试镜的人群的队尾。不过，现在已经是下午一点钟了，来试镜的人本就不太多，我的前面只有一个人而已。我拿着剧本，却很难集中精神，脑中一直浮现出我和塔比一起被古拉格警官送回家时的情景。

"当你呼喊着我的名字，我的灵魂都为之一振。"我前面的试镜者已经开始念台词了，这绕口的莎士比亚式的韵律让他很难应付。"这是多么甜美的声音！是爱人的声音，就像那轻柔的音乐，传入我的耳中。"

"罗密欧！"和他搭戏的女演员说出了这句简单的台词。

"我的……幼鹰？小鹰？稚鹰？"

"雏鹰。"丽茨女士开口纠正。这句话她今天已经说了三十多次了。

一阵哄乱的声音从足球场那边传来，是塔比。自从他最珍贵的自行车在学校的停车棚里被偷了以后，他每天都走路上学，今天也不例外。塔比背了个帆布包，正缓缓穿过球场，向我们这边走来，而那些足球队员们，则把他当成了攻击目标，纷纷把足球朝他的方向踢了过去。塔比冲他们做着鬼脸，左躲右闪，最终，还是被一只足球砸中了肩膀。

"猴崽子们，玩儿够了没有！"劳伦斯教练大吼起来。

塔比把帆布包扔在一个桌子旁边，桌子上放着已经所剩无几的多纳圈，他拿起一张纸巾，夹起一块多纳圈，大口吃起来。他边吃边摇晃着身体，一个没注意，脚下一空，一屁股摔在了草地上。塔比疼得龇牙咧嘴，那模样和在牙科医生那里时一个样儿。他郁闷地看了我一眼，冲我摇了摇头。

"你的眼睛，"那试镜的男孩儿继续着，"你的胸？你的胸？我能这么说吗？"

丽茨老师揉了揉眼睛，那男孩知趣地悄悄溜下舞台，放弃了这个角色。丽茨老师和别的老师商量了一下，喊了我的名字。

"吉姆·斯特奇斯，"她扶了扶眼镜，走到临时舞台的边上，"轮到你了。克莱尔，你能来给吉姆搭个戏吗？我们暂时没有试镜朱丽叶的女演员了。"

我的心怦怦直跳。当然，克莱尔·方丹本来就是我心目中饰演朱丽叶的不二人选，可是我没有想到，我竟然能和她一起演戏。我深深吸了一口气。克莱尔放下她的粉色背包，掸了掸腿上的青草，走到了我的身边。我知道，克莱尔已经确定要出演朱丽叶这个角色了，她朗读剧本的样子优雅而自信，让人印象深刻。那种在郁郁寡欢和无限狂喜中的情绪转换拿捏得恰到好处，让身边的男孩都为之倾倒。更何况，她还说着一口纯正的英腔，更是让她的表演分外精彩。我站在她身边，着实觉得自惭形秽，而周围的其他人似乎也这么认为。

克莱尔给了我一个友善的微笑，清风吹过，几丝长发在她的贝雷帽旁轻轻飞舞着。

"第二场，开始。"丽茨老师说。

塔比呆呆地看着我，连手上的多纳圈都忘了吃。我清了清喉咙，看了看剧本上密密麻麻的文字，逐渐沉浸其中。

"噢，难道你就要这样离去？都不给我一丝满足吗？"

初 现 端 倪

只念了这一句,我的脸就已经红了。

"你想要让我满足你什么呢?"克莱尔问。

"我要的,是爱人之间的真心,是你的誓言。"

这是罗密欧与朱丽叶剧本中最著名的桥段,可是,从我的嘴里说出来,却那么索然无味。而克莱尔的台词却让人觉得那么自然,时而像落在花瓣上的水珠一样莹润清婉,时而像沙漠中的寒风般刺骨凛冽。

我情不自禁地看着她,却发现她的心思根本就没放在试镜上,而是正在出神地盯着足球场。在离我们最近的球场角落,史蒂夫·乔根森·沃纳正在和队员们一起训练。虽然只是在训练,史蒂夫依旧展示出了他超强的魅力,他不断地跃起跳下,浑身活力四射,就像是要去征服整个世界。克莱尔全神贯注地盯着史蒂夫,而我,甚至连责备她的资格都没有。因为,就连她注视着史蒂夫的那个侧影都美得好像一首诗。

"噢,这真是一个美妙而幸福的夜晚。"我小声地念着台词,"可是,黑暗笼罩着这里,让我觉得所有的一切都美得好像一个梦。"

是啊,事实上,现在发生的一切不都像是一场梦吗?我垂下双眼,咬住下嘴唇,低下头看了看自己脏兮兮的指甲和就快磨破的帆布鞋,难道我的一生都注定要在这样的窘境下度过吗?难道我就活该永远这样卑微地生活,任人践踏,随时准备接受别人的讥讽嘲笑吗?我摸了摸胸前的那块铜牌,那意味着另外一种人生——我想到了那个隐藏在地底之下的黑暗世界。我到底该如何选择?是勇敢地去面对那个黑暗世界的挑战，还是就这样随波逐流任人摆布地度过一生呢？

丽茨女士再次扶了扶鼻梁上的眼镜，嘴唇微微张开，似乎正要叫停我们的演出。可我并没有理会她的小动作，此时，我心中翻滚的种种情绪和剧中的罗密欧如出一辙，这情绪让我心潮澎湃，难以自持，大段的台词如流水般滔滔不绝地喷涌而出。

"每当我感到绝望的时候，我便渴望着你那摄人的光芒能够照耀在我的身上！若是夜晚没有了你的光芒，我只有一千次的心伤！当恋爱中的人去奔赴情人的约会时，就像一个放学归来的儿童！可当他要和情人分别的时候，却好似像要上学去一般满腔懊恼。"

丽茨女士的手慢慢放了下来。

"那是我的灵魂在叫喊着我的名字，"我继续说着，胸中的苦痛似乎只有通过这种方式才能得到缓解，"恋人的声音是多么清婉绮丽，听上去就像是最最动听的音乐，流淌进我的心田。"

克莱尔笑了，发自内心地笑了。

"我似乎忘了为什么要叫你回来。"她轻声细语，"你就站在这里，我只记得是多么地想跟你在一起，却忘了为什么叫你回来了。"

"罗密欧，就是他了。"丽茨女士说道。

我们的戏剧老师站在那里，双手紧紧地攥着自己的衣襟。尽管她知道，作为一个老师，时刻保持优雅得体是一件最为重要的事，可是现在，她的双眼放着光，那狂喜的眼神已经完全出卖了她内心的想法。我看着台下，那些来试镜的演员们都是一脸震惊的表情，

第二章
初 现 端 倪

就连一贯喜欢打趣我的塔比,也一脸崇拜地看着我。两个路过的男孩被我们精彩的演出吸引得停住了脚步,连水都忘了喝。丽茨老师向剧组的化妆师走去,我看到,化妆师老师双眼饱含泪水,正在为我们的演出鼓掌叫好。

"丹顿女士,快为我们的吉姆同学量量身形吧。我看,我们这位新任罗密欧会点燃整个城市的。"

"是的,我也这么认为。"丹顿老师认同地说。她点了点头,继续说,"要是我们能把他再变高点,那就更棒了。"

丹顿老师向我走来,她拿出软尺,从头到脚将我量得仔仔细细,一边量,一边发出不满的"啧啧"声。在之前的数学课上,我早已领教了克莱尔的身高,不过看克莱尔的表情,她好像对这件事并不在意。她双手叉腰,一堆丁零当啷的手镯滑到了手腕上,黑发被风吹起,有几丝粘到了她的嘴唇上。克莱尔高声对我说:

"事情变得有点意思了,斯特奇斯先生。"

16

"我真是弄不明白那些所谓的名家是怎么写出那么拗口的句子的。"塔比说。

"说不定,我要就此一炮而红了。"我小声嘀咕。

"我们可以给莎士比亚先生看看什么叫文艺复兴,哈哈。"

"你说,是不是除了我以外,其他人说起这些台词来都像傻瓜一样?"

"嗯,那当然。"塔比说,"凡是能说出那种复杂句式的都是有潜力的大明星,就像劳伦斯·奥利维尔先生、肯尼斯·布拉纳先生那样。你肯定会凭借这次演出红得发紫,说不定还会成为大家的偶像,被人叫作吉姆·斯特奇斯先生。"

塔比拍了拍我的后背。他手劲很大,拍得我打了个趔趄。我听到从足球场那边传来一阵嘲笑声,赶忙低下头,加快了脚步。我们往回家的方向走去,边走边继续聊刚才试镜的话题。我看了看手中的剧本,只有薄薄的48页,可拿在手里却有千斤沉。

"我怎么才能背下这么多台词呢?"我问。

"我有个小窍门。"塔比说,"你根本不用背什么台词,只要

第二章
初 现 端 倪

高喊一句'我是圣博纳迪诺市高中的王者！'，看台上那些疯狂的粉丝们就会兴奋得发疯。"

说说笑笑间，我们再次走到了圣博纳迪诺历史科学博物馆门口。这条近路对塔比来说可是个大大的诱惑，他冲着我挤了挤眼睛。

"今天可不行。"我恳求道，"我今天可跑不了那么快。"

"快？你？你从来也没快过啊。再说了，可不是只有你一个人背着包呢，吉姆先生。"

我无法拒绝塔比的要求，尤其是今天晚上我还有求于他呢。我顺从了塔比，走进那条小路。路边，一块新的标语牌吸引了我的注意。牌子不大，上面用黑体字写着：

一座完美建筑的西方首秀

当我和塔比走到博物馆入口的时候，我俩都被里面的场景惊呆了。整个入口处空无一人，连售票口和行李寄存处都无人值守。我们竖起耳朵，仔细倾听。博物馆里传来一阵阵沉重的移动重物的声音。塔比耸耸肩，紧了紧他的帆布背包，一转身，钻进了旋转门。我跟着塔比，也钻了进去。有了上次被抓的经验，这一次，我们走得更加小心。我们穿过楼梯，经过那个野牛雕像，塔比紧张得甚至都没有去摸野牛的胡子。

从外面看，萨尔·K.希尔弗曼中庭广场看上去和平时并没有什么两样，可当我们推开那道玻璃门时，便知道今天来的不是时候。

巨怪猎人
Trollhunters

整个博物馆的员工似乎都聚集在这里，忙个不停。戴着安全帽和手套的工人们正在一个接一个地搬运着数不清的包装箱。忙碌的人群中，没有一个人注意到我俩的到来。

一座古老的石桥横亘在大厅中央，看上去，这座石桥已经饱经风霜，不知是不是因为放在室内的缘故，它散发出一股震撼人心的气息，让人不禁为它的壮观而叹服。这座石桥显然历史悠久，桥面上繁复精细的雕刻痕迹在岁月的冲刷下已经有些模糊褪色。几名工人正在拆除桥面外包裹着的保护膜，精美的雕刻和精致的花纹逐渐显露出它们本来的面貌。很明显，这座石桥是被拆分后运输至此的，每一段桥体都被包裹得极为完好。可是我却发现，在桥的正中间缺少了一块基石，看上去相当突兀。

我和塔比真想凑上前去看个究竟，可是桥下的工作人员实在太多，我们只能尽可能地离得近些。桥面下方，几张蜘蛛网正随风摇曳，那些错综复杂的刻痕里还长着些灰绿色的青苔。石桥看上去就像是有生命一般，你甚至能想象到几只老鼠从石缝里钻出来的景象。桥下的空气似乎都变得阴冷起来，我不禁打了个寒战。就在我们只顾着欣赏这座大桥的时候，一个穿着千鸟格外套的人快速来到我们面前。

他气急败坏地走到我跟前，鼻尖都快贴到了我的脸上。不用说，是莱姆普克教授。他的左手拿着一块记录板，可这并不碍事——他伸出右手，一下子就抓住了我和塔比两个人的脖领子。

"啊哈！"他高声对我们说，"我的老朋友来了！你们可是我们这里常年的不速之客啊！年轻的斯特奇斯和德肖维茨先生，你们

初现端倪

又来报道了啊？"

我们在他的铁掌之下徒劳地扭动着。

莱姆普克教授的唇边咧开一个诡异的微笑，露出了他参差不齐的泛黄的牙齿。一看到他这笑容，我们都知道大事不妙。事实上，今天的莱姆普克教授看上去相当疲惫，甚至带着一丝病容。他的双眼布满了血丝，目露凶光，脸色却一片蜡黄，下巴上满是灰色的胡茬。他的鬓角下方起了一片粉红色的丘疹，一直蔓延到衣颈深处。

"别再做无用功啦，你们逃不出我的手掌心！何况，今天是个大日子，你们在这个时间闯进来可真是有眼福啦。看看你们眼前的这个艺术品，多么伟大，多么壮观！能把这件艺术品搬进我们的博物馆，将会是我一生当中最大的成就和功绩。十八年来，我一直和苏格兰的历史学家们努力着，尽我们最大的能力来保护这些大型的历史遗迹。你们不知道，那些苏格兰高地上的笨蛋们有多么愚蠢，他们竟然会因为那些迷信的说法就要摧毁这么精美的建筑物。这简直让人难以置信，我的孩子们。那些蠢蛋竟然要摧毁欧洲建筑学史上最重要的一部分！是我，是我保护了它！我做到了！而现在，它就在我们眼前！"

莱姆普克教授的眼眶里充满了泪水，我和塔比连连往后退，生怕被滴落的泪珠弄脏了衣服。

"你们这些毛孩子，知道你们看到的这个建筑是什么吗？"

塔比迟疑着开口说："一座……桥？"

莱姆普克教授脸色一变，像是受了极大侮辱似的。两行泪水从他的脸颊滚落，抓着我们的手更加用力了。

初现端倪

"一座桥?是啊,一座桥!你们懂什么!看见了吗,两座桥体中间那里缺了一块,那里应该有块基石的!它马上就要被运来了,到那时……"

教授身后的助理已经在那里站了好一会儿了,听到基石两个字,他不禁清了清嗓咙。莱姆普克教授的手指松了松,我和塔比抓住好不容易得来的机会,赶快喘了口气。助理的脸上不断有汗水流下,他手里拿着一支笔,紧张地在纸上来回划着。

"那块基石……"他说:"出了点问题。"

"什么问题?说!"莱姆普克教授大声喊道。

助手拿出一张字迹潦草的纸条,说:"是这样的,那个货箱……被误送到圣塞巴斯蒂安去了。"

"圣塞巴斯蒂安?波多黎各的那个?"莱姆普克教授简直不能相信自己的耳朵。

助手迟疑地点了点头。

"圣塞巴斯蒂安?那种鸟不拉屎的地方?"莱姆普克震惊地张大了嘴巴,怒不可遏。

"不过,那货箱不出一天就会到达那里了。我已经通知了博物馆,让他们发出了通知,只要货物一到那里,马上就转送回来。"那助手赶忙补充说。

莱姆普克教授的整张脸都涨成了紫红色,他不断地用手指甲抠着脸上的疹子。

"你确定已经发出明确的通知了?我太了解圣塞巴斯蒂安的那些蠢货了,他们的好奇心肯定会害死我的,他们一定会把货物打开偷看,还会解释说包装上的裂痕是在运输过程中造成的。那些笨蛋根本不会想到,该在什么样的条件下拆开包装。也许,他们会把它放在潮湿的环境里,还会使用闪光灯来照相!那基石怎么能承受得住啊!"

"我确定!"助手说,"我非常确定,我们已经在通知里说得很明白了。"

"再给他们打一次电话!一定要强调这件事情的严肃性和重要性,让他们别不当回事。我不管他们是不是要在港口等待一整夜,就算是,那也是他们应该做的,他们该为自己能迎接这样一件宝贵的艺术品而感到自豪。在港口工作的都是些年幼无知的小崽子,别指望他们能保护好我们的货物。告诉他们,要指派得力的人来接应这个货箱。"

"是的,先生。您放心,只要一天一夜,那块基石就能回到我们手中。可是,先生……您在流血……您不要紧吧?"

莱姆普克一直在挠自己的右手手背,甚至已经在上面抠出了血痕。

"都是这件羊毛外套惹的祸,弄得我浑身痒个不停。"

说着,他摘下了外套上的套袖,继续挠了起来。我和塔比看到,他的小臂上全是粉红色的疹子,有的已经破了皮,渗出了黄色的黏液。那位助手只一心盯着那张小小的纸条,不敢看教授一眼。

"噢,对了,基石运过来的时候应该还赶得上这次庆典……"

莱姆普克教授抖了抖受伤的手,抓住我们的手也逐渐放松了力气,我和塔比趁机挪了挪自己的身体。

第二章
初 现 端 倪

"简直就是无聊至极!看看我们这座城市都变成什么样子了!而那些无知的人们只会把时间花费在庆典上,搞些什么花车游行,还有什么无用的比赛和演出。将来,他们一定会后悔的。等他们自省的时候,他们才会知道,我现在所做的事情是多么有意义,他们一定会向我郑重道歉的。"

这时,一个工头大声喊:"嘿,伙计们,往后退一步!好,就是那儿!"

莱姆普克教授转头看向那座石桥,他的目光柔和而饱含深情,就像在看自己久别重逢的恋人一般。他那满是脓肿的手终于放松了力道,松开了我们的脖子。他将我们推到助手身边,也就是那座石桥的正下方。

"一——"工头继续喊着。

莱姆普克教授干裂的嘴唇微微颤抖着。

"二——"

"三!"

工人们将保护面板铺在桥面上,先盖上一层轻质的毛毯,再加上一层干草,每铺一层,都会在空中扬起大片大片的灰尘和草屑。工人们戴着护目镜,博物馆的工作人员也纷纷用手捂住了口鼻。只有莱姆普克教授什么都没做,仍旧沉浸在巨大的喜悦中。黑色的灰尘飘落进他的嘴里,一段小小的草屑粘在了他的眼球上,而他竟然毫无知觉。

"真是一座壮观的桥梁啊!"他含糊不清地说。

塔比转身咳嗽起来,而我却目不转睛地盯着这座桥。

我见过这座桥。

在怪兽之城的壁画上，我曾经见过一座和这座桥一模一样的桥。虽然壁画上的桥梁并没有我实际见到的这座这么恢宏，但是，桥面上雕刻着的一条条缠绕在一起的触手，还有锋利的尖爪，都深深地印在了我的脑海中。这和壁画上画的简直完全相同，而中间缺少的，正是那块基石，那上面画着一只长着六只胳膊的怪兽，它的一只眼窝里流着脓液，而另一只眼窝里则镶嵌着一枚闪闪发亮的红宝石，闪烁着耀眼的光芒。

一片乌云飘过，挡住了太阳的光芒，也将这座桥梁置于一片阴暗之中。

"噢，天哪！"教授惊叹着，"没有了阳光的照射，这桥梁看上去更加威严了，不是吗，我的孩子们？"

就在这时，一声凄厉的嚎叫打破了室内的沉寂。莱姆普克教授向发出声音的地方看去。一名工人正从桥梁的缝隙里缩回自己的手，手上明显多出了个伤口。

"这东西咬了我！"他哀号着，"这该死的东西会咬人！"

其他工人纷纷赶到他身边，莱姆普克教授也将注意力转移了过去。塔比扬了扬下巴，指了指之前我们逃跑时走过的那道门。我心领神会，趁着没人注意我们，蹑手蹑脚地溜了出去。谢天谢地，楼梯间里并没有人。我们跑得飞快，可还是在出门前听到了教授的吼声。

"别再叫了！你的伤并没有那么严重。更何况，能被这座桥弄伤是你的荣幸，你应该感到自豪才对！"

初现端倪

17

那天晚上的深夜11点,我和塔比挤在狭小的衣橱里。塔比戴着一顶曲棍球运动员的头盔,在我身后打着鼾。曲棍球棒放在他的胸口上,正随着他的一呼一吸而上下动着。在此前的好长一段时间里,我俩一直都在互相抱怨——"你总压在我的腿上,我的腿都麻了!""你能不能把你的膝盖从我耳朵边上挪开?"等等。不过最终,塔比还是睡着了,他随身携带的弓箭就枕在他的身下,弓弦在他脸上印出了一道深深的痕迹。对他来说,这个晚上并没有什么不同,因为他始终都不相信我所说的话。而我,还是决定整个晚上都保持清醒状态。我靠在一堆衣服上,脑中不断思考着我们的应对策略。

从博物馆逃离之后,我们就直接回了家。首先,我们对我的房间进行了一次彻底的检查。对于像塔比这样一个连穿袜子都困难的胖子来说,让他爬到床下去检查可真是难为了他。他一手拿着手电筒,费力地钻了进去,而我则远远地站在一旁,心里怦怦跳个不停。

塔比在床下仔细地查看了一番,终于蠕动着肥胖的身躯,从床底下钻了出来。他卷曲的头发上沾满了灰尘,脸上也蹭得脏兮兮的,他一脸严肃地开口了:

巨怪猎人
Trollhunters

"这下面有些不对劲。"

"嘿！我说吧，现在你该相信我了吧？"

"我相信。而且事情比我想象的还要糟糕。因为，我从来没见过比这还要脏的袜子了。我们该敲响警钟了，我的臣民们，我们必须振作精神，投入战斗！噢，也许我们将一去不复返，不过，历史会记住我们！人民会记住我们的！"

塔比一屁股坐在弹簧床垫上，床垫被他压得吱吱作响。

"对不起，吉姆，我不该开这个玩笑。可是，这里真的没有什么怪兽，也没有什么暗道。你的房间再普通不过了，和我的房间，还有这座城市里其他的房间一样，没什么特别。就像我之前说过的那样，我们的生活就是这么平凡，我们的人生也就是这么平淡。你好好想想我说的话吧。"

接下来，我们又花了很长时间来放置那个摄像机。粗粗看上去，那只是一只泰迪熊而已，不过实际上，我们在他张开的嘴里安放了一个广角摄像头，摄像头拍摄到的内容可以连接到家里的电视机上观看。虽然这个摄像头的像素还没有我手机的摄像头高，不过，它的待机时间却非常持久，足足可以坚持12个小时。我把这个装着摄像头的泰迪熊放在写字台上，摄像头正对着门口。

弄完摄像头，我们又开始了下一步行动——制作一个假的吉姆·斯特奇斯，用来做诱饵。我们给这个假人起了个名字，叫作吉姆·斯特奇斯2号。我找来一件运动衫和一条居家裤，然后在里面塞满脏衣服，做成人型的模样。之后，我又找来一个大碗，当作是假人的脑袋。这个碗已经有好几年没有用过了，我记得，当初我曾

第二章
初 现 端 倪

经用它养死过五条金鱼呢。最后,我们给吉姆·斯特奇斯2号盖上了一条毛毯。然后,我们俩满意地欣赏了一会儿我们的作品。现在,我们要做的,就是等着,看是不是有人能够上钩。

塔比无聊地用笔记本电脑浏览着网上的新闻,而我则利用这段时间背诵罗密欧与朱丽叶的剧本。晚间新闻过后,爸爸终于准备睡觉了。按照惯例,他依次检查了家里的每一道门锁和每一扇窗户,然后,打开了监控设备的开关。我听着屋外的动静,心里却涌起一股无名的挫败感:也许,现在的我就和爸爸一样,正在做着一些徒劳无益的事情。我们做这些事真的能改变些什么吗?

检查完毕,爸爸探头进来和我说晚安,然后便走进了自己的房间。塔比迅速收好笔记本电脑,从他的帆布包里掏出自己的弓箭。他用拇指摸了摸锋利的箭头,口中不住地赞叹着。我也拿出了从阁楼里找到的运动装备,塔比从里面挑了一套曲棍球装备,给我留下了一根高尔夫球杆。最后,我在地面上撒下了一颗颗弹珠。完成了所有的准备工作以后,我们打开衣柜,这才意识到,我俩要想同时待在衣柜里该有多么拥挤。

两个小时过去了,屋里没有任何动静,唯一的声响就是摄像机发出的几不可闻的运转声。

快到午夜时分时,我听到墙壁上传来了一声轻微的声音。

我用手肘碰了碰塔比。

"我不想带牙套,奶奶。"他还在说着梦话。

"塔比,"我轻声喊他的名字,"醒醒!"

他哼了一声,睁开眼睛往四周看了看,把脸上的曲棍球帽往上推了推。我竖起一根手指，放在嘴唇上，然后，又指了指自己的耳朵。他好像明白了什么，点了点头。

几分钟过去了，再没有过任何声音。塔比的上下眼皮又开始打起了架。

就在这时，又传来一声轻响，这一次，响声比上一次的略长。

"塔比，塔比！又来了！"

"是你爸爸那屋的声音吧，吉姆。"

"爸爸已经检查过房间回去睡觉了，你知道的。"

塔比张了张嘴，想了一下，知道我说的是对的。紧接着，地板上再次发出了第三次响动，然后，是第四次。不管这是什么声音，它都离我们越来越近了。我从衣柜的门缝里向床底下看去，紧张得就快窒息了。一片阴影投进了我的房间，挡住了原本明亮的月光，我的呼吸猛地一滞，想提醒塔比拿好他的弓箭准备应战，可是却一句话也说不出来。

片刻之间，那片阴影就飘了过去。

塔比却是一脸毫无所察的样子，他正把那根曲棍球棒举在鼻子面前，闻了闻。

"这东西闻起来有股奇怪的味道。"

"嘘——"

"闻上去没什么汗味，感觉像是从来没人用过。"

"本来就没用过。你小声点！"

"噢，我知道了。不过，这也怪不得你，肯定是你爸爸的缘故。"

初现端倪

我用头抵住塔比的额头,再一次对他发出了"嘘——"的警告声。"我爸爸早就把这些运动器材都收了起来。在他看来,这些东西都充满危险——所有的体育运动就像黑夜一样危险,他根本就不会让我碰这些东西的。"

正说着,厨房地板上突然传来一阵金属摩擦的声音。

塔比和我一下子紧张起来,我俩睁大了眼睛,互相看着对方。

塔比不禁握紧了曲棍球棒,手指头都失去了血色。

"吉姆,现在怎么办?我们要冲出去吗?"

黑暗中,我们在狭小的衣橱里不知沉默了多久。在做了许久的心理斗争以后,我们像是给自己鼓劲似的点了点头,鼓起勇气,拿起了我们的"武器",冲出衣柜。

我的一只脚刚刚踏上地面,就不慎踩在了我自己埋下的那些弹珠雷上。我身子一滑,想要抓住塔比保持平衡,没想到,他也没能幸免于难,同样也踩在了弹珠上。他一头摔了个狗吃屎,脑袋扎在了吉姆·斯特奇斯2号的裆下,而我也没好到哪儿去,一屁股撞在了写字台上。桌子上的东西被我撞得纷纷掉落下来:坏了的风筝,一瓶闻起来不怎么样的古龙水,半盘子吃剩下的煎蛋,还有,那个摄像头。

我顾不得许多,赶忙直起身子,去查看那个包裹着摄像头的泰迪熊。此刻,它已经掉落在地上,和乱糟糟的风筝线缠在一起。这时,塔比已经打开了卧室的门,他背着弓,一手拿着一支弓箭,另一只手拿着那根曲棍球棒。我赶忙捡起摄像头,追了上去,和塔比一起冲进了客厅里。让我惊骇的是,爸爸的房间里又传来那个让人作呕的舔舐的声音。我知道，今夜，他又注定不能加入我们的战斗了。

　　我和塔比在厨房门口犹豫不前。厨房里黑漆漆的，但是，却有声音不断地响起：金属罐头的叮当声，塑料制品被扭曲的声音，纸片飞舞的沙沙声，还有瓷器摔落在地板上的声音……而更让人胆寒的，则是那一声声动物般的鼻息声。

　　"塔比，"我轻声叫着他，"我们该怎么办？"

　　塔比张大了嘴，露出一口铁齿钢牙，他把手里的曲棍球棒握得更紧了些。

　　"我们去跟他们谈谈？"

　　他慢慢地走进厨房，我一只手握紧摄像头，另一只手拿着高尔夫球棒，也跟着走了进去。

第二章
初 现 端 倪

天花板上的吊扇早已被挤到了角落里，眼看就快散架了。不过，比这更显眼的，还是厨房里那两只巨大的怪兽。尽管和两只怪兽是旧相识并不是什么光彩的事情，可我还是不得不承认，我确实认识他们。瞎眼怪的八只长着眼睛的触手不断在橱柜上的下水口附近来回掏弄着，而巨型怪则在贪婪地寻找着食物，庞大的身躯不断地碾压着地面上的杂物。两只怪物弯下身时，高耸的后背不断碰到天花板上悬吊着的吊扇，发出丁零当啷的响声。

不知是谁打开了微波炉，一只空盘子正在里面旋转着。

我伸出一只手，拉住了塔比的T恤。

"它……它们在干什么？"

塔比也被吓呆了，他用虚弱的声音回应我说：

"三明治，吉姆。它们在做三明治。"

瞎眼怪的两只触手伸到一只装满花生酱的罐头里，它不停地从里面掏出一团团棕色的花生酱，再不慌不忙地把酱涂到一堆面包上。大概是因为力气太大，面包被压得扭曲变形，看上去很恶心。整个厨房被它们两个折腾得一片狼藉，各种碎片漫天飞舞，像是被打劫了一般。有些碎片直接飞进了瞎眼怪的嘴里，被它囫囵咽了下去。我甚至能看到那些大块的"食物"沿着那怪兽的两个喉咙分别进入到了它微微颤动的胃里。

巨型怪的吃相比瞎眼怪还要难看。它张开巨大的嘴巴，流出满口黏糊糊的口水，双手在空中挥舞，无论抓住什么东西，连看都不看一眼，就马上放到嘴里。它的身上也同样沾满了花生酱和面包。每吞下一块东西，巨型怪的犄角就会顶掉我家橱柜上的一些东西，这些掉落的物品连同面包和花生酱一起，都被它的巨爪踩踏在脚下，变得稀巴烂。

幸运的是，这两只怪兽都没有注意到我和塔比的存在。它们所有的注意力都集中在那些食物上，整个嘴巴上都是黏糊糊的食物残渣。

塔比把他的曲棍球棒交给我，然后轻轻拽出弓箭。他眨了眨眼睛，长呼一口气，最终，下定了决心。我知道，这是一场只能依靠我们两个人的战斗——爸爸仍旧在酣睡，不可能出来帮我们。

"我来解决那只小的。"塔比轻声说。

"嚄！你可真够意思啊。"我回应他。

"喂！那只小的看上去更狡猾，所以我才说交给我来解决呢。"

"狡猾？它是个瞎子，几乎什么都看不见。"

"真的吗？噢，好吧！不过，我猜它的听力应该很好吧。"

塔比哆哆嗦嗦地举起双臂，将箭搭在了弦上，向后拉开弓弦。

"瞄准它的心脏。"我说。

第二章
初 现 端 倪

瞎眼怪的胸口至少有五个部位在有规律地起伏着。

"哪个才是心脏啊？"塔比犹豫着。

"随便哪个都行！"

"好吧，好吧！"塔比边点着头边使出全身力气，将弓弦拉到最满。箭头轻微地抖动着，随时都可能飞出去。我赶忙后退一步，生怕成为塔比手下无辜的误伤者。塔比定了定神，冲我说道："我这支箭一出手，你就马上去对付那只多毛怪。"

我拎着两根不堪一击的球棒，准备进攻。可是，和那只巨大的怪兽相比，这两根棒子看上去是如此脆弱，我唯一能感到欣慰的就是，那只怪兽的身躯占满了整个厨房，所以，无论我以什么方式、从哪里击打过去，都绝对不可能失手。

十几年来，托拜厄斯·德肖维茨一直都是被人嘲笑的对象。在学校里，他总是被史蒂夫·乔根森·沃纳之类的人欺负。可是这个晚上，就在今晚，在这狭小的厨房里，塔比面对的却是足以让任何人胆寒的怪兽。此刻，他手里拿着看上去像是电影道具般的武器，真真正正地对准了他的目标。"嗖——"，弓弦发出一声清脆的响声，离弦之箭瞬间飞了出去。那箭头锋利迅猛，直奔墙角的瞎眼怪而去。就在那支箭眼看就要射中目标的时候，一个人影猛地从客厅的方向冲了进来，他抬起一条缠满自行车条的腿，一脚将那支箭踹了出去。

"哔哔哔——"微波炉到时的声音响起，我和塔比都愣在原地，不知该怎么面对这个局面。

金属人向我走了过来。

我后退一步,后背碰到了墙壁,不小心撞开了墙上的电灯开关。强烈的光线照得巨型怪畏缩不前,而瞎眼怪也缩到了角落里。在明亮的灯光下,金属人的盔甲闪闪发光,他从背后拔出双剑,剑锋所过之处,一个糖罐应声而裂,里面的糖粉纷纷扬扬地散落在空中。

塔比将弓箭对准了金属人,可是,随着长剑轻轻一扫,塔比的弓弦就断为两半。我尖叫着挥舞球棒冲过去,金属人稍一闪身,用镶满了大头钉的手套抓住了球棒的顶端,接着,他轻轻一推,将我甩到了烤箱旁边。球棒掉到地上,塔比捡起它,疯了一样地向金属人挥过去。金属人手拿两把长剑,摆成了一个X型,将球棒架住,紧接着,再用力一削,将球棒也削成了两截。塔比手中剩下的那截球棒也应声落地。

厨房里乱成一片。塔比的尖叫声、我的尖叫声还有两只怪兽的吼叫声交织在一起,场面惨烈无比。金属人双手各持一把宝剑,剑朝天指,怒吼了一声:

"安静点!"

接着,他双手一挥,同时划开了我和塔比头上的护具。可奇怪的是,我们两个并没有受伤,金属人也没有继续伤害我们的意思。我和塔比停止了尖叫,那两只怪兽也安静下来。

金属人收起长剑,将双手伸到脑后,摘下了头上的护具和眼睛上的护目镜,只剩下一个橄榄球护具戴在头上。

我打起精神,瞪大了眼睛看着那张满是伤疤的脸。这张面孔实在太过诡异,太过熟悉,以至于我一度以为自己出现了幻觉。

第二章
初 现 端 倪

那是一张我曾经见过的脸。

我认识那张脸。

那是我的伯父——杰克的脸。

如果杰克伯父还健在的话，他应该有五十八岁了。可是，这个长着杰克伯父面孔的少年，看上去却和我差不多大，简直就和牛奶箱子上印着的头像一模一样。不仅如此，他的身高也和杰克失踪时的身高差不多。他那棕褐色的头发贴在前额上，眼神中充满了智慧和勇气。唯一和杰克伯父不同的是，他的脸上满是污垢和泥水，而且，他也没有照片上杰克伯父那样明朗的笑容。金属人一直皱着眉头，他深吸了一口气，似乎不太喜欢空气中弥漫着的肥皂水、空气清新剂还有花生酱混合在一起的味道。

"你是……杰克伯父？"我小心翼翼地问。

他的眼神依旧保持着克制和警觉。

然后，点了点头。

"清醒点，吉姆。"塔比在我身边提醒，"他不是任何人的伯父，他只是一个孩子，是个疯子。这孩子一定是疯了，所以才会背着剑闯进你的家里……"塔比探出头，又仔细盯着金属人看了看，最终还是无法相信自己的眼睛。"噢，真是见鬼了。吉姆，我知道这是谁了！这一定是个假的杰克，是那些怪兽弄出来的幻象。"

两只怪兽走到杰克伯父的身后，巨型怪低下头，用下巴上的毛发挠着杰克的耳朵。瞎眼怪则把六只触手搭在杰克的胳膊上，另外两只悬在杰克的头上，就像是他的另外一对眼睛一样。两只怪兽都在叫嚷着，杰克点了点头，好像听懂了它们的话。

巨怪猎人
Trollhunters

　　他一步步向我走来，身上的金属铠甲闪耀着光芒。他伸出一只手搭在我的脖子上。我的呼吸一下子凝滞了，心里盘算着，我会不会就这样过早地死在这些怪物手里。不过出乎我的意料，杰克伯父的手并没有掐住我的脖子，他只是伸手拽出了我脖子上的金属链子，然后，拿出了我衣领下面的那块铜牌。他不耐烦地看了我一眼，之后，用两根手指捏住铜牌上面的那柄长剑，扭动了一下。长剑缓慢地旋转着，最后，竟然从水平方向转到了竖直方向。

　　我的耳朵一动。突然，我听到了瞎眼怪说话的声音。

　　"——你看看他那张愚蠢的脸，再看看那满是赘肉的下巴，还有后背，这么小就已经驼背了？一看就是个不中用的东西。不中用！你说，我们该怎么来打扮他一下？给他穿上华丽的西服？或者围上一块桌布？噢，不不不，那简直太不像话了，不像话！不过，你听！噢，这简直太有趣了，那个小子……天哪！他能听懂我的话了，是不是？"

　　尽管瞎眼怪几乎什么都看不见，他还是伸出一只触手悬在我的面前，离我大概一步远的地方。那触手上还沾着不少花生酱，滴滴答答地往下落着。其他几只眼睛也纷纷向我的方向转了过来。而那只多毛的巨兽先是嚼完了嘴里的食物，然后，才慢慢将头转向我。

　　"嗨，孩子！不，是人类。"巨兽跟我打招呼，嘴里的花生酱不断顺着尖牙滴落下来。

　　"它们在说话！"我惊叫着对塔比说，"塔比，它们在跟我说话。"

　　"吉姆，你不会也疯了吧。"塔比说。

初现端倪

"我们当然会说话，"瞎眼怪仍旧说个不停，而且，还是一口标准的英式口音。"我们是高等生物，当然，是怪兽界的高等生物。"他语调傲娇，不过转而又满脸愧疚地说，"不过，对你来说，我们可能有点粗鲁，请接受我的道歉。很抱歉，我们不能再为你的朋友准备一台翻译机了。"

"它们在道歉，塔比。"我说，"你听不懂它们的话，它们让我转达它们的歉意。"

"好吧，告诉它们我接受了。不不不！告诉它们，很抱歉刚才我用箭射了它们。一定要告诉它们，这很重要。"

"它们能听懂你的话，塔比。"

"噢，对不起。"塔比用更大的声音冲着那两只怪兽喊，"对不起！请别杀掉我！"

"杀？你？"塔比的话把瞎眼怪搞得晕头转向，"我们这样的精英怪兽怎么可能做这么野蛮的事情！请记住这一点，千万不要尝试激怒我，孩子们。你们不知道，我的耐性在怪兽界可是出了名的，我可以在任何时间、任何地点等待任何一个人。到现在我还记得我和另外一只怪兽进行的那场耐性大赛，那简直已经成为了传奇。我们两个曾经面对面地坐了三年时间，如果不是那家伙最后死了的话，恐怕我们还能比上更长的时间。所以，我几乎不会和任何人生气。不过，我这位多毛的朋友可就和我不一样了，她可没有那么好的脾气。"

"她？"我惊讶地看着巨型怪。

"她？"塔比也重复，"这家伙是女的？怎么可能？"

"当然了。"瞎眼怪继续说，"在我们怪兽界，大多数能征善战的勇士都是女性。因为，要想取得胜利，仅仅拥有过人的力气是不够的，还要拥有智慧和计谋。这些能力可不是我们这些男性所擅长的，我们更擅长的是听从指令勇往直前而已。说句题外话，你们不觉得她那身黑色的皮毛相当漂亮吗？那可是墨水黑。"

"墨水黑。"我重复着，点了点头。

"当然，很多人都把它当成炭黑色，真是太没眼光了。"

杰克并没有参与我们的谈话，只是一直盯着墙上的时钟。当然，时钟同样没有幸免，也被溅满了花生酱。他手里紧紧抓着摘下来的护具，好像很想把它们戴上。从外表来看，他的确是个真真正正的人，是和我们一样的人，我很确定这一点。

"杰克伯父，这些年，你到底去了哪里？"

"当然是和我们在一起。"瞎眼怪说，"已经四十五年了，他一直和我们在一起，我们并肩作战，他也得到了我们的尊敬。在我们的世界里，表达尊敬有一套非常讲究的仪式——完美的、精致的仪式。如果你愿意的话，我可以演示给你看。不过，我们可能没有那么多时间了。请原谅你伯父的沉默，我猜想，他正沉浸在回忆当中，这房间里有太多你爸爸的气息，几乎已经让他不能自持了，你懂吗？"

"你想见见我爸爸吗？我可以把他叫醒。"

杰克伯父的眼中闪过一丝光芒。

"事实上，我恐怕你没法叫醒他。"瞎眼怪充满愧疚地说，"直到第一缕阳光出现之前，他恐怕都不会醒。"

第二章
初现端倪

"为什么？你们对他做了什么？"

瞎眼怪的触手稍稍动了一下，说道："噢，总之，我们用了点手段，不过具体细节我想还是不告诉你的好。"

"告诉我！"

"如果你坚持想听的话……好吧！不过你听完之后，一定会倒胃口的。嗯……我们在他的消化系统里放了一点东西进去……怎么说呢？你可以把它看作是我们怪兽的宝宝，我们让这个小东西钻进了你爸爸的嘴里，然后沿着食道进入你爸爸的胃里。这个可爱的小东西能释放出一种酶，这种酶能让人昏睡不醒。在我们怪兽界，这种小怪兽是出了名的能睡，它们一整天除了睡觉几乎什么事情也不做，它们每天要睡11个小时，而第12个小时嘛，它们会——算了，它们干的事情我不说也罢。不过，你不要担心，小怪兽对光线相当敏感，当太阳即将升起的时候，它一定会从你爸爸身体里爬出来，顺着下水管道回到我们的世界。当你爸爸醒来的时候，他会感觉相当好，就像获得了新生一般。"

"你们居然把一只怪兽放进了我爸爸的嘴里？"

"吉姆，它说的到底是什么鬼东西？！"

"小怪兽。"巨型怪重复了一遍，"那是我们的好朋友，它能治好我们的头痛。"

"我们有阿司匹林，也能治疗头痛！"我几乎哭出来，"阿司匹林！不需要什么怪兽！"

"亲爱的，"瞎眼怪说，"我们还是换个话题吧，目前的话题不利于增进我们的友谊。"

"都给我闭嘴。"

杰克的脸色变得相当难看。这短短的几个字,就像有什么魔力一样,让大家都安静下来。他看了看我和塔比,又看了看那两只怪兽,然后,伸出一个大拇指,指了指我的卧室。

瞎眼怪动了动触手,做出了一个道歉的姿势。接着,它又向我解释起来,言简意赅地说,那就是我们现在必须动身了——立刻,马上。让我感到奇怪的是,比起这两只怪兽来,我好像更害怕杰克。听了瞎眼怪的话,我不断地点头。

"它说什么呢,吉姆?"塔比问,"我们到底要去干吗?"

我吐出一串连我自己都不能相信的话:

"我们要去狩猎。"

我床下的地板下有一条连接着地底世界的通道。一阵旋风刮起,地板上的木片纷纷被卷起,它们在我眼前旋转着、变幻着,然后慢慢回归到各自的位置,只不过此时地板上赫然出现了一道通往地底的螺旋状楼梯。之前被塔比找出来的那只臭袜子,掉落在了楼梯的台阶上。几颗我放在地板上用来防御的弹珠也被卷进了这凭空出现的楼梯里,它们滚落下去,可我却一直没有听到弹珠落地的声音。

杰克率先走了进去,而我和塔比却没有要跟下去的意思。

"该出发了。"他冲我们喊。

我和塔比互相盯着对方,直到眼前的单人床突然被巨型怪举过头顶。它冲我俩点点头,示意我们走上楼梯。它的犄角划裂了我贴在墙上的海报,还有,我的那些模型也被它撞得乱七八糟。

我小心翼翼地迈出第一步,然后慢慢地向楼梯下方走去。我的眼睛逐渐适应了昏暗的光线,这才看清我走在一个根本没有扶手栏杆的楼梯上,因此,我不得不加倍小心,生怕像弹珠一样,坠入万丈深渊。杰克大概是看不惯我的样子,自顾自地大踏步向前走着。

第三章
巨 怪 猎 人

这让我感到相当沮丧，这个看起来只有13岁的"男孩"身上，有那么多我所不具有的品质。而且我真不知道，跟着他走下去，迎接我的将会是什么。我做了个深呼吸，试图忽略掉那两只怪兽带给我的恐惧感，集中精神，稳稳地踩在楼梯上。而塔比呢，他一直跟在我身后，双手紧紧地抓着我的衣服。

我们就这样在这种紧张的气氛里行进了大概十分钟。我不知道自己向下走了多深，只是觉得身边的空气先是变得温暖，转而炎热，然后变得闷热不堪。墙壁的两边点着油灯，一路上的景象都差不多。最后，我们终于走到了一处看上去像是山洞的地方。双脚踏上地面的那一刻，我的心才终于落了地。塔比的全部重心几乎都压在了我身上，我被他挤得站立不稳，一个踉跄，向前倒去。不过，一双温暖而又柔软的触手扶住了我的胳肢窝。不用猜，我也知道那是瞎眼怪的触手，我知道我应该向它说声谢谢，可是说心里话，我宁愿它不要管我，让我摔倒，也比被那恶心的触手抚摸来得舒服一些。

在我们面前有三道拱门，杰克选择了其中一个，径直走了进去。尽管那两只怪兽对我非常友善，可是，我还是不愿意和它们单独待在一起，所以，我跟着杰克的脚步，赶忙冲了进去。在令人窒息的昏暗隧道里追了将近一分钟，我才终于看到了杰克的背影。

"等等我，杰克伯父。"我喊着，"你难道不想解释一下这是怎么回事吗？哪怕只解释几句也好？或者只告诉我一丁点儿也行啊！我到现在还是没弄明白，你到底为什么要带我来这里。你说要带我们来狩猎，好吧，那听起来还不错。我小的时候，爷爷也曾经带我去摘过蘑菇，采摘和狩猎……我想应该差不多吧……我记得我当时摘了二十多个蘑菇呢。我不介意你要带我们去哪里，但是你总得告诉我们一声，我和塔比都被你吓坏了，你知道吗……"

杰克伯父转过身。虽然，我比他还大两岁（或者也可以说比他小43岁，随你怎么看吧），不过，我俩的身高却差不多。

"爷爷？"他问。

"是啊，爷爷，那次我们……"

杰克的眼睛湿润了。

几秒钟过去了，我突然想起来，那个被我叫作爷爷的人对杰克来说意味着什么——那是杰克的爸爸。这个认知让我感到非常不安，因为我知道，接下来，他将会问我什么问题。

"他还……？"他欲言又止，有些紧张。

我摇了摇头。

"五年前，他去世了。"

这个答案让杰克沉默了许久。之后，他点了点头。他的脸色十分难看，他不断地摆弄着自己缠满了护具的胳膊，又反复检查了自己的盔甲，最后，冒出这样一句话：

"我错过了……太多的事情。"

"和我一起回去吧。爸爸见到你一定会非常高兴的，这么多年以来，他一直没有放弃寻找你。"

杰克盯着我的脸，似乎是在寻找什么。

"你的姓氏是斯特奇斯。"他说。

"我知道。"

巨 怪 猎 人

"你知不知道这个姓氏意味着什么？吉宝，也就是你的爸爸，有没有告诉过你？"

"没有。"

"那爸爸……我的意思是，你的爷爷，也没有告诉过你什么？"

"没有。"

杰克伯父抿紧了嘴唇，好像很生气。

"我们的姓氏由来已久。它代表着先锋，或者，矛。那是一个英雄的姓氏。"

"听上去不错。"我说。

"不。"杰克继续说，"这并不是什么好事。继承了这个姓氏，就意味着你要承担起凡人所不能承担的责任。在经历了种种磨难之后，你一定希望自己的人生能重新来过，投生在别的家族中；你一定希望在某天醒来时，发现自己变成了另外一个人。因为，英雄，是注定要在战场上浴血奋战的人。战争不是儿戏，战争非常可怕，充满血腥。一个个活生生的生命会在你面前衰败凋零，而你，不得不承担起所有人的嘱托，披荆斩棘，不遗余力地去完成你注定要完成的事。而当这一切都成为过去，那些发生过的事情只不过是别人眼中的一段历史，可对你而言，它却将终生留在你的记忆里，会在你的头脑里生根发芽。每当黑暗来临，你闭上双眼，那些血淋淋的画面和同伴们凄厉的哀号会准时降临在你的梦境中，你的余生都要在这样的折磨中度过，永远永远。"

我听到身后不远处传来了一些声响——那是触手滑动的声音，

还有网球鞋在隧道里奔跑的声音。

"好吧。"我说,"你说服了我,我已经对你的世界没有任何兴趣了,你会放我走吗?"

"你没有选择。"他耸耸肩,"每隔几代人,我们斯特奇斯家族都会诞生一个英雄,那是救世主一样的人物。也许,你就是这个人,吉姆。当然,你也有可能不是。不管怎么说,我们都要去验证一下。而且,现在有些事靠我一个人的力量是不可能完成的,我需要你的帮助。"

"英雄不止一个?那你为什么不去找他们?他们在哪儿?"

"是的,英雄不止一个。他们来自于不同的家族,可我并不知道他们到底在哪儿。如果他们还活在这世上的话,或许有一天我会找到他们。可是,我没有足够的线索,也没有足够的时间。所以,现在,只有你和我。"杰克说着,看了看我弱不禁风的身体,继续说,"我们要一起并肩战斗。"

塔比跌跌撞撞地从转弯处追了上来,在他的身后,两只怪兽也跳跃着跑了进来。杰克没有再继续我们的话题,转回身,大踏步地向前走去。

塔比抓住我的肩膀,虚弱地说:"嘿,伙计,你就这么把我甩给两只怪兽了?真够仗义的。"

"对不起,塔比。"

他凑到我的耳边轻声地说:"它们不停地在我身边叽叽喳喳,我实在受不了了,简直就快要吐出来了。我根本不知道它们在嘀咕些什么,也许,它们是在商量要怎么把我大卸八块呢。别忘了,我

第三章
巨 怪 猎 人

听不懂它们的话,吉姆。现在,我在这里和在学校简直没什么两样……在学校还好些,至少那些欺负我的人不会吃了我。"

瞎眼怪悄悄地溜到我们身边,它的触手卷起了地上的垃圾,发出一阵金属摩擦的声音。

"不要在战场上浪费你的眼泪。"它说,"你的伯父就从来没有做过这种傻事,即使是在他刚刚被我们带到这里的时候,他也没有表现出任何的恐惧。我知道,对于你们来说,和我们怪兽以这样的方式相识确实有点令人难以接受,不过,我们没有时间来做那些文绉绉的事情,我们没时间西装革履,再给你发一份印刷精美的邀请函,邀请你来我们的国度一起共享一顿精致的下午茶。当然,我也喜欢那些诗情画意的东西,可是现在,我们时间紧迫,所以,请原谅我们的直率和粗鲁,也请原谅你的伯父用这种方式把你牵扯进来。他也是身不由己,自从我们把他带到我们的世界,他的整个人生就发生了翻天覆地的变化,他经历的事情太多了。"

"是你们把他抓走的?"

"准确地说,是巨型怪把他抓走的。"

"我抓走了那个男孩。"巨型怪说,"那个可怜的男孩。"

这一切竟然都是真的!爸爸小时候曾经出现的那些传闻——那些关于怪兽的传闻,竟然不是爸爸的臆想,而是真的!不仅如此,那只抓走伯父的怪兽,现在竟然就在我的眼前,和我说话。它就走在我的身边,庞大的身躯占满了整个隧道,血红的舌头正在四处舔舐着从身上流下来的花生酱。令人难以置信的是,知道这件事以后,我竟然没有任何恐惧,而是满腔愤怒。

"你们两个根本就不知道你们做了些什么！对我的爸爸，对我们整个家族，对我！我的整个人生都被你们给毁了，你们知道吗！"

瞎眼怪的几只触手慢慢垂下来，低得几乎碰到了地板。

"其实，在把你伯父带回来以后的很长一段时间里，我都睡不安稳，我几乎每天都在忏悔。对了，还有件事我要告诉你。在我们抓住你伯父的那个晚上，我和我的朋友都不确定，我们是否抓对了人。事实上，我们是想把他们兄弟俩都抓来的，可是，我们失败了。当时，杰克也被我们吓坏了，他不能相信竟然还会有个和人类世界完全不同的空间。可即使在那种情况下，他依旧阻止我们去抓你的爸爸。他对我说的那句话，我到现在都还记忆犹新，因为那句话，让我体味到了无限的温情和爱意，让我深受感动。他说：'把我抓走吧，你们要什么我都照做，只要你们放了我的弟弟。'"

我的脑海中不禁浮现出爸爸的身影，那个终日默默无闻、与世无争的瘦弱的男人。试想一下，如果爸爸被带到这个令人生畏的怪兽世界，他会怎么样？也许，他只会蜷缩在一个角落里，浑身颤抖着默默流泪吧。有一件事情爸爸说得很对——杰克，真的是这世界上最勇敢的男孩。

"翻译一下，吉姆，你倒是给我翻译一下啊。"塔比嘀咕着。

"没时间给你翻译，这家伙是个话痨。"

"好吧，好吧！我还是继续打我的酱油吧。"

"从来没有什么事能让我感到忧伤，直到遇到了你的杰克伯父，我才深深地被他打动，也开始为他的命运担忧。"瞎眼怪继续

第三章
巨 怪 猎 人

说,"不过,现在我们已经平安地度过了四十五年,为了这四十五年,这些牺牲还是值得的。你的伯父拯救了上百个儿童的性命,他该赢得所有人的尊敬。因为,自从他来到了我们的世界,你们的城市就再也没有丢失过任何孩子。"

"这到底是为什么?是谁带走了那些孩子?"

瞎眼怪的眼睛变得通红,虽然它的视力几乎为零,但它仍旧将所有的眼睛都对准了我所在的方向。

"是黑贡纳。"

听到这个名字,巨型怪不禁长吼一声。墙上的油灯被它吹得闪烁不定,隧道里的小碎石被震得滚落下来。

"别被我朋友的反应吓到,任何人听到这个名字都会是这个反应!在杰克的带领下,我们打败了黑贡纳——那只凶猛残暴、嗜血成性的怪物。而且,我们还消除了它身上的魔性。可是,不知道为什么,黑贡纳再一次觉醒了,而且这一次他变得更加强大。一旦它重回旧态,必然还要再次侵入人类世界,大快朵颐。如果我们不能尽快找到它,制止它,那你们人类世界可就真的要遭殃了。"

我跟着两只怪兽穿过一道门廊,走进一个宽敞的洞穴。这里的光线比隧道里还要暗。当我的眼睛逐渐适应了昏暗的灯光,我才意识到,这个洞穴我曾经来过。这里有个大大的壁炉,还有一座用自行车堆放而成的小山,以及各式各样的垃圾堆。头顶上的荧光灯正嗞嗞地闪个不停,发出忽明忽暗的光。

"噢,这里还挺整齐。"塔比说,"我能试骑一下这里的自行车吗?"

他伸出手来，却被我拍了回去。

"这可是那些失踪孩子的自行车。"我提醒他。

塔比像是触了电一样，赶忙缩回手。

杰克在洞穴的另一边，站在一块巨大而光滑的石头面前，正在专心地挑选着一些锋利的金属工具。我还在回想刚才的话题，转身继续问瞎眼怪。

"那个什么贡纳，你们怎么知道它现在变得更强大了呢？"

瞎眼怪看了看它的朋友，冲它点了点头。巨型怪将它巨大的爪子伸到自己的毛发里，摸索了一会儿，掏出一个破旧的纸盒子。它弯下腰，将纸盒子举在我们面前。那纸盒子看上去平平无奇，甚至还有点老旧，上面贴满了某家船务公司的邮票和邮戳，而地址则写着圣博纳迪诺的某个地名。纸盒的盖子有些变形，像是有什么东西在从里面往外推的样子。

塔比嘴里不断地念叨着："天哪，天哪！奶奶，我爱你！还有我的猫猫们。"

他狠狠地吸了几口气，平复了一下心情，然后，打开了纸盒子的盖子，探头向里望去。

"噢，吉姆。"塔比几乎说不出一句整话来，"吉姆，噢！噢！噢！吉姆，吉姆！"

我咬紧牙关，也鼓起勇气看过去。

纸盒子里面赫然放着一只巨大的眼球。虹膜上交织着橘红色和花青色的斑纹，颜色十分诡异。眼球的玻璃体呈淡黄色，上面遍布着网状的红色血管。整个眼球几乎有篮球那么大，看上去令人生

第三章
巨 怪 猎 人

畏,也让人非常不舒服。

"这就是恶毒之眼。"瞎眼怪说,"在1969年的那场激战里,巨型怪把它从黑贡纳的眼眶里挖了出来。要知道,这东西是个不祥之物,其实早就该被毁掉的。不过,这恶毒之眼有一种神奇的力量:谁要是拥有了它,谁就能透过这只眼球看到黑贡纳所看到的一切,现在,我的朋友就拥有这种能力。几十年来,眼球里一直乌黑一片,空空如也。可是,就在最近几周,这眼球发生了变化,而我那位尽职尽责无私奉献的朋友发现了这一切,它通过这个眼球看到了很远很远的地方,而且,不止一次。"

"唔里哇啦稀里哗啦叽里呱啦,对吗?"塔比不满地看着我说,"它说的很有意思哦?"

我向塔比道了歉,并把事情的经过简要地复述了一遍。

"好吧,这事情听上去的确很神奇。我们能看看吗?你现在能戴上这个眼球吗?"

看到一个像巨型怪这样的庞然大物做出畏缩的表情实在是一件奇怪的事情。瞎眼怪用充满同情的目光看着它的伙伴,巨型怪慢慢地抬起了巨大的爪子,最终下定了决心。

"好吧,孩子们,既然你们开口了,我就满足你们的要求。"

我和塔比好奇地盯着纸盒子,看着盒子被巨型怪小心地拿起来。漆黑的瞳孔好似墨一般浓重,看得时间长了,会觉得瞳孔深处就像是个无底洞,让人在不知不觉间沉迷其中。不止如此,眼球还散发出一股咸咸的海水味道,腥臭刺鼻,我差点被熏得吐出来。可不知为什么,似乎有一股力量,吸引着我不断向前走去,离眼球越来越近，只有几英寸的距离了。我不禁想伸手去触摸它——是冷的？热的？光滑的？还是有弹性的？我都想知道。

眼球一跳一跳地收缩着，红色的血管也不停地搏动着，好像承受着什么巨大的痛苦。突然，一条血管爆裂开来，溅出一股股油腻腻的橘红色血液，液体落在地上，发出嗞嗞的声音，还不断冒出气泡，看上去就像是碳酸饮料洒在了地上一样。黑色的瞳孔裂成两半，就像一张张开了的大嘴，周围的虹膜也跟着支离破碎。我被这场景惊得呆若木鸡，直到一只大手从背后把我拉了出来。

"这可不是什么好主意。"

杰克盖上了纸盒子的盖子，将巨型怪的手掌紧握在纸盒上，紧接着，用尽全力将纸盒推了出去。巨型怪被杰克一推，才好像突然从梦境中醒来。它低头看着自己手里的纸盒，像个做错了事的孩子，沉默了一会儿，重又将盒子塞回了自己的毛发里。在杰克的怒视下，瞎眼怪内疚得不知所措，八只触手各自盘旋在空中，向不同的方向看去。

"你最近看那东西看得太多了，再这样下去，你会被黑贡纳的能量影响，你会按照它的想法去思维，按照它的方式去行动，相信我，这可不是什么好事。"

我知道杰克说得很对。仅仅是这短短的几分钟，我就已经被恶毒之眼的恶臭熏得晕头转向。在真真切切地感受到了黑贡纳的力量之后，我对我们未来要面对的这股邪恶力量愈发感到担心了。

杰克从地上捡起一个粗布麻袋，背在身上。

"走吧，别浪费了这漫漫长夜。"

第三章
巨　怪　猎　人

巨型怪和瞎眼怪像是要讨好杰克似的，赶忙一左一右地来到我的身边，催促我立刻跟上。我刚被恶毒之眼的臭气搞得七荤八素，胃里翻江倒海，双手扶住膝盖，弯腰吐了起来。在喘息的空当，我又看到了墙壁上的那幅壁画，那上面所描述的画面和之前在博物馆里看到的那些壁画简直一模一样。

"嘿！"我大声说，"你们知不知道博物馆里的那座石桥到底是怎么回事？"

话音未落，那两只怪兽都全身一振。瞎眼怪将所有的红色眼睛都转向了我的方向，巨型怪也转过身，昂起头，将流着口水的长鼻子甩向空中。杰克最后转过身，他的神情在灯影闪烁的山洞里显得那么难以琢磨。

我擦干了嘴边的口水，清了清喉咙。

"我说错什么了吗？我的发音错了？"

没有人回答。

"我是看到了这堵墙才想到那座桥的，我和塔比曾经在博物馆里见到了这座桥的真身。而且，就在这个周五，博物馆就要对外展出这座石桥了。我和塔比知道一条小路，要是你们想免费看展览的话，我们可以带你们进去……"

杰克扔掉了肩上的麻布包，包袱掉落在地上，发出一阵丁零当啷的金属声。他快步穿过山洞，甚至踢倒了一座堆放着玩偶娃娃的小垃圾堆，大踏步地向我走来。他一把抓住我的衣领，由于用力过猛，手掌上的大头钉甚至戳裂了他厚实的手套。

"在博物馆里看到的？怎么可能？你到底在胡说什么？"

塔比轻轻地拍了拍杰克的肩膀。

"放松点，伙计，只不过是个破展览而已。"他说。

杰克将我推倒在地上，又向塔比冲过去，塔比被他吓得一屁股坐在那堆自行车上。

"那座桥，在圣博纳迪诺？"杰克怒吼。

"是啊。"塔比茫然地点了点头。

"周五又是怎么回事？他们要在周五干什么？"

"我们也不知道，伙计……大概是要等一块什么石头？等那东西运到了，就要一起在周五进行展出。"

杰克的肩膀不断地上下耸动着，他勉强让自己后退了几步，好像如果不这么做，他就会忍不住把我和塔比撕成碎片一样。他烦躁不安地摘掉头上的面具，又拽出身后背的两把剑，挥舞着，怒吼着，手臂不住地颤抖。然后，沉默了几秒，他再次向我们走来，并发出一阵野狼般的吼叫。这叫声震得我们头顶上的管道嗡嗡作响，灰尘扑簌扑簌地掉落了一地。我和塔比不禁捂住了耳朵。

杰克像无头苍蝇一样在山洞里绕着圈，他用左手的长剑挑起了一个玩偶娃娃，右手剑锋一挥，一个自行车把应声而落。杰克把这两样东西全都扔进壁炉里，却仍旧余怒未消。他将长剑还鞘，捡起地上的麻布袋，快步走进了旁边的一条隧道，消失在了黑暗之中。

我看着那个玩偶娃娃的脸逐渐消失在炉火中。

"你的那个所谓的伯父会杀了我们的。"塔比对我说。

"我也这么想。"

几只柔软的触手搭上了我们的肩膀，那强而有力的吸盘贴合在

第三章
巨 怪 猎 人

我们的身体上,就像一只只大手在推着我们不断前行。

"嘿,这没什么!男人嘛,你们知道的,偶尔发个脾气罢了,对吧?"瞎眼怪的声音听上去很紧张,"还好,他的反应比我想象的还要好一点!你们不用担心,勇敢的男孩们,我们马上就会到训练场的,只要三块石头的时间。"

"三块石头的时间?什么意思?"

"噢,对不起,对不起。"瞎眼怪将我们推进了刚刚杰克进入的那条隧道,"我忘了跟你们解释了,石头是我们怪兽用来计量时间的一种方式。很简单,顾名思义嘛,三块石头的时间也就是我们怪兽吃掉三块石头的时间。所以,你们能想象吧,那是很短的一段时间。"

"你们吃石头?"

"当然吃,如果没什么别的可吃的话。不过,现在我们可没时间讨论我们怪兽吃什么,我们得马上赶路了。"

瞎眼怪的眼睛里发射出一股红色的光,刚好够照亮我们脚下的路。远处,传来杰克身上盔甲的金属摩擦声。听上去,他走得很快,好像根本不打算等我们。不过这也没什么,反正我也不想追上他。我承认,杰克在危急时刻救了我爸爸的性命,使他免于自此生活在地底的悲惨命运。不过,在经历了这48年的岁月磨砺之后,也许,终年不见天日的生活已经磨蚀了杰克的本心,让他变得近乎疯狂了。

想到这儿,我伸出一只胳膊,拉住了塔比。

"你们这些不负责任的小东西,难道你们想临阵脱逃吗?不,你们这样会害惨我的!我真是不知道我到底干吗来蹚这摊浑水!早知道这样,我还不如归隐山林,继续做学术研究呢。求你们了,帮我个忙好不好,我们继续赶路行不行?"

"我需要一个解释!我的伯父,到底为什么变成刚才那个样子?"

瞎眼怪的声音听上去也很强硬:"我可是认真的,孩子们,别再跟我谈论这个话题。"

"那座桥,还有那个什么黑贡纳,你必须要给我们解释清楚,如果我们连这些最基本的情况都搞不清楚,你要我们怎么保护我们自己?更别提去和什么怪兽作战了。"

塔比拉紧了我的手腕,像是生怕我被那两只怪兽生吞活剥了一般。他口中念念有词:"主啊,愿远在天堂的您能够听到我的祷告……请赐予我们……"

"塔比!你可是犹太人!"我提醒他。

"我知道,所以我才说得这么磕磕绊绊啊。"

巨型怪从我们身后赶了上来,口中呼出的热气喷在我们的脖子上。

"给我一个解释!"我仍旧坚持。

"原谅我们的罪孽吧……"塔比还在乱七八糟地念叨着。

瞎眼怪的触手不停地摆动着,纠缠着,触手上沾着的泥巴扑簌簌地掉下来。触手的毛孔一张一吸,不断有泥水从中流下,就好像在呼吸一样。

"好吧,好吧,我服了你了。你知道吗?站在你面前的,可是

第三章
巨 怪 猎 人

全美洲地区怪兽界中最顶尖的学者。你们这些小家伙给我听好了，让我给你们解释这一切也可以，不过，我有两个条件。第一，在我解释这些事情的过程中，我会不断地引用我那篇还未完成的长达一万一千余页的著作里面的内容。噢，那可真是我的心血呢！那里面不仅讲述了新旧之交怪兽迁居的状况以及对未来怪兽界可持续发展的建议，还详细记录了怪兽界在美洲的几次重大战争，以及欧美地区怪兽的种类、体型、体貌等情况。第二个条件就是，在我解释的过程中，我们必须要边走边听，不能耽误行程。要知道，我们的时间可是有限的。你们同意吗？"

"当然，请开始吧。"

"他要告诉我们这究竟是怎么回事。"我向塔比转述。

塔比把头扎在我胳肢窝下蹭了蹭，嘴里继续念道："——阿门。"

20

可以说，自从有了人类，就有了怪兽。这是瞎眼怪告诉我的第一个事实。能够证明它们存在于这个星球上的最早记录出现在公元九世纪的挪威，从那时候开始，它们的形象开始出现在歌曲、诗歌以及口口相传的民间故事里。有的时候，父母们也会借用怪兽的故事来威慑那些调皮捣蛋的孩子们。在北欧的神话传说里，怪兽是黑暗力量的化身，是邪恶的象征。它们都是冰霜巨人伊米尔的后代，伊米尔死亡之后，它的身躯变成了我们生活的宇宙空间，它的骨头变成了高耸的山脉，牙齿变成了地上的卵石，身体发肤变成了河流树木，等等。

这个传说，逐渐被现代怪兽们所接受，成为了流传已久的历史。至于巨怪（troll）这个词本身，是从一个古老的欧洲词汇衍生而来的，他的原意是"行走粗鲁的人"。不过，不管人类如何称呼它们都好，自从冰川时代起，这些怪兽就已经开始与人类共处了。可是，随着人类对自然界的不断破坏，河流、山川、森林、海洋，都逐渐被人类开发殆尽，怪兽们赖以生存的环境越来越少，它们对人类的仇恨也越来越强烈。不过，对于怪兽来说，人类也做了一件

第三章
巨 怪 猎 人

好事,那就是,他们在不断地修建桥梁——这是怪兽们最喜欢的一种建筑结构,它们可以利用桥梁为媒介,穿梭于地底世界和人类世界之间。

"所有的桥梁都能被你们利用吗?"我问瞎眼怪。

"是的。"它说。

"连过街天桥都行?"

"是的。"

"那要是我在地上挖个坑,然后再在上面搭个木板,你们也能利用吗?"

"孩子,你不应该总是打断我的话,让我把这个故事讲完。"瞎眼怪严厉地说。

除了桥梁以外,怪兽们还可以利用孩子们床下的空间来到人类世界,不过,相比于桥梁来说,使用这个路径会增加许多变数。比如说,这张床的主人,也就是躺在床上的孩子,如果正处于深度睡眠的话,那么穿梭于此的怪兽们就会被这个孩子的梦境所影响,其症状就好像人类感染了流感病毒一样。梦境对怪兽的影响程度,要取决于这个孩子所做的是美梦还是噩梦。也有一种极特殊的情况,不过相当罕见,那就是——极少数的人类或者说孩子,也可以通过这个路径到达怪兽的世界。

尽管怪兽们可以通过种种途径往来于人类世界,但是,要想全面入侵人类世界,对它们来说几乎是不可能的,因为它们有一个致命的弱点——阳光。一旦太阳升起,阳光就会把它们变成石头,所以,要想打击人类,入侵人类,它们只能利用夜晚的时间。从九世纪流传下来的神话故事中，我们可以看出，怪兽们为了保护它们的生存空间，与人类进行了很多次战争。在这些战争中，它们最主要的攻击目标是教堂，因为这里是人们最容易聚集的地方。怪兽们最喜欢干的事情就是向教堂投掷石头子，它们乐此不疲。对人类的这种仇恨，导致在怪兽界人肉的价格居高不下，成为了最昂贵的美餐。

不过，世间万物都是相辅相成的。自从有了食人肉的怪兽，就出现了敢于与怪兽作斗争的勇士。斯特奇斯家族就是这样一个诞生勇士的家族。有关他们的故事不断地出现在民谣、圣歌，甚至是船歌中。斯特奇斯家族的勇士们以长剑和弓箭作为自己的武器，并在盾牌上用颜料画上山鸡的羽毛（据说这意味着免于被敌人发现），他们率领部落里的人们捍卫自己的家园，甚至如果发现了怪兽的藏身之处，他们还会对怪兽进行主动攻击。这个家族的血脉沿承至今，诞生了许多著名的勇士。1533年，罗格纳·斯特奇斯在赤手空拳的情况下用牙齿咬掉了怪兽的脑袋，从而拯救了整个威尔士；1666年，罗莎琳德·斯特奇斯率领人们抵御了一大波怪兽的袭击，不过，也间接地导致了那场闻名于世的伦敦大火。最具传奇色彩的人物当属西奥博尔德·斯特奇斯，他在与怪兽的斗争当中，通过地道战的方式，最终挽救了一个营的英国士兵。

"噢，罗格纳真是个臭屁的名字。"在听了我的翻译之后，塔比自言自语道。

怪兽们像燎原之火一样，在欧亚大陆上蔓延开来。冰岛、瑞典、芬兰、德国、法国以及苏格兰是怪兽势力最为猖獗的几个国

第三章
巨 怪 猎 人

家。怪兽们的繁殖能力很强，人口很快增加到一个难以想象的程度。不过，在这样的情况下，即使怪兽的平均寿命有1000多年，它们依旧没有蔓延到美洲大陆的版图上来，直到公元17世纪，状况才又发生了变化。

事情发生在1620年的9月6号，一艘名为"五月花"的轮船载着130名乘客从英格兰的普利茅斯起航了。事后大家猜测，就是在这艘船上的货舱里，隐藏着不计其数的怪兽——尤其是，如果算上那种绿色的、长着毛尾巴的小怪兽的话，那么数量将会更多——要知道，如果用水桶来装的话，一桶可是能装下30多只那样的小怪兽的。

"五月花"上的这些怪兽们并不是为了出来冒险才坐上这艘客轮的，对于怪兽们来说，要在茫茫大海上躲过人类的眼睛，还要躲过能够让它们石化的阳光，其实是一件非常需要勇气的事情。而这些怪兽之所以敢这样不顾一切，踏上艰险重重的旅程，其实，是因为教派之争。

在那之前，怪兽们曾经进行过一场学术讨论，就在这场讨论中，不列颠岛上的怪兽们因为意见不合而逐渐分成了两个派系。一派是保守派，也是大多数怪兽所在的派系，它们认为，应该保持和人类相处的关系，也就是：人类继续掠夺怪兽们赖以生存的自然资源，而怪兽理所当然地要吃掉人类。而一小部分以埃比尼泽·巨型怪为首的、在林肯郡居住的怪兽们认为，目前与人类的关系是不正常的，也是比较极端的，怪兽与人类应该有更好的相处方式。埃比尼泽和它的拥护者们拟定了一个协议：第一，终止现在捕食人类幼童的行为；第二，禁止出售用人肉制作的香肠；第三，禁止食用用人类皮肤制作的甜点。这些怪兽转而开始以老鼠、松鼠、浣熊、田鼠以及各种鸟类为食。

"难道就没有食素的怪兽吗？"我问。

"事实上，有一种叫作尼尔伯格安的怪兽种群，它们曾经尝试着以植物为食，可是，仅仅过了19天，所有种群里的怪兽们都变成了一摊绿色的黏液。"瞎眼怪皱着眉头回答。

"五月花"客轮刚一靠岸，这一小部分与人类为善的怪兽们就纷纷逃离客船，寻找到了它们通往地底世界的桥梁，开始在美洲大陆安下家来。它们先是在东部沿海地区适宜居住的岩洞里繁衍生息，之后又逐步将地盘扩张到新的地区。每当有一座新的大桥建成，就会有一个怪兽家庭居住于此。也有少数的怪兽不顾危险，成功迁徙到了西部地区，而这其中的一部分就在这座安静的圣博纳迪诺小城里一直居住下来。这里气候舒适，温度适宜，简直就是怪兽们生活的天堂。

随着怪兽们的逐渐迁徙，斯特奇斯家族也随之迁往了世界各地，最先到达的是波士顿和缅因州。而在美洲生活的斯特奇斯家族的后人们，因为当地怪兽不与人为敌，因此也就失去了与怪兽交战的理由。在这种情况下，他们只得转行从事起了其他有助于社会发展的行当：制造皮革、酿酒、种植大豆等等，而最终，其中的一支，涉猎到了电子产业这个领域，他们开始致力于研究电子计算机。

就这样，350年的时光匆匆而过。直到有一天，事情再次出现

第三章
巨 怪 猎 人

了转机，而这一变化，彻底改变了人类和怪兽界的历史。1967年，横亘在泰晤士河上的繁华一时的交通枢纽——伦敦大桥彻底完成了它的使命，被拆成了一块块石头块，这些石头又被整体封装起来，准备运往远在五千公里以外的美国亚利桑那州的哈瓦苏湖市。虽然这听起来有些不可思议，但是事实就是这样：一位富有的美国工程师斥巨资买下了这座闻名于世的伦敦大桥，并决定把它运到美国，当作一处旅游景点，吸引众人的眼球，以此来让这个默默无闻的小镇成为举世闻名的旅游胜地。

整个伦敦大桥的重建历经了长达三年多的时间才得以完成，而在这些石块被装在集装箱里远渡重洋的过程中，伦敦的怪兽们也借机偷渡到了美国。它们仅仅用了不到一个小时的时间就撕裂了包装箱，趁着夜色逃到了地底世界。到1968年1月，这些怪兽就已经穿过了加利福尼亚州的边界，到达了美国的其他地区，之后便在美洲大地上开始了它们的恶行：捕食儿童。这一派系的怪兽们可以说是怪兽界的耻辱，它们很快就吸收了那些对猎食儿童一直心痒难耐的凶残怪兽们，壮大了自己的队伍，组成了一支被称为"咀嚼军"的部队。

"咀嚼军？这是什么怪名字。"塔比鄙夷地说。

"在我们怪兽听起来，你这个什么德肖维茨也不怎么样啊。"瞎眼怪回敬道。不过，这句话我没有转述给塔比。

咀嚼军的前身已经在欧洲大陆上作威作福了一千多年，早在公元920年，就有人在给康斯坦丁二世国王上书的羊皮书中提到过它们。在那份书信中，咀嚼军被描述成"散发出腐臭气息的令人生

巨怪猎人
Trollhunters

畏的贪婪巨怪"。公元1100年左右，咀嚼军抵达了现在的苏格兰高地，它们在当时还年轻气盛的黑贡纳的领导下，仅仅用了100年的时间就占领了英国地区的所有桥梁。而黑贡纳之所以选择远渡重洋来到美洲大陆，据猜测，就是为了要向那些与人类和平共处的怪兽们宣战，要搅乱美洲地区怪兽与人类的关系。

不管出于什么原因，黑贡纳的咀嚼军已经开始了它们的挑衅，它们疯狂地猎食着这里的孩子们。在最初的三个月里，它们每月只猎食一次，之后变成了一周一次。而从1969年开始，每一周，都会有好几名儿童不见踪迹。这些孩子们都被带到了如同迷宫一般的地底世界里，在他们被烤熟，成为怪兽们的美餐之前，都会被关进笼子里，有的甚至被关长达几个星期之久。

原本居住在美洲大陆上的善良的怪兽们，因为之前长期处于和平状态，身上的戾气消失殆尽，几乎已经失去了战斗的能力，因此，只能眼睁睁地看着咀嚼军在美洲大陆上肆虐无阻。直到最后，这些怪兽们忍无可忍，才在一处小山谷里召开了会议，达成了共识。它们决定拿起自己的武器，不再保持中立态度，而是要和咀嚼军决一死战。

幸运的是，这些怪兽们都正值盛年，身强体健，更为重要的是，它们拥有一位勇猛而睿智的领导者。虽然在怪兽界来说，年仅75岁的她还是个孩子，但是，她已经拥有了成熟的思想和坚定的意志，同时，也有决心带领族人们取得战斗的胜利。她的名字叫作约翰娜·M.巨型怪。

约翰娜带领着她的手下，决定向咀嚼军的巢穴发起攻击。它们

第三章
巨 怪 猎 人

甚至拿出了家族中祖传下来的宝物———一块罗盘,来为自己一方指明方向。传说,在很久以前,约翰娜部落的祖先们曾经在斯堪的纳维亚从半人半羊的农牧神的铁蹄下救过几个小精灵的命,而这块罗盘就是精灵们送给部落祖先们的礼物,用来报答救命之恩。

在神秘罗盘的指引下,约翰娜带领着她的部队开始寻找咀嚼军的老巢。与此同时,瞎眼怪所属的部落也开始奉命翻阅族谱古籍,以期能够找到人类中的佼佼者,来帮助它们共同应对即将来临的大战。在经历了数天的搜索之后,瞎眼怪终于检索出了八卷相关的记载文件,找到了身处圣博纳迪诺的斯特奇斯家族的成员。可是遗憾的是,由于用眼过度,瞎眼怪的眼睛也全部几近失明了。

"我对你的遭遇表示遗憾。"我真诚地说。

"其实,我的眼睛倒也不是完全因为这件事而失明的。之前,我为了完成学术论文而努力了四百多年的时间,在那期间,我也可以说是废寝忘食,这大概也是导致我失明的原因吧。"瞎眼怪虽然不喜欢被打断,但仍然有礼貌地回答。

对于约翰娜率领的部队来说,要想招募一个愿意与怪兽合作的人类,可以说是困难重重。与人类和平共处是一回事,而要人类帮忙去狙击怪兽,则是另一回事了。况且,在此之前,也从没有过先例可循。但是,随着牛奶箱子上印着的儿童头像越来越多,约翰娜不得不下定决心去赌一把。因此,在1969年的9月21号,杰克伯父在毫不知情的情况下被强行带到了地底世界,并从此快速地成长为了一名出色的勇士。

杰克加入了怪兽的队伍之后,约翰娜也终于成功地找到了咀嚼军的老巢。杰克率领着一小部分怪兽作为先遣部队率先发动攻击，大部队作为后方支援，等待着和咀嚼军的正面交锋，而约翰娜本人则将黑贡纳作为自己的最终攻击目标，准备与之决一雌雄。事实上，约翰娜家族与黑贡纳家族早就结怨已深，在1100多年前，黑贡纳曾在奥地利与匈牙利接壤处的一次交战中败给了瑞玛拉·巨型怪，失去了一条胳膊，而瑞玛拉正是约翰娜的外婆。就在那天晚上，黑贡纳在自己的断臂处装上了一条木头做的假肢。从那以后，它就发誓一定要报此仇，而且，自那天起，它每杀一个人，就在自己的假肢上刻下一道印记。

  双方的第一次交战可以说是腥风血雨，黑贡纳的凶悍几乎无人能敌，就算是约翰娜也无法阻挡。在这场鏖战中，黑贡纳虽然取得了胜利，但当时它并没有杀死约翰娜，而是把一块巨石嵌入了约翰娜的头盖骨中，用这种方式来折磨约翰娜，似乎更能让黑贡纳感到痛快。也正因为这块巨石，约翰娜的语言能力受到了一定程度的损害，不仅如此，她变得难以控制自己的情绪，像疯了一般冲向了黑贡纳。在激烈的打斗中，约翰娜挖出了黑贡纳的一只眼珠，也就是我们刚刚看到的恶毒之眼。在这场战役之后，黑贡纳发现，它部族里的怪兽不是被杀就是被俘了。于是，它将这一切都归罪到了杰克的身上，因此，也对杰克起了杀心。

  在之后的日子里，双方又进行过几场激战。而最终，杰克率领着约翰娜部族里的怪兽取得了战斗的胜利，他们将黑贡纳关在了地底最深层的一处岩洞里。但没过多久，黑贡纳就从岩洞中逃脱了。它发誓，要向杰克和约翰娜复仇，甚至还要向他们的后人复仇。它

第三章
巨 怪 猎 人

对杰克和约翰娜简直恨之入骨,只要一提到他们,黑贡纳就会发出蛇一样的声音:嘶嘶嘶嘶。

杰克对咀嚼军被俘的怪兽们采取了从宽处理的态度,而这些怪兽们也承诺,今后不再捕食人类,改为以动物为食。除此以外,杰克还为它们找到了新的工作——做怪兽界的运输工。在这场战斗彻底结束之后,怪兽们对约翰娜无比崇拜,它们不敢再对她直呼其名,而是只称呼她的姓氏巨型怪,不管约翰娜走到哪里,都会有人前呼后拥,怪兽们甚至将自己的宝宝高高地举过头顶,只为了让它们看一眼那块依旧嵌在约翰娜头盖骨中的巨石。

"那块大石头到现在还留在她的脑袋里,也正是因为如此,我的这位朋友,直到现在说话还不太利索。"瞎眼怪指了指身旁的巨型怪说道。

日子就这样一天天地过去了,直到有一天,杰克才突然意识到,也许他的一生都注定要在这暗无天日的地底世界度过了。可是,他已经无法回头了。正是因为他本性当中的宽容,决定不杀死黑贡纳,才会让它最终有机会逃脱。要知道,如果让怪兽们来处置黑贡纳的话,它们一定不会手下留情的。因此,杰克认为他有责任继续留在地底世界,以防黑贡纳的再度反击。一旦他回到人类世界,他就会一天天长大,甚至一天天变老,如果那样的话,他就再也没有机会通过那道来往于人类世界与地底世界的门了。为了抵御黑贡纳,他必须保持体力、保持青春,而唯一的方法,就是继续留在地底世界。

永远停留在13岁的杰克始终没有放弃对自己的训练,一天又一

巨怪猎人
Trollhunters

天，一年又一年。他变得越来越谨慎，也越来越偏执，甚至每天都生活在对黑贡纳的臆想当中。而当几个月之前，巨型怪告诉他自己通过恶毒之眼所看到的一切时，杰克表现得相当冷静，似乎一切都在他的预料之中。为了让怪兽们有所准备，杰克在地底世界进行了无数次演讲，向大家宣告黑贡纳即将卷土重来，希望能引起大家的重视。可是遗憾的是，没有一只怪兽相信他的话。怪兽们长期生活在安逸的生活中，它们变得越来越胖，越来越盲目自信。它们整天想的就是吃和玩，根本没有任何斗志，也根本不相信咀嚼军会卷土重来这件事。

在这种情况下，杰克不得不和瞎眼怪还有巨型怪三个人做好了孤军奋战的准备。随着黑贡纳的能量愈发强大，杰克发现，他必须再给自己找个帮手了。尽管他也十分不愿意让自己的侄子落得和自己一样的命运，但是，为了整个怪兽世界，也为了人类社会不再被怪兽所祸，他不得不这么做。按照原计划，杰克将吉姆带到地底世界后，还有几个月甚至更长的时间将他训练成为一名真正的战士。可没想到的是，即将在圣博纳迪诺博物馆展出的那座大桥完全打乱了他的计划，他能够训练吉姆的时间只剩下短短的几天而已了。

那座桥不是一座普通的大桥，那是黑贡纳的老巢——是黑贡纳家族祖传下来的老巢。在很多年以前，黑贡纳和它的族人们一起生活在苏格兰。可是，残暴的黑贡纳为了扩充自己的势力，杀掉了族中所有的亲戚，还在自己的名字前面加上了一个"黑"字，将自己神话成救世主的形象，并最终组建了咀嚼军这支部队。这座桥对黑贡纳来说有着非同寻常的意义，它是黑贡纳和远古力量相连接的桥

第三章
巨 怪 猎 人

梁,而它之所以会被运到加利福尼亚来,估计也和黑贡纳脱不了干系。杰克猜测,黑贡纳一定已经获得了重生,并且再次组成了一支新的咀嚼军。

不出几个月,那些怪兽们就会潜入到圣博纳迪诺的各个角落,向人类发起攻击,类似于之前发生的儿童失踪的案件,还会再次发生在这个城市里。可是,杰克、瞎眼怪和巨型怪却没有任何办法找到黑贡纳的藏身之地。对于他们来说,出现在吉姆的家中,寻求他的帮助,其实也是一场赌博。在战争一触即发的关键时刻,也只有如此下注,才可能找到新的胜机。这就是在吉姆在被带到地底世界之前所发生的所有事情。

我们是巨怪猎人,我的嘴角不禁微微上扬,呵,多么美妙的称呼!

21

　　杰克背着他的布包,站在前方的一块小空地上,等着我们。他的面前是一堵土墙,上面是怪兽艺术家们的陈年旧画。由于时间太久,土墙已经千疮百孔,裂纹纵横交错。从狭窄的隧道里走进这块空场地的感觉有点奇怪,就好像从一个巨大生物的喉管进入了它的胃部一样。

　　在厚重的金属铠甲的包裹下,杰克的身形看上去比原来矮小了一点。现在的他,看上去更像一个未经世事的少年,而非一个饱经战争之苦的成熟男人。我相信,他一定听到了我们的脚步声,但是,他并没有做出任何反应,只是呆呆地站在那里。我刚想开口跟他说点什么,却被站在路边的几只怪兽吓了一跳。不过,瞎眼怪和巨型怪并没有做出什么特别的反应,想必,这些怪兽都不是我们的敌人。令我感到奇怪的是,瞎眼怪和巨型怪看到那些怪兽们时,不知为什么,脸上都露出了怜悯的神色。

　　这些怪兽们在一个闪烁着的斜塔前站成一排,正在观看不知是什么频道的电视节目,它们的脸上没有任何表情,长长的舌头耷拉在嘴角,一个个神情恍惚。

巨 怪 猎 人

"别盯着它们看啦，"瞎眼怪说，"多么让人寒心的场景。"

"怪兽竟然也会看电视？"我问。

瞎眼怪嘘了一声，轻声说："别那么轻易就做出判断，你们这些思维简单的人类。要知道，作为怪兽，终生都不能见到太阳，永远生活在这阴暗的地底。正因为如此，我们才会对你们制造出的电视机视若珍宝，更有甚者，甚至对电视充满崇拜，就好像你们人类崇拜太阳神一样。"瞎眼怪骄傲地举起触手，继续说，"现在，几乎每个怪兽都拥有一台电视了。"

"你们怪兽都喜欢什么类型的节目？"

"你觉得，像我们这样缺少娱乐活动的怪兽会喜欢什么样的节目呢？其实，哪怕只是黑白花纹闪烁的画面，也会对它们有很强的吸引力，更何况是电视节目了。你一定猜不到，怪兽们最喜欢的节目是广告！广告因为节奏快、色彩艳丽，在怪兽当中最受欢迎。说实在的，你真该好好研究一下广告，这里面的学问可不少呢。"

站在我们身旁的怪兽们丝毫没有被我们的谈话影响，它们神情呆滞地张着嘴，任由口水不断滴落到地面上。

"在你看来，电视就像是毒品一样，对吗？"我问。

"是的。它几乎拥有和毒品一样的效果，它的镇定效果出类拔萃，而且，如果使用适量的话，甚至还有助于身体健康。可是现在，怪兽们的日常生活几乎已经被电视占领了，护士们用电视来帮助老年痴呆症患者缓解心情，妈妈们用电视来安抚它们的孩子。甚至连我自己，也曾经被一档特殊的电视节目吸引了长达数年之久，那个电视台好像叫什么BBC。"

"噢，那的确是个不错的电视台。"我说。

"不过，我还是比较幸运的。你知道，任何毒品使用得多了，都会摧毁你的意志，还好，我及时逃离了出来。而这些可怜的家伙就没那么好运了，它们会把身上的每一分钱都用来购买新的电视节目，或者，购买更好的信号效果。它们为了看电视而忘记了吃饭，忘记了喝水，甚至连上厕所都能忘记。你一定不能想象，连墓地，它们都会选在电视信号塔附近。"

"为什么电视会对怪兽影响这么大，而对人类却不是这样呢？"

"你确定电视对人类没有影响吗？"

"好吧，就当我没说过。我明白你的意思，但是我们人类可没有……"

杰克的击掌声打断了我们的谈话，他头也不回地冲我喊道："你的问题太多了，为什么这样，为什么那样，到底是怎么回事，到底是什么意思……你来到这个地底世界，就要接受这里的一切，哪里有那么多为什么！你最好记住这一点，或者，你最好能马上适应这里的一切。这里没有那么多让你满意的答案，就算有，我也没有那么多时间来——告诉你。"

他边说边掏出一个罗盘模样的金属圆盘，我记得在学校的时候好像学过，那是中世纪时期的人们用来辨识星座的星盘。不过，在这以前，我只在书本上看到过类似的图片，还从没有见过这样货真价实的玩意呢。整体看上去，那东西大概只有一个茶碟大小，但是上面的装置却错综复杂，精巧无比。圆盘上至少有四个圆环，环环

巨怪猎人
Trollhunters

相扣，两条铜质的锯齿状铜条镶嵌其上，每根铜条上都刻画着难以辨认的计量标志。整个圆盘被镶嵌在一个金色的底座上，底座的四周雕刻着树木状的纹样，看上去相当特别。星盘看上去精巧非凡，但它的表面依旧可以看出斑驳的磨痕，金属构件上面也有不少凹凸不平的磕碰印记，看起来，这个星盘跟着它的主人饱经沧桑，应该是很久以前的物件了。

杰克将星盘举到半空中，扳动了上面的齿轮，紧接着，用星盘在面前的土墙上轻轻划过。一直站在我身后的巨型怪突然跃起，双足落地的震动扰乱了旁边的电视信号。正在看电视的几只怪兽这才猛然回过神来，用恶狠狠的眼神盯着我们。

巨型怪将两只前爪抵在土墙上，用尽全力，背后的肌肉线条分明，土墙在它的推动下裂成了无数不规则的碎片。我和塔比用一只手挡住了自己的口鼻，以免被弥漫的灰尘呛到，另一只手在脸旁不断地扇动着。让我们惊讶的是，杰克和那两只怪兽竟然走进了开裂的土墙中，我们俩也只好赶忙跟了上去。走进那道裂缝，眼前的景象让我们大吃一惊，以至于我们都忽略了那道裂缝在我们身后逐渐闭合的声音。

矗立在我们眼前的是一个交通标志牌。这个普普通通的牌子让我和塔比无比惊讶。牌子上既没有怪兽的文字，也没有怪兽的头像，就是那种在人类世界里随处可见的黄色交通标志牌，上面画着禁止超高的图案。是的，通过了那道裂缝，我们竟然从怪兽世界穿越到了人类世界。此刻，我们正身处在郊区的某条高速公路旁，在某个不知名的地下通道里，身边到处都是人类工业建筑的痕迹，这

第三章
巨 怪 猎 人

让我有点不知所措。我环顾四周,除了散乱堆放的垃圾,这里似乎没有什么其他的东西,可在我看来,这些垃圾竟也变得那么可爱。我身旁的水泥墙上画满了污秽不堪的涂鸦,不远处的路旁,一间快餐店的招牌正不断地闪烁着红黄相间的灯光。

塔比兴奋地指着路旁的标志大声地喊道:"德拉罗萨!我们到了德拉罗萨!从这里,我们走着都能到家呢。你说,我们要是从这里徒步走回家的话,是不是很酷?"

杰克还在自顾自地调整着他的星盘。大大小小的车辆从我们头顶上方不断驶过,根本没有人注意到桥下的变化。杰克沉默了好一会儿,终于放下了他那宝贝的金属罗盘,指出了一个方向。

"就在两个街区以外,空壳怪们正在那里准备行动呢,我们必须抓紧时间了。"

杰克把背在肩上的麻袋扔在地上,麻袋里的东西发出一阵丁零当啷的刺耳金属声。杰克冲我扬了扬下巴,指了指那个麻袋。

"打开看看。"他说。

我知道,一旦我打开这个袋子,就意味着我要与奇怪的杰克伯父以及两只恐怖的怪兽为伍了,我的内心十分纠结。杰克拽出长剑,在地面上猛地一划,惊得地上的蚂蚁纷纷钻入裂隙中。他的声音听上去冷酷而沉重。

"黑贡纳的力量一天比一天强大,它已经吸引了越来越多的怪兽加入了它的队伍,它们都是穷凶极恶之徒。这个邪恶的组织会离你越来越近,今天它们出现在德拉罗萨,明天它们就会出现在你家,你希望看到这样的局面吗?你希望你家附近的孩子们被它们抓走吗？难道你想看着几十年前的惨剧重演吗？"

塔比似乎也急着想打开那个袋子，一睹究竟。我做了个深呼吸，俯下身去，打开了它。袋子里面装着两件武器：一把剑身斑驳的长剑和一把短柄弯刀。我一手拿起一个，掂了掂分量。这两件兵器之重真是出乎我的意料，我估计以我现在的身体素质，拎着这两件家伙走不了两步，就得放下歇一歇。

"那我呢？我没有武器吗？"塔比问。

"没有，你不是要走回家吗？去吧。"塔比冷酷无情地说。

塔比一下子变得垂头丧气，看上去似乎被杰克的话伤到了。

杰克根本不在乎这些，他举起自己的那把长剑，在空中快速一挥，剑尖所及之处，留下了一道漂亮的银色弧线，在夜幕中投下点点光芒。

"有三条原则，你要记住。"杰克说，"第一，充满敬畏。"

"这个没问题啊。"塔比说，"关于这一点，我们一直做得很好。"

"对敌人充满敬畏是为了时刻保持你们的警醒之心，就像兔子那样。"

杰克用剑锋在空中随意地画了个兔子的模样，不过，那图样瞬间就消失了，以至于我开始怀疑，刚才的画面不过是自己的想象。

"大家都知道，在大自然中，兔子没有任何制敌的本领，生活在食物链的最底端。不过，要想捉住一只兔子，也不是那么容易的事情。正因为它们如此弱小，它们才会对大自然充满敬畏之心，随时随地保持着高度的警觉。它们时刻都在观察，在倾听，以防遭到

第三章
巨 怪 猎 人

敌人的突袭。而你们,最好吸取这一长处。"

杰克再次举起了长剑,画了个图样,这次,出现在我眼前的是一头公牛。

"要向斗牛比赛中的斗牛士一样,利用敌人的体重、速度和愤怒去反制它们。当你发起攻击时,速度要快,态度要坚决。"

杰克再一次在空中画出了一道优美的曲线,我看到了一条巨蟒,吐着分叉的舌头,蠢蠢欲动。

"把你自己想象成一条毒蛇,进攻后要适度回缩,再进攻,再回缩。张弛有度。"

兔子、公牛、毒蛇。我的脑海中出现了一副怪异的景象,这三种动物结合在一起,变成了一只奇异的怪兽,我搞不懂它们究竟是如何出现在我的想象之中的,我只知道,现在最重要的,就是要学习一招制胜的本领,其他的都不重要。

杰克反握着长剑,把剑身当作高尔夫球杆一样,击出了两块石头。一块打在了我的膝盖上,将我从无边的想象中拉了回来,另外一块打在了塔比的肚子上。我和塔比吃痛不已,都不住地揉着自己的痛处。

"第二条原则:要记住,怪兽身上的三处致命之处。"

杰克将剑身指向巨型怪,那家伙老实地栖身在杰克的身旁。杰克用剑尖指着巨型怪的身体,锋利的剑刃戳进了巨型怪的皮毛里。我不禁倒吸了一口冷气,而怪兽却只是轻轻地扭动着身躯,好像杰克在给它挠痒痒一样。

"心脏。"杰克边演示边说。

巨怪猎人
Trollhunters

他轻巧地转了个身，剑光笼罩在他的身边，好像给他镀上了一层金边。他压低剑身，继续说道："胆囊。"

杰克再次舞动长剑，一起一落之间，剑锋已经落在了巨型怪的脖颈上。我注意到，那脖颈上面，赫然长着一个小小的凸起的肉瘤。

"还有死穴。"

巨型怪长吼一声，模样十分骇人。

"死穴？"塔比重复着杰克的话，"我怎么在生物课上从来都没听说过？什么是死穴？"

杰克转身看着我们，眼睛闪闪发光。

"那是怪兽最要紧的致命之处，攻击那里是你们杀死一只怪兽的最好方法。在剩下的这一周时间里，我们要练习的，就是如何刺中怪兽的死穴——这是我们唯一要练习的事情。如果你们所说的关于那座桥的事情是真的，那么，我们就只剩下七天的时间了——算上今晚。我们要在那座大桥被组装完成之前，先消灭咀嚼军的大部队，之后，我们再专心对付黑贡纳。记住，心脏和死穴是你能杀死怪兽的两处重要部位。而胆囊，则是你验证怪兽是否已经死亡的重要部位。还记得山洞里的那些油灯吗？那里烧的都是怪兽的胆囊。我们每杀死一只怪兽都会摘下它们的胆囊，然后烧掉，知道为什么吗？胆囊就像是怪兽肉体的种子，如果你没有把它烧为灰烬，那么胆囊的主人随时都有可能借机生根发芽，重获新生。"

杰克的话让我干呕起来。不知为什么，我的脑中突然浮现出生物课上解剖青蛙的场景，而相比于摘掉怪兽的胆囊，解剖青蛙这种

第三章
巨 怪 猎 人

小事简直不值一提。

"呃……你知道的,我这周时间不太方便。这周要举行秋季庆典,我可能要帮助爸爸去修剪草坪。而且,我还要参加演出,我们只有一周的排练时间,我必须好好准备……还有数学!周五有数学考试,而且平克顿老师说过,如果我这次不能考到88分以上的话,这个学期我的数学就会不及格,所以我必须好好学习……"

"你的确需要好好学习!不过,是和我一起好好学习,就在这里,每晚都来。"杰克挥动着手中的长剑,剑身扫在了我手中的两件武器上,金属相碰之下,我的武器顿时震颤不已。我不得不攥紧了那两把剑,以防它们掉落在地上。

"给它们起个名字,快点。"

"给谁起名字?"

"给你的剑起个名字。身为巨怪猎人,必须在上战场之前为自己的剑起好名字。"

我茫然地看着手中的两把家伙。

"快点,别忘了两个街区以外的怪兽们。没那么多时间浪费。"

"我……"

"随便说个什么,对你来说重要的就行,名字只是个符号而已,没那么多讲究。"

"克莱尔。"我小声说,手中紧紧攥着那把长剑。

塔比神情古怪地看了我一眼。

"克莱尔?"他重复了一遍。

我真希望漆黑的夜幕能够掩盖住我脸上的红晕。

"就叫克莱尔之剑。"

塔比以手掩面,差点笑出了声,"好吧,真有你的,伙计!你说叫什么就叫什么吧。"

"那把短的呢?"杰克催促着。

"呃……"我盯着锋利的刀刃,斑驳的刀身,一点灵感也没有。我转身问塔比:"你家的那只猫叫什么名字?"

"哪只?我家有几十只猫呢。"

"就是那只,你知道的,和我最要好的那只。"

"噢,我知道了,猫咪六号。"

好吧,就这么定了!我握紧了那把弯刀,说道:"就叫猫咪六号!"

杰克盯着我看了几眼,尽管隔着盔甲,我还是能感受到他对我的责备——他好像对我起的两个奇怪的名字并不太满意。不止如此,塔比和瞎眼怪也在我身后咻咻地笑个不停,连巨型怪都控制不住地抖动起肩膀。我抓紧"克莱尔之剑"和"猫咪六号"的剑柄,向杰克看去。

"能告诉我你的那两把剑叫什么名字吗?我倒要看看你起名字的本事。"

瞎眼怪和巨型怪突然止住了笑声,气氛一下子变得很尴尬。塔比也好像感觉到了什么,逐渐收起了笑容,就连我们头顶上方的公路也似乎受到了这诡异氛围的影响,突然变得寂静一片。杰克将长剑换到右手,沉思了好一阵,才又掏出了短刀。他的动作如此轻

第三章
巨 怪 猎 人

柔,仿佛手中拿着的不是武器,而是什么珍贵的东西一般。

他举着那把长剑,说道:"它叫能量王。"

接着,他又举起了那把短刀,说道:"它叫X博士。"

不用说我们也能猜得出,这两个名字对杰克而言,一定有着不为人知的意义。

他挺起胸膛,调整了一下站姿,一上一下地举着两把兵器,做出了一个进攻的姿势。

"注意了。"他说,"我接下来的动作会很快。"

杰克并没有开玩笑。在接下来的十分钟里,他不断地挥舞、直刺、抵挡、佯攻,手中的武器被他舞动得上下翻飞,一招一式敏捷迅猛,令人眼花缭乱。"X博士"刚刚直刺过来,"能量王"就已经接踵而至,简直让我目不暇接。这堂课可以说上得紧张激烈,杰克不仅教授了我进攻的要点、防守的姿势、脚步的变换等基本动作,还告诉我如何应对身材比我高大的敌人,如何应对身材比我矮小的敌人,如何变换进攻的节奏以迷惑敌人。同时,他还告诉我如何双剑合璧,来增强进攻的威力,如何在被敌人包围时一一突破,化解危机,以及如何利用速度来压制力量强大的敌人,做到以快制慢,以小博大。

所有的这些技巧,都是从中世纪起流传至今的搏斗技巧,甚至每一个招式都有它们固定的名字。随后,杰克又教授了我几招他自创的招式,他给这些招式也起了名字:醉鸡、牛仔能量,等等,不过,这些名字起得着实不怎么样,一听就知道是出自一个孩子之口,实在无法登大雅之堂。

现在，我的任务很明确，就是要在最短的时间内把这些杂乱无章的招式全部记住。

我能做到吗？结果显而易见——如果我没有背下这些招式的话，是不可能在这里给你们描述出来的。

虽然我不愿意承认，不过我还是得说，我能背下这些东西，全都依仗我在学校所遭受到的那些折磨。如果没有平克顿老师每天逼着我背诵那些公式，如果没有劳伦斯教练强迫我所做的那些体育训练，我根本不可能背下这些招式，并且熟练地运用它们。我也根本不可能完成我那个变态伯父和两只怪兽交给我的任务，更别提去打什么怪兽了。现在，我的大脑好像突然被开发出了一块新的区域，它极度渴望着汲取新的知识，而杰克伯父教给我的这些，正是它们想要的。

这时，巨型怪突然深深地吸了一口气，橘红色的眼睛闪烁着光芒，头顶上锋利的犄角不断地顶在桥面上。杰克明白了它的意思，向那块星盘走去。可巨型怪却一副等不及的样子，匆忙冲出了桥底，扬起了长长的鼻子。杰克冲瞎眼怪做了个手势，很快，粗壮的触手便搭上了我和塔比的肩膀。

"当战斗临近时，你可能会变得愈发胆怯。不过别担心，小家伙们。这场小小的战斗算不了什么，命运不会允许我们这种大人物在小阴沟里翻船的——尤其是在我的夙愿还没有达成的情况下——你们知道的，我的学术论文还没完成呢。"

瞎眼怪似乎想通过这样的方式来让我们放松下来，不过，它的话并没有起到什么作用，我指了指巨型怪，问道："那它最大的愿

第三章
巨 怪 猎 人

望是什么？"

"它？应该是拥有一口整齐的牙齿吧。"瞎眼怪想都没想，脱口而出。

巨型怪狂吼一声，露出满口参差不齐的尖牙，从我们身旁窜了过去，一下子把我们落下好远。我和塔比从昏暗的桥洞底下钻出来，踏上了一段未知的旅程。巨型怪在树荫下一路小跑，躲避着路灯投射下来的灯光。我们紧随其后，追了上去。杰克还剑入鞘，收拾着行囊。

当我走过他身边的时候，他突然一把抓住了我的胳膊。

"别紧张。"他的声音沙哑而粗粝，"相信我，你会爱上这份工作的。"

可对我而言，这句话听上去不像是安慰，倒像是个诅咒。

巨怪猎人
Trollhunters

22

我们跟着杰克一路前行,来到郊区的一处房屋前。我草草地看了看,这房子既没有厚重的岩石墙面,也没有搭建牢固的栅栏围墙,可以说是不堪一击。怪兽们要想入侵这里,简直就是小菜一碟。门口的邮箱和花架已经被撞得东倒西歪,看来,那些怪兽已经进到了院子里面。

我们从后院溜了进去,在满是荆棘的地面上匍匐前进。而巨型怪因为身形过于高大,只得暂时笔直地站在后院的空地上,假扮成一棵大树。距离我们五十步以外,便是那栋危如累卵的小别墅,墙面被漆成了浅粉色,看上去更加弱不禁风。我紧张地巡视着院子里的情况,散落在地上的各种园艺工具、门廊前的长椅以及盘在地面上的水管,都差点被我认作是怪兽。

"在那里。"杰克低声说,"那里,那里,还有那里。"

我花了好久的时间才逐渐辨识出杰克所说的那些空壳怪。它们的皮肤是灰绿色的,看上去肮脏不堪,在黑夜的掩护之下,十分隐蔽。从体型上看,它们的身材和猴子的大小差不多,但身躯十分肥硕,而四肢却又细又长,看上去很不协调。它们长着一双巨大的漆

第三章
巨　怪　猎　人

黑的眼睛，鼻子硕大，鼻孔里不断流出黏液。最为怪异的是它们的嘴，简直大得出奇——两个嘴角以异于常人的角度向脑后延伸，几乎就快在后脑勺的位置交汇在一起了。它们每向上爬一步，大半个脑袋就会跟着一张一合，活脱脱像是个垃圾桶的盖子。

"居然来了这么多！"杰克小声嘀咕。

"怎么了？有什么不对吗？"我问。

"空壳怪，这些可恶的笨蛋们。"瞎眼怪说，"它们经常都是五个为一伍，结伴行动。"

我仔细观察了一下，情况确实如此。在这座房子周围有十只空壳怪，其中的八只正摆动着长长的手臂，几乎快要爬到二楼的窗子了。如果不是亲眼所见，我真难以想象，这么肥胖的身躯也能爬墙。与此同时，还停留在地面的两只空壳怪正拿着两根看上去像是红色粉笔一样的东西，在墙上涂涂画画。它们先是画了一个粗粗的圆圈，然后，又在圆圈里面画了一个倒五角星。我隐约记得，这个标志似乎是撒旦教的标志，学校里有很多喜欢重金属摇滚的孩子就特别喜欢用这个标志。

"空壳怪是撒旦的崇拜者？"我小声问道。

"别傻了。"瞎眼怪嘲笑我说，"它们的祖籍在爱尔兰，用这个标志标榜自己，不过是给自己肆无忌惮的行径找个由头罢了。一开始使用这个标志，只不过是因为它们经常五个为一伍结伴行动。后来，它们发现，使用这个标志好像更能让人类对它们产生恐惧，让人类以为它们是恶魔的化身，所以，每次攻击人类的时候，它们都要画一个符号，达到震慑人心的效果。"

第三章
巨 怪 猎 人

正说着,空壳怪那边传来了说话的声音,听上去,它们已经做好了进攻的准备。只见那十只空壳怪围在一起,组成了一个圆圈,然后它们兴奋地张开了大嘴,露出了像花岗岩一样坚硬锋利的牙齿。

"小伙子们,看看你们是多么地幸运。"瞎眼怪说,"你们马上就要见证怪兽界最恶心的事了。"

空壳怪们肥胖的身体开始轻轻地颤抖起来,黏糊糊的口水不住地从它们张开的大嘴中涌出来。紧接着,黏液的颜色不断加深,慢慢变成了深棕色,水状的黏液也逐渐变成了油状。空壳怪们的身体里发出一阵令人作呕的狂响,一个硕大的半透明色的肉囊慢慢地从它们的喉咙中浮出来。那肉囊越来越大,几乎和空壳怪们的身躯一样大小,里面充满了形状颜色不一的东西,不知是些什么,质地看上去很是柔软。空壳怪们把那个囊状物从嘴中吐出来,放在草地上,那东西在地上有韵律地轻微抖动、弹跳着。

"我们花了一晚上的时间,就是为了来看这些怪兽呕吐?"塔比嘲讽地说,"吉姆,这可真是难得的机会啊。"

"空壳怪是怪兽里面最狡猾的一类。"瞎眼怪解释说,"它们知道自己最大的缺陷就是体重,肥硕的身体严重影响了它们捕食的速度,所以,在发起进攻前,它们都会把自己的内脏器官先吐出来,除了心脏。"

除去了自己的内脏,空壳怪们就像没了枕芯的枕套一样,单薄得只剩下一副皮囊,它们敏捷得像松鼠一样,迅速爬上了别墅的二层。杰克从我身边蹿了出去,掏出三个锈迹斑斑的马蹄铁,一个递给瞎眼怪，一个递给巨型怪，最后一个留给了自己。

"爸爸妈妈归我负责，要是家里还有其他的兄弟姐妹或者爷爷奶奶的话，你们来负责。"杰克说。

"为什么要用马蹄铁？"我不解地问。

"难道我没有告诉过你们吗？"瞎眼怪惊讶地说，"噢，天哪，看来你们要学的还真多！空壳怪是最卑鄙的小人，它们来这里的目的，就是要利用这个家里的孩子，潜伏进他的身体，随着他慢慢长大，最终用自己的意志来操控他，去做一些有可能会毁掉整个世界的事情。我很抱歉地告诉你，你们人类世界中的很多高层管理者和政客们，都是被空壳怪所操纵的傀儡。所以，我们必须要测试一下这个家里的其他成员到底有没有被空壳怪侵入，而测试的最好方法就是把马蹄铁放在他们的前额上。其实，不只马蹄铁，所有马蹄状的东西都可以用来测试，不过，金属的马蹄铁效果最好。"

"那好，给我也来一块。"我叫着。

"你不用进去。"杰克一边说，一边将肩上的粗布麻袋递给我，"你今天的任务是把那些肉囊划破，找到怪兽们的胆囊，然后放进这个袋子里。还有，如果有空壳怪从屋里逃出来，你要负责对付它们，不能放过任何一个漏网之鱼，别忘了刚才我是怎么教你的。"

"等等！"塔比急得都快哭了，"那我该干点什么？"

杰克指了指墙上的涂鸦。

"打开你身边的水管，把那些涂鸦洗干净。"说完，他看了看我们，问道："大家都准备好了吧？"

第三章
巨 怪 猎 人

"没有!"我和塔比异口同声。

"我们开始行动。"杰克冲着那两只怪兽喊道。

巨型怪一马当先地冲了出去。杰克跟在它的身边,速度并不比它慢多少。瞎眼怪摆动着触手,也准备跟上去。在离开之前,它对愣在原地的我和塔比说:"自从我的眼睛失明之后,我都是靠着触觉和嗅觉来生活的。不过,现在这个时候,触觉和嗅觉过分灵敏可真不是什么好事啊。"

几秒钟以后,我才明白它的话是什么意思。那些装满内脏的肉囊腐臭扑鼻,我和塔比被熏得不住地呕吐起来。瞎眼怪不再搭理我们,紧跟着杰克,冲进了房间。而巨型怪却因为身形过于庞大,一时被困在了门口。不过,这对它来说并不是什么难事,它展开前臂,绷紧了肌肉,猛地一拱,终于,也消失在了我们的视线之外。

我和塔比眼睁睁地看着那道房门在我们面前缓缓闭合。整个别墅突然变得寂静无比。我们紧紧地盯着二层的窗户,生怕一眨眼就会错过什么。可过了半响,却依旧没什么动静。我们只好收回视线,将目光锁定在面前这十个微微颤动的肉囊上面。

"这可是你的活儿,"塔比说,"我只是负责清洁墙面的。"

说完,塔比捂着鼻子去开水龙头了。

我强忍着恶心的感觉,向那十个肉囊靠近了一些。那些东西看上去就像是基因突变的胚胎,我俯身向离我最近的那只看过去。透过半透明的肉囊表面,有两片浅紫色的肺叶,呼吸间微微膨胀收缩着;紧挨着它的一坨红色黏滑的东西,像是空壳怪的胃;而肉囊的底部则是一团白乎乎的正在蠕动的肠子。

巨怪猎人
Trollhunters

我慢慢地拽出"猫咪六号",用刀尖轻轻地挑开了那只肉囊。

随着刀尖的刺入,肉囊发出了"扑"的一声,像是气球泄了气一样。芥末色的液体迸溅出来,落在我的胳膊上。那气体散发出一股恶臭,呛得我的眼睛流泪不止。这时,我才突然明白自己到底在干些什么,我吓得打了一个激灵,手中的弯刀也被我狠狠地扔在了地上,深深地嵌到了泥土里。

那肉囊一下子从中间裂了开来,里面的一部分脏器落在地上,到处都是。那半透明色的肉囊,也在地面上逐渐变成了一摊散发着恶臭的啫喱状物体。那团白乎乎的肠子落到了我的脚边,我恶心得赶紧退了一步。在我身旁,蚂蚁、甲壳虫还有大大小小的各种昆虫都从地底爬了出来。我猜,它们都是被浸入地底的那些黏液熏出来的。

我忍着反胃的感觉,向地面上那摊恶心的东西看过去。大体看上去,那个棕红色的袋状物体好像是空壳怪的胃,那个稍大一些的绿色物体似乎是空壳怪的肝脏,可是,我找了一圈也不能确定——到底哪个才是那该死的胆囊啊?

一声清脆的金属声从别墅中传了出来。

我和塔比面面相觑,塔比惊得张大了嘴巴,我甚至能看到他那一嘴的牙箍在微微颤抖。我俩对看了一会儿,什么话也没有说。接着,塔比又举起水管,继续冲洗墙上的涂鸦。我转过身,用"猫咪六号"的刀尖在地上慢慢地划着,希望能找到些什么。别墅二层的窗户里不断传来嘈杂的声响,这一次,不再是金属相撞的声音,而是猛烈的重击声和肢体肉搏的扭打声。我知道,情势危急,我必须

第三章
巨 怪 猎 人

加快寻找的速度了。我俯身跪在地上，黏稠的液体浸湿了我的牛仔裤，我顾不得许多，深吸了一口气，用手捡起了地上的那些内脏。

那些内脏虽然已经被我剖开，暴露在了光天化日之下，却好像依旧有着生命力。它们似乎不太喜欢我的触摸，不断分泌出一种酸性的液体腐蚀着我的皮肤。我扯开黏糊糊的肉囊，里面的一条血管崩裂开来，缠绕在了我的小臂上，它有力地收缩着，勒得我几乎用不上劲。肉囊里的脏器发出一种类似于哀号的微弱声音，不过，这声音并没有让我对它们手下留情，我把双手插入肉囊里面，来回地摸索着。

在我接触到胆囊的那一刻，我就知道，我一定是找对了。那颗胆囊炽热灼手，我猛地一拽，把它从肉囊里揪了出来。缠绕在我手臂上的血管瞬间失去了力道，坠落下去，而肉囊之中的其他脏器也一下子失去了活力，逐渐萎缩下去。我紧紧抓住那颗胆囊，它大概有一个高尔夫球那么大，摸上去有些奇怪，像是一株洗过的菠菜一样，湿滑而柔软。它在我的手中微微蠕动着，就像里面藏着一条肉虫子。我快步走到杰克的粗布麻袋旁，把这个恶心的东西扔了进去。现在，还剩下九个。

二楼又传来了木头碎裂的声音。我被吓得倒退一步，塔比也像触了电一样，打了个激灵。一声婴孩的啼哭声响彻了整个别墅的上空，我猜测，杰克他们应该已经快要结束战斗，打败那些空壳怪们了。

随着此起彼伏的尖叫声越来越响，我收起"猫咪六号"，拽出了"克莱尔之剑"，赶忙向其他几个肉囊冲去。有了之前的经验，接下来的工作可以说不费吹灰之力，几秒钟之后，我就找到了第二

巨怪猎人

个胆囊,并把它扔进了杰克的麻袋里。我不断地挥舞长剑,一路劈砍削刺,不一会儿,就已经收集了八个胆囊。黏液和各种脏器流得到处都是,我冲塔比大声喊着,让他把草地上的污物也冲洗干净。二层的窗户里不断飞出些空壳怪的残肢断臂,想必是被杰克他们伤得不轻。我加快速度,划开了第九个肉囊,这次更加顺利,那颗胆囊就乖乖地待在肉囊的最上层,像是在等待着我的到来一样。

就在这时,二楼不知道发生了什么事情,一阵大乱。听声音,像是杰克他们已经冲进了婴儿房,房间里的灯光大亮,战斗愈发激烈。我听到了杰克喘着粗气的呼喊声,巨型怪的怒吼声,还有瞎眼怪的触手摆动的声音,而空壳怪们则只剩下一声声的怪叫。突然间,几块血淋淋的碎片顺窗而下,掉在了我的面前。

战况一片大好,可我的心里却不知为什么涌起一股不祥的预感。我并没有听到杰克还剑入鞘的声音,相反,倒是巨型怪发出了几声大叫——这更加让我心烦意乱。而且,更让我感到不安的是,那婴儿不知为什么突然停止了啼哭。

我扔下麻袋,向屋子的后门冲去。

"你傻了吗?"塔比冲我大叫起来。

我把"猫咪六号"向后一抛,刀尖直插在了塔比脚边的草地上。

"要是有空壳怪溜出来,就用这个!"我喊道。

"什么?吉姆!我可是个打酱油的,我只不过负责洗墙而已啊!"

我头也不回地冲进房间。虽说早有心理准备,但在刚进入房间

第三章
巨 怪 猎 人

的那一刻,我还是被屋里阴森的气氛吓了一跳。嗡嗡轰鸣着的电冰箱、空荡荡的安乐椅都散发着一股死亡的气息。我奔到楼梯前,大跨步冲了上去,只用了几秒钟的时间,就来到婴儿房的门口。我双手握着"克莱尔之剑",猛地一撞,撞开了婴儿房的房门。

整个房间的墙面都被刷成了淡淡的橘黄色,上面还画着一只只小熊猫。巨型怪庞大的身躯几乎占据了半个房间,在狭窄的空间里,它巨大的身形反而成了掣肘它的一大劣势,使它活动起来十分困难。几只空壳怪围在它的身边,看上去就像是几只疯狗。

杰克和瞎眼怪那边的情形要稍好一些。我数了数,地上横七竖八地躺着五只已经死了的空壳怪,它们被砍得支离破碎,就像是几块被扯碎了的毯子。而剩下的几只空壳怪仍旧在和杰克他们厮打着,爪子不断地撞击在杰克的剑锋上。即使隔着厚厚的面具,我依然能感受到杰克脸上满满的斗志,他就像个普通的13岁少年一样,青春莽撞,无所畏惧。只不过,他并没有像其他人那样,将汗水挥洒在球场上,而是与这些常人难以想象的怪物们在暗无天日的地底奋战了四十多年的时间。

杰克用长剑的剑背一敲,一只空壳怪应声躺在了地板上。说时迟那时快,瞎眼怪迅速摆起一条触手,紧紧地缠绕在了那只空壳怪的身上,立时把它勒成了两半。现在,只剩下四只了。

这些空壳怪们尽管被打得毫无招架之力,却仍旧在苟延残喘地抵抗着,它们的喉咙里发出一种濒死的声音,而我所佩戴的那枚奖章居然也可以翻译它们的语言——那些空壳怪并不是在互相对话,而是在齐声咏唱着一句咒语,一句听上去恐怖无比的邪恶咒语:

"复制那个孩子。"

"复制那个孩子。"

"复制那个孩子。"

房间里的婴儿床已经被推离了墙边，此刻，两只空壳怪刚好躲在婴儿床的后面，床上空无一人，可怜的小婴儿正被牢牢地抓在两只空壳怪的手里。

我贴着墙根，蹑手蹑脚地向婴儿床走去。所有人的视线都集中在胶着的战斗当中，一时间，竟然没有人注意到我的行踪。我逐渐靠近婴儿床的床尾，探头向里面看去。

一只空壳怪用它的皮囊裹住了那个婴儿，皮囊的毛孔中不断地分泌出一种蜂蜜状的黏稠液体，将婴儿从头到脚包裹起来。正当我被这一幕惊得目瞪口呆的时候，那个婴儿突然从皮囊中掉下来，落在了地面上，仰面朝天地躺在那里，一副睡着了的样子。而那皮囊本身则被蜂蜜状的黏稠液体包裹着越变越硬，最后竟硬得像是一层石膏外壳。接下来的场景更加诡异：透明的外壳里不断长出密密麻麻的血管和神经，片刻之间，就长出了一坨坨像葡萄串一样的组织器官。紧接着，又生出了白色的骨骼和淡红色的骨髓，甚至生出了像人类一样光滑紧致的皮肤。

我这才明白，原来，它们是要制造一个一模一样的假婴儿。

床后的另一只怪兽一跃而起，细长的手拎起那个昏睡不醒的婴儿，张开大嘴，眼看就要把婴儿吞下去了。它的腹中并没有任何消化器官，看这样子，是要把那个孩子装在皮囊里，带回怪兽的世界去。

事态紧急，我一脚踹开婴儿床，挥起长剑向那只空壳怪刺去，

第三章
巨 怪 猎 人

这一剑奇准无比,直接将空壳怪扎了个透心凉。那东西惨叫一声,将婴儿猛地一抛。我下意识地扔掉手中的长剑,去接那个孩子,婴儿落在我的手臂上,仍旧睡得很香,嘴中还吧唧吧唧地咂个不停。我把他紧紧地抱在怀里,心中激动不已——不仅是因为我救了这孩子一命,更是为自己第一次成功地杀掉了一只怪兽。杰克是对的,我发现,我的确渐渐地喜欢上了这种感觉。

剩下的那只正在用皮囊复制婴儿的空壳怪看到这个情形,慢慢地站立起来。我急忙捡起克莱尔之剑,向它砍去。那怪兽本想借我的剑身作为踏板,顺势跳出婴儿床以外,可不成想剑锋太快,一下子将假婴儿拦腰砍成了两截。

接下来发生的事情实在恐怖得出乎我的意料:那些正在逐渐发育着的器官尽管被从中砍为两半,却仍旧不知疲累地向上生长着、攀爬着,有些器官还没有被完全复制成功,仍保持着一半怪兽、一半人类器官的模样,彼此纠缠在一起。唯一复制成功的是婴儿的下巴,它正一张一合地垂死挣扎着。两只漆黑的眼珠狠狠地瞪着我,射出恶毒的光芒。这半人半兽的东西看上去异常恶心,被劈成两半的脑袋左右摇摆着,脑浆飞溅。

我尖叫着冲上前去,忍着胃部的翻江倒海,砍死了怪物。最让我受不了的,是那怪物已经复制出了类似婴儿的声音,它在我的长剑之下不断地哀鸣着、呜咽着,让我毛骨悚然。我浑身止不住颤抖起来,手也跟着哆嗦个不停,连"克莱尔之剑"都掉到了地上。

婴儿床被推到一边,杰克的脸出现在了我的面前。从他的护目镜里,我看到了自己那张惊恐的、满是血水的脸庞。他把宝剑装进剑鞘，掏出了马蹄铁，向婴儿面前伸过来。

"她不是……"我无力地说。

"闭嘴。"他深吸了一口气，一只手紧紧地握着手中的弯刀，另一只手拿着马蹄铁，贴在了婴儿的额头上。孩子不安地皱了皱眉。杰克这才放心地长呼了一口气，将马蹄铁收了起来，然后，一把揪住了我的衣服。

"还有一只去哪儿了！"他冲我喊道。

我茫然地看了看屋里的战况：地面上一共躺着九只死去的空壳怪，其中包括被我杀死的那一只。我的脑海中一片混乱，这才突然想起来，刚才那只空壳怪躲过了我的剑锋，因为战况太过激烈，再加上我一门心思要救那个孩子，因此，忽略了它，没有对它赶尽杀绝。

"我想，它可能逃走了……"

我盯着那扇打开的窗户。

杰克嘴里咒骂着冲出房间，巨型怪喷出一口热气，也跟着躬身追了出去，它头上的尖角在房间的屋顶上划了一道道蜿蜒的曲线。我感到胳膊上一轻，回身一看，是瞎眼怪摆动着两条触手，抱走了那个婴儿。它的动作十分轻柔，像是怕吵醒了孩子似的。同时，它的另外两只触手拿了块毛巾，温柔地擦拭着孩子身上留下的怪兽的黏液。大概是被擦得痒痒的，婴儿咯咯地笑着，轻轻地动了动胖乎乎的小手，抓住了自己的脚丫。

我捡起"克莱尔之剑"，正准备冲出门外，却吃惊地看到数只触手正在房间里忙碌着：有的将婴儿床推回原位，有的将散乱的玩

第三章
巨 怪 猎 人

具摆放整齐,有的把被碰歪的灯具扶正,有的将散落的照片插回原处……经过这番整理之后,我甚至有一种错觉:好像之前发生的一切都只是我自己的假想,这场战斗根本就没有发生过。

23

别墅的后院更是毫无打斗的痕迹,长椅上放着一副沾满灰尘的园艺手套。晴朗的夜空中繁星点点,一架红眼飞机正从上空飞过。公路两旁,几栋别墅矗立两侧,看门护院的宠物犬们不时地轻吠几声。就连我脚下的这片曾经污秽无比的草地,也被冲洗得干干净净:那些恶心的内脏器官都被洗刷干净,只剩下草丛上的点点水珠,在月光的照耀下闪烁着静谧的光芒。

杰克他们看上去有些垂头丧气,巨型怪站在草地的另一头,头上的尖角不住地摆动着,好像正在寻找那只逃跑的空壳怪。杰克嘴里喘着粗气,背上的剑鞘在月光的映衬下寒光四射。塔比无助地站在草地中间,顶着一头乱糟糟的橘黄色头发,看上去就像是戴了个假发套一样,胸前的汗水打湿了衣服,黏糊糊的粘在身上。此刻,他正求救似的看着我。

"事情发生得太快了。"他怯怯地说。

"没关系,只是逃走了一只罢了。"

"你懂什么!"杰克粗暴地打断了我的话。

"杰克伯父!"我故意这样喊他,希望这个称呼能唤起他对我

第三章
巨怪猎人

的一丝亲情,"我们已经杀死了九只,只是逃走了一只而已。"

"还记得那个装着胆囊的袋子吗?我看你根本就把它忘了!我们根本就没杀死它们,一只都没有。"

绝望的情绪瞬间席卷了我的全身。我看了看塔比,他却对我耸了耸肩。

"那东西一下子跳了下来,吞下了它自己的肉囊,还抢走了袋子,我真的不知道该怎么办。"

"你的朋友没有任何错。"杰克说,"他并不是巨怪猎人,本来就不需要参加我们的任务。"

"只是一只。"我还是不明白杰克为什么那么生气。

"就是你所谓的那一只,会跑去给黑贡纳通风报信,会告诉它关于我们的情况,特别是你的情况。"

"对不起,我不知道这些……"

"我跟你说过,要你留在这里,你怎么就是不听?"

"可是我觉得你们需要……"

杰克猛地摘下头上的面具,焦躁不安地走来走去。

"你觉得?谁给你思考的权利了?别试图用自己的判断去决定什么,就凭你那点可怜的经验,能判断什么?你只会想着你的那些数学课,那可笑的表演!你到底能不能干点正事?你给我听好,现在,你要面对的是一场战争。在这场战争里,成百上千的人可能会失去他们的生命,而我们,只剩下一个星期的时间了!一个星期!"

杰克的话还未说完,地面突然剧烈地震动起来。我们三个转过身，看到巨型怪正跪在地上，看上去痛苦不堪。杰克大步穿过草地，向巨型怪跑过去。我和塔比也急忙跟了过去，塔比边走边把"猫咪六号"还给我，然后开始擦拭自己身上那令人恶心的黏液。

巨型怪看上去好像伤得很重，它痛苦地弓起身子，甚至连头都抬不起来。我向前走了一步，想安抚一下它。

杰克半蹲着身子，似乎是感受到了我的脚步，他挥起"X博士"，挡住了我的去路。

"别再靠近了。"

我知道自己犯了很大的错，可是，杰克也不至于和我拔刀相向吧。我刚想开口解释什么，却突然注意到了掉落在草地上的一个盒子。一瞬间，我明白了发生在巨型怪身上的状况，自觉地向后退了几步。

恶毒之眼此刻正牢牢地攀附在巨型怪的脸上，眼球上伸展出来的血管和神经脉络像藤条一样探进了巨型怪的五官里，不仅如此，那些血管和神经交织在一起，越长越长，越长越快，不断地通过巨型怪的鼻孔、眼睛、嘴巴向巨型怪的体内延伸。在神经的不断拉扯下，那颗眼球被拽得完全变了形，已经变成了一块黏胶状的椭圆形薄片。

"把这玩意儿弄下去，它会杀了巨型怪的。"

杰克浑身的肌肉都紧绷了起来，可是，他却一动也没动。

我拔出了"猫咪六号"和"克莱尔之剑"，准备挥刀斩断恶毒之眼，可是，杰克却依然挡在我的身前。

"你不做我做！"我大喊起来，"让开！"

第三章
巨 怪 猎 人

巨型怪痛苦地扭动着身躯,张大了嘴巴。出乎我意料的是,它的口中突然发出了一阵大笑,接着,它猛地一甩头,锋利的犄角瞬时顶落了几节粗壮的树枝。杰克手握长剑,全神贯注地看着眼前的一切。

巨型怪转身向我和塔比冲过来,脸上的恶毒之眼闪烁着我从未见过的诡异光芒,虹膜之中裂开了一道缝隙,像是犬牙般参差不齐。

"嘶嘶嘶嘶嘶嘶嘶嘶嘶嘶——"

我知道,那是黑贡纳的声音,它看到了我,感觉到了我,它想把我一口吞下去,大快朵颐。不知道是不是我的幻觉,我仿佛听到了它舞动木制假肢、重拳出击的声音。此刻,恐怕它正跃跃欲试,想要在那块木头上多刻出几条痕迹。而且,这一次,它要杀的不是怪兽,而是它的老对头——人类。可惜眼下,它的实力还没有完全恢复,只好利用这种卑鄙的手段,借巨型怪之手,来向我们挑衅。

被黑贡纳控制的巨型怪抬起一只巨爪,向我们袭来,掌还未到,我和塔比就已经被凌厉的掌风震得坐在了地上。我们互相支撑着对方,害怕得甚至连尖叫的力气都没有了。

那巨爪并没有拍在我们身上。黑贡纳大声地叫嚷着,我和塔比根本顾不上那么多,赶忙连滚带爬地向远处跑去。我看到,杰克的长剑正刺在巨型怪的小腿上,剧痛之下,巨型怪绷紧了身体,猛一转身,张开血盆大口,向杰克扑过去。令人惊讶的是,当巨型怪看到杰克挥舞着长剑,正气凛然地站在它面前时,它突然退缩了,它的双爪握紧,攥成拳头,并最终坐在了地上。我和塔比被这突如其来的变故惊呆了。

恶毒之眼也随之发生了变化,原本被扯成椭圆形的眼球已经恢复原状,探进巨型怪体内的血管和神经也逐渐退了出来。眼球颤抖了几下,最终掉在草地上,滚到了草地中央。巨型怪将头埋在手掌里,杰克也收起了长剑,将手放在了巨型怪的脖子上,对它耳语起来。不过,我还是能依稀听清他们的对话。

"对不起,我刚才弄疼你了,应该刺得不深吧。"

"伙计,别说了!我……我太难为情了,竟然受了黑贡纳的控制……"

"嘘——别再说这样的话了,我不会让这样的事情再次发生的。"杰克轻语。

"我又看到了!"巨型怪几乎快尖叫起来。

"你又看到了什么?告诉我们。"杰克边说边抚摸着巨型怪的毛发。

"我看到空壳怪去找黑贡纳了,黑贡纳派出了很多咀嚼军,去找燃料——那台机器的燃料。"

即使夜色缭绕,灯光昏暗,我还是看到杰克的脸色一变。

"那台机器?那台机器已经被我们毁了,我亲眼看着它被毁掉的。"

"是咀嚼军,它们重新修好了它。你是对的,那座桥让黑贡纳的实力更加强大了,我们该怎么办?"

我坐在草地上,听得晕头转向,不禁开口问道:

"什么机器?"

第三章
巨 怪 猎 人

杰克焦躁不安的样子使我也跟着紧张起来,但是他并没有回答我的问题。

"现在,我们已经通过巨型怪了解了黑贡纳那边的情况——事情比我们想象的还要糟糕。我们今晚遇到的这些怪兽,根本算不上什么。我猜,从今以后的每个晚上,黑贡纳都会源源不断地给我们制造麻烦,直到那座桥被完全组装成功。我们必须赶在它们前面,如果它们找到了足够多的燃料,那么那台机器……"

杰克没有再说下去,他转动身形,四处张望着,别墅前、篱笆旁、道路上以及他能看到的每一个角落。最终,他沮丧得像个孩子一样,扔掉了长剑,垂头丧气地站在草地上。

"为什么事情会变成这样?"

夜幕下的郊外,寂静得可怕,没有人能回答杰克的问题。就在这时,瞎眼怪摆动着触手,回到了我们身边。它伸出一只触手,扶起我和塔比,又走到草地中央,捡起恶毒之眼,放进盒子里,然后把盒子放回了巨型怪的皮毛之下。

"那间婴儿室已经整理好了,简直是再干净不过了。我看,任何人也看不出来那里刚刚发生了什么。"

瞎眼怪似乎在等待着我们的表扬,可是,迎接它的只有四张愁眉苦脸的面孔。它扭头向东方看去,地平线上已经微微露出了橘红色的光芒,太阳就要升起来了。

"看来,这些日子我们有得忙了。快走吧,我们该回家了。"

瞎眼怪说的对,我们必须在太阳升起之前回到地底世界。杰克捡起长剑,巨型怪也站了起来,拖着那条伤腿,跟上大家的脚步,向我们来时的那座桥走去。我故意走得很慢，等到杰克走过我的身边，我一把抓住他的胳膊。

杰克抬起满是血丝的双眼，疑惑地看着我。

"为什么？你到底为什么要把我也卷到这些事情里来？"

杰克用几不可闻的声音回答我："被牵扯到这样一个世界里的感觉非常不好，对吧？这感觉，我也曾经有过。"

巨 怪 猎 人

第二天一早,我早早地醒来。塔比还睡得正香,他躺在吉姆·斯特奇斯2号身边。对,吉姆·斯特奇斯2号就是我们做的那个诱饵,相信你们还没忘记吧。我把自己身上的脏衣服藏到一个运动包里,然后,踮着脚尖溜进浴室。我的胸前还挂着那块铜牌,我尽量不去看它,以免又想起昨晚那场惊心动魄的遭遇。温热的水流冲洗着我的全身,地面上满是我身上流下的泥水和血水,我愣愣地盯着它们打着旋流进了下水道,不知不觉间又想起了那个诡异迷离的地底世界。

我走进客厅,看到了桌上的早餐,依旧是牛奶泡麦片。那碗湿糯黏稠的早餐,让我不禁想起昨晚空壳怪的肠子,胃里顿时翻江倒海。我赶忙离开客厅,走进院子,站在阳光下,呼吸了几口新鲜空气,才渐渐觉得好了些。我走到台阶上坐下来,胳膊抱着膝盖,漫无目的地胡思乱想着。

不知什么时候,爸爸出现在院子的角落里。他仍旧穿着一身除草的工作服,头上戴着护目镜,脚上穿着带护趾的靴子。看到我,他好像被吓了一跳。他摘下护目镜,放进裤兜里,在我身旁坐了下来。

你的哥哥还活着，我暗暗地想。

可是，我不能告诉他这个事实。因为我实在无法判断这件事情的真假，我实在无法将那个无所畏惧的地底男孩和我面前这个头发稀疏、小心谨慎的中年男人联系到一起。

"今天有点晚了。"爸爸说。

"对不起。"

"我不是在说你，我是在说我自己。我的除草机出了点问题，我费了好大的力气才修好它。你今天想和我一起去除草吗？"

"噢……我想，我今天有点累，还是不去了吧。"

"好吧，随你。"他点了点头。

我们沉默了几分钟，我斜眼偷瞄着爸爸，而他则在专心致志地看着来来往往的行人。女孩们按着自行车铃飞驰而过，一个十几岁的男孩正在路旁洗车。马路对面，不断传来机器的轰鸣声，大概又是哪个勤奋的爸爸正在为自己的孩子搭建树屋。

"我觉得，我们应该谈谈。"爸爸说。

我一下子紧张起来。

"谈什么？"

"吉姆。"他的肩膀靠了过来，"厨房里，是怎么回事？"

我这才想起昨晚被两只怪兽搞得一团糟的厨房。我刚回来的时候，曾经试图把厨房恢复原样，可是，情况实在太糟糕，房顶的吊扇已经七零八落，烤箱也被烧得面目全非，还有那一叠叠摔碎的盘子……我实在是无力回天。

巨 怪 猎 人

"爸爸，我……"

"没关系，我知道，这些事早晚要发生。和其他爸爸相比，我的要求的确是苛刻了些，我知道你早晚会反抗的。你知道吗？其实，我也像大多数人一样，想要生很多个孩子，最好是四个：两个男孩，两个女孩。这样，每个孩子都不会感到孤独。即使是在我和你妈妈关系不太融洽的那段时间里，我还是这样希望着。当然，我并不是想借孩子来挽回我的婚姻，我知道，这对你妈妈来说起不了任何作用，我只是想让你多些兄弟姐妹。曾经，我有一个哥哥，可是最终，我还是失去了他。我知道一个人独处的感觉是什么样的，我饱尝过那种孤独的滋味。很抱歉，是我对你的过分管束让你变成了这个样子。我多么希望能有个人来陪伴你，这样，有一天，当我不在了，你们还可以相互照顾，相互扶持，多好。"

"爸爸……"我不知道还能说些什么。

"不过，你看，如果这个家里要是再多个男孩的话，那情况可比现在的厨房还要糟糕呢。他们淘气起来，可真是让人头痛。"爸爸把眼镜推到头顶上，轻轻地笑了笑，"你肯定不能想象，我和杰克惹过多大的麻烦。我们曾经在一家化学用品店里买到了很多做实验用的东西，甚至包括模拟火箭助推器的各种原料。结果可想而知，我俩差点把整个家给炸飞，哈哈。还好，那个时候，我们家的门上没有那么多道锁，不然我俩肯定会被关禁闭的。"说到这里，爸爸脸上的笑容消失了，"不过，如果我们被关了禁闭，可能就不会变成今天这样。"

"我会把厨房收拾干净的。"我语气肯定地说。我会把厨房收

巨怪猎人
Trollhunters

拾干净，收拾得比以往任何时候都要干净。我要骑车到商店去，买一堆新的盘子回来，再买一把拖把和其他清洁工具，还要买一个新的风扇，然后再找个安装工人来把它装好。这样，当爸爸整理完草坪，回到家看到这一切的时候，一定会为他的儿子感到骄傲。

爸爸并不知道我脑海中想的这些，他只是耸了耸肩。

"我已经收拾完了。"他说，"别紧张，我不会批评你什么。我只是觉得，现在是一年一度的秋季庆典，你应该去尽情地玩耍。今天早上在五金店买东西的时候，我碰到了丽茨老师。你怎么没告诉我你要领衔主演话剧的事呢？噢，我知道你为什么不告诉我了——你是怕我不让你去排练，对吧？你怕回家太晚被我批评，对吧？好吧，我跟你保证，我不会妨碍你排练的。你尽管去吧，多晚都可以。其实，今天上午我一直在想这件事情，以至于修理机器的时候还割破了手指。不过，好在是我的手指被割破了，而不是你的，你还得去参加演出呢，可不能受伤。"

这是爸爸第一次与我促膝长谈，坦诚相对。我静静地看着他，他的嘴角还残留着一丝痕迹，那是昨晚小怪兽进入他体内时留下的痕迹，想必昨晚他又昏睡了一整夜。这都是我的错，是我让爸爸经历了这些糟糕的事情。

"我希望你能在演出中有精彩的表现，吉姆，我希望你能变得更加出众。好吧，好吧，不要有太大压力，做你想做的，做你喜欢的，就够了。"他的笑容很僵硬，不过我知道，他已经尽力让自己表现得自然了，"别回家太晚……我的意思是，在排练以后，早点回家。不只是这个星期，在以后的日子里，我都会尽最大的努力给

第三章
巨 怪 猎 人

你更多的自由,好吗?我会尽量去尝试改变我自己的。"

我努力仰起面孔,仰望着天空,希望这个角度能让我的眼泪倒流回去。我保持着这样的姿势,点了点头。我眼角的余光,看到了爸爸轻轻抬起的手臂,他似乎是想拍拍我的后背,以示安慰。我心里十分挣扎,我多么希望爸爸的手臂能够落下,轻轻地安抚我,可一旦他这样做了,我一定无法控制自己的情绪,在他面前痛哭失声,那该是一件多么丢人的事情啊。

爸爸站起来,从兜里掏出眼镜,在大腿上蹭了蹭,抹掉镜片上残留的草屑,戴在了眼睛上,又扶了扶太阳穴上的眼镜腿……这一切看起来都是那么熟悉。

一分钟以后,他开着那辆圣博纳迪诺电器厂的厢式货车,在路边停了一下,对着我按了按喇叭,然后慢慢地开走了。

塔比从房间里走出来,冲下台阶,他大概是听到了我和爸爸刚刚的对话。他跌跌撞撞地跑到我身边,在我面前一站,伸长胳膊,做出了一个要拥抱我的姿势,身上的T恤随着这个动作变得更紧绷了。

"你……噢,你竟然……噢,天哪,竟然和你的爸爸谈了心?"

我耸了耸肩,不置可否。塔比用眼神示意了一下我们刚才坐过的那个台阶,还保持着伸展胳膊的样子,看上去就像是稻田里的稻草人。我面无表情地看着塔比,等待着他的唠叨和感叹,心里却在想着另一件事:我要在我的床下钉一块铁板,以免那些巨怪猎人们再来找我。

不过，塔比却好像兴奋得很，他的嘴角不断上扬，慢慢露出一个抑制不住的微笑。

"昨晚真是太棒了，不是吗？我是说，在没有姑娘们参加的情况下，昨晚仍然是我经历过的最棒的夜晚！你知道吗？我等着说这句话已经等了15年了！这真是一个疯狂的夜晚，对吗？"

我摇了摇头。

"我不能答应他们，塔比。"

"为什么？你当然要答应他们，你可以的。我们都可以。我知道，我们现在还不够出色，不过，我们做巨怪猎人才第一天，做不好也是理所当然的。我是说，要想从一个手握棒球棒的运动少年转变成一个手持长剑的合格的巨怪猎人，是需要一个过程的——这不是一晚上就能成功的事情。你说，要是我好好练习的话，他们会不会也给我一把长剑呢？你帮我求求情呗。"

"你别傻了，塔比。"

"啊？我怎么傻了，你才傻了呢！你知不知道这个机会有多难得？"

"塔比，你清醒一点，我们不能再跟他们一起去打什么怪兽。"

"噢，吉姆。"看到我认真的表情，塔比的笑容凝固了，"吉姆，你不能这么对我。"

"这么对你？我怎么对你了？"

"他们今晚还会来的——他们是这么说的。而且，他们需要我们的帮助。"

"就算是这样，那也与你无关。"

巨 怪 猎 人

"无关？"

"你也听到了，他们说你并不是巨怪猎人之一。"

塔比被我的这句话噎得张口结舌，脸瞬间涨得通红。

"你简直就是个混蛋，吉姆，你怎么能这么对我。"

"那你希望我怎么样？难道我要对你说'哈，让我们去送死吧'，这样才行吗？我已经把他们的话原原本本地翻译给你听了，他们即将面临的是一场战争，一场真正的战争。还有那个什么该死的机器，我们根本就不知道怎么回事。我们不能再搅和进去了，我们已经玩儿过头了。"

"玩儿过头？就算我们玩儿过头，又有谁会在乎呢？我们之前根本就是不值一提的无名小卒。吉姆，你错了！我们必须抓住这次机会，这是这么多年来我们一直在等待的一个绝好机会。他们选择了我们，在芸芸众生当中，选择了我们！"

"不是我们，是我。"

"我早就跟你说过，我们之前的人生一文不值——"

"那是你说的，我从来没有这么想过。"

"好吧！"塔比的脸已经涨成了猩红色，"就算是只有我一个人这么想，是我的人生一文不值！吉姆，看看你面前的我，在别人眼里，我就是个彻头彻尾的傻瓜，有人在乎我的感受吗？没有！一个都没有！我只是个一事无成的胖子，而且，永远都是个一事无成的胖子。直到昨晚，那就像是老天给我的一份礼物，一份大礼，你知道吗？他给了我一丝希望，我知道这话有点矫情，可是我真的是这么想的。"

"你真是站着说话不腰疼,我才是那个被他们要求要把脑袋别在裤腰带上去玩儿命的人。"

塔比沉默了良久。

"如果你不去,他们根本不会带上我的。"

我的眼神越过塔比的肩膀,看向马路对面,那里站着一个男人,他的手里拿着一沓子传单。他正要往一个电话亭上贴传单,听到了我们的争吵,便停下手中的动作,向我家门口走来。这个时候,我们可不需要什么推销员,我心里抱怨着。那个男人步伐匆匆,过马路的时候甚至忘了看看过往的车辆,就慌忙地闯了过来。

"孩子们,对不起,打扰你们了。"

"我们没时间。"塔比应付着。

"对不起,我只是想问问你们,有没有见到过一个这样的小姑娘。"

"我们刚起床,谁都没见过。"

"是昨天晚上,你们能不能回忆一下。也许,你们昨晚在外边玩儿的时候见过她呢……"

"我说我们……"

塔比不耐烦地转过身,却被那个男人的样子打动,声音顿时小了下去。那是一个四十岁左右的男人,留着浓密的胡子,眼睛里布满了血丝。他的一只脚上沾满了狗屎,不过看上去,他似乎已经无暇顾及这些。看情形,他似乎已经拿着传单在外面奔波了很久。

那个男人拿出一张传单,颤抖着递给我们。传单上印着一张彩色的照片,照片上是一个大概八岁的女孩,戴着紫色的眼镜,脸上

巨 怪 猎 人

挂着甜美的微笑，嘴里还少了三颗牙齿。最让人触目惊心的是她头顶上方的几个大字：

寻人启事

"如果你们知道她的下落，我会给你们报酬的。"男人提高了嗓门，我猜他心里一定在想，像我们这么大的男孩，只认钱，不认别的。

塔比接过了那张传单。

"要是我们看见她，一定会告诉你的。"塔比说。

男人勉强挤出一个笑容，点了点头。他转过身去，手中的传单微微地颤抖。他穿过马路，回到那个电话亭旁边。看起来，把希望寄托给那个电话亭要比寄托在我们这些不靠谱的男孩子身上更让人踏实。

塔比盯着那个男人的背影，好一会儿，才回过头来，对我怒目而视。

"别让我失望，吉姆！你到底干不干？"

他大踏步地向我走来，一把将那张传单塞进我的手里，然后，转身头也不回地走掉了。

25

铁锈怪是怪兽当中最为邪恶的一个种族。那天晚上,在我跟随杰克他们从床下到达地底世界,再到战场的途中,一路上都在听瞎眼怪为我讲解它们的特性。据说,这种怪兽最大的特点就是嗅觉奇灵,只要它闻过的气味,可以说过鼻不忘。而一旦它们记住了你的气味,就等于在你身上打上了一个烙印,你这辈子再也逃不出它们的追捕。也正是因为如此,我们才一定要在战场上彻底消灭它们,不让它们有逃脱的机会。哪怕只有一只铁锈怪侥幸从战场上逃脱,它也一定能够把你的独特气味告诉其他同伴,转瞬之间,它们就可以循着气味找到并摧毁你的大本营。

那晚,我们的目的地是凯威垃圾场。瞎眼怪告诉我,我们即将在那里与铁锈怪进行一场交战。这些怪兽不只喜欢露宿在垃圾场这样的地方,山间木屋、孤儿院、养老院、精神病院、临终关怀所等这样鲜有人流的地方都是它们的绝佳落脚点。

在圣博纳迪诺,凯威垃圾场很著名,不仅因为它是圣博纳迪诺地区唯一的垃圾分解站,更是因为这里是著名的毒品交易市场。凯威垃圾场声名狼藉,一提到它,大家都为之色变。每晚,救护车都

第三章
巨 怪 猎 人

要在这里往来很多次,拉走那些嗑药过量的瘾君子们。铁锈怪有个致命的弱点,那就是它们特别容易被空气中的病毒所感染,因此,它们每到一个地方,都不能停留过长时间,超过了一定的时间,它们就会变得衰弱。

瞎眼怪为我介绍完了铁锈怪们的基本情况,我们一行人也刚好来到了这个垃圾场的旁边。现在,正是午夜时分,我和瞎眼怪走在杰克和巨型怪的后面,塔比并没有和我们同行。自从那天早上以后,我就再没有和塔比联系上过,我曾经给他打过电话,也发过短信,但他始终没有回复我。我还没来得及去担心塔比,就被杰克他们找上门,半拖半拽地来到了眼前的这个垃圾场。

这里到处都是一座一座的垃圾山,我和瞎眼怪在其中一座山的山脊上赶上了杰克他们。向山下望去,呈现在我们面前的,简直就是一座由垃圾组成的巨型迷宫,到处都是被压瘪的各种车辆和金属条,枝枝丫丫,相互交错,让人眼花缭乱,根本不知该如何下脚。

"看啊!"瞎眼怪说着伸出一只触手,指向远方,"那就是铁锈怪。"它发出了一连串晦涩难懂的声音。在我看来,不管是谁,能发出这种非人的声音,确实是当之无愧的怪兽界的历史学家。不过,瞎眼怪似乎并没有因此为自己感到骄傲,它沮丧地垂下了触手。

"这些铁锈怪可不是那么好对付的。"

若不是亲眼所见,我还不觉得这名字竟然起得这么恰当。铁锈怪浑身都布满了铁锈红的颜色,其中夹杂着橘色、棕色和红色的斑点,每只怪兽身上都长满了大小不一的锈斑状鳞片。最恐怖的是,

巨怪猎人
Trollhunters

铁锈怪的身体就像是一张被铁锤锤打过的铁片，奇薄无比，在这满是废旧钢铁的垃圾场里，很难分清哪些是废铁，哪些是铁锈怪。杰克拔出"X博士"，削断了草地上的一块铁片。我知道，这是他临战时的习惯。

"我们准备开始吧。这里一共有七只铁锈怪，它们很难对付，非常难。"不带任何感情色彩的声音从杰克的护具后传了出来，"不过没关系，你们消灭过虱子没有？它们差不多，最怕的都是火和尖利的东西。这儿没有火，那我们就利用手中的尖利武器。吉姆，你的剑；巨型怪，你的利爪；瞎眼怪，用你的触手随便抓点什么，这垃圾场里有的是锋利的钢筋和铁片，你看着办吧。我们要把这些讨人厌的家伙们钉在地上，直到它们咽下最后一口气。"

"我们要把它们钉在地下多久？"我弱弱地问。

"十秒钟到四十五分钟不等，这要看它们的岁数有多大了。"

巨型怪蹲坐在我们面前，用充满怜爱的目光看着我。它的喉咙深处发出一声轻轻的吼叫，像是在跟我说，它会照顾好我，让我不要担心。然后，它低下头，一直伸到我的面前。颅骨上的那块巨石就在我的面前，我像怪兽世界里的孩子们一样，伸出手，轻轻地抚摸着那块巨石，期望它能为我带来好运。

巨型怪闭上了一只眼睛，好像很享受我的抚摸。之后，它发出一声震耳欲聋的长吼，露出数颗尖利的牙齿，把我吓了一跳。杰克也用双手紧紧捂住耳朵，蹲在了地上。我看到，地面上瞬间露出了七只怪兽的脑袋，在月光的照耀下闪烁着微弱的光芒。

巨型怪猛地一蹿，以迅雷不及掩耳之势冲了出去，在落地的一

第三章
巨　怪　猎　人

刹那，它伸出一只利爪，向铁锈怪刺了过去。杰克转头看向我，一缕松软的短发在他的前额飘过，他高举着双剑，大声呐喊：

"巨怪猎人！准备进攻！"

在我之前的短短十五年的生命中，从来都是不被人关注的那一个。体育课上我总是最后一名；数学课上，我无数次藏在课本后面，以免被点名叫到。可是在那一刻，我浑身热血沸腾，向着铁锈怪们狂奔过去。靠近它们的那一刻，一股酸臭味扑面而来，这味道既像是腐烂的水果，又像是太平间里的腐尸，还夹杂着狐臭和尿臊味，着实令人作呕。我屏住呼吸，高声喊了起来。这一刻，我就像是正义的化身，期待着消灭这世上所有的罪恶。

这是一场激烈而残酷的战斗。铁锈怪们被从天而降的我们惊得乱了阵脚，疯狂地抵抗着。其中一只甩动着身体，妄图用锋利的身躯割断我们的脚腕。而另外一只则将身体扭动得噼啪乱响，让人不敢靠近。另外几只利用废旧汽车的天线当作踏板，从空中向我们扑过来。它们一边跳跃，一边释放出一股像是尼古丁味道的气体。我们这一阵营的巨怪猎人们也毫不示弱，杰克上下挥舞着长剑，不断地向铁锈怪的身体直刺过去；瞎眼怪手持一大块金属挡板，抵御着来自各个方向的铁锈怪的进攻；巨型怪长啸一声，抡起手掌向那些铁锈怪碾压而去，拍碎了无数汽车的框架。

三个小时以后，整个垃圾场几乎变成了一片墓地。铁锈怪们被大大小小的钢筋铜条钉在地上，动弹不得，只能徒劳地扭动着身躯，垂死挣扎着。现在，只剩下两只铁锈怪了。其中一只大概有八英尺高，从侧面看过去，奇薄无比。这东西跑得出奇地快，一个不

第三章
巨 怪 猎 人

留神，就从我们身边溜了过去。而且，它们四肢摩擦的声音异常刺耳，简直让人头痛欲裂。巨型怪似乎对这个声音十分敏感，不得不抬起双手捂住自己的耳朵，杰克和瞎眼怪赶忙跑到它的身边。

剩下的这只铁锈怪我最熟悉，整个晚上，我都在和它胶着地鏖战。它长着一对小而圆的眼珠，下巴上还有一道明显的X形伤疤。它扭动着锋利的身躯，好几次都差点要了我的命。不过，我也拼尽了全力，脑中时刻牢记着杰克教我的那些要领：兔子、公牛、蛇。终于，那只铁锈怪被我熬得就快撑不住了。它突然发出几声怪笑，趁着我一愣神的工夫，一下子钻到了一堆橡胶轮胎下面。

我循着它逃离时留下的一串油迹斑斑的痕迹，一路跟了过去。几个转弯之后，我便离开了刚才的战场，身处在一座又一座轮胎山的包围当中。我发现了铁锈怪的踪迹，赶忙踮起脚尖，慢慢地向它靠过去。我听见远处传来了杰克的叫声，听上去，他那边战况不错，马上就要取得胜利了。我悄悄地拔出了"猫咪六号"，对于这种近身战来说，它是最合适不过的武器了。

就在这时，我脚下的大地突然剧烈地震动起来，我被晃得完全失去重心，一屁股坐在了地上。那只铁锈怪不知为什么，笑得越发猖狂，甚至兴奋得手舞足蹈起来。它浑身上下不断涌出黑色的油污，整个身体几乎都被染成了墨色。

震动越来越强，我身旁的轮胎山也被震得摇摇晃晃，眼看就要塌了。我一个前扑，匍匐在地，双手紧紧地抱住脑袋。一个轮胎砸在了我的后背上，我的脊椎似乎都要被砸断了。紧接着，狂风四起，无数垃圾被席卷着朝我扑过来，玻璃碎片、废弃的金属框架、各种汽车零件，如同暴风骤雨般坠落下来。我面前的那只铁锈怪嘴里不知在急速地念着些什么，脸上更是露出兴奋的神情。而我，则是在几秒钟之后，才终于搞明白这一切。

那是黑贡纳的怒吼声。大地的震动，垃圾山的倒塌，漫天飞舞的金属框架，还有那刺耳的轰鸣声，这一切，全都是拜黑贡纳所赐。

我手脚并用，在地上慢慢地移动着自己的身体，同时，还要不断躲避着砸下来的轮胎，我的身上压着无数的汽车零件，简直狼狈不堪。我的脸颊被一个汽车引擎刮了一个口子，肋骨也被金属架子刺得生疼。地面上散落的破碎残渣像是锯齿一般摩擦着我的皮肤，就连头顶上方的路灯也被震得掉了下来，灯泡就落在我的面前，像是那只恶毒之眼一直在盯着我看。

黑贡纳的狂吼声回荡在垃圾场的上空，然后声音越来越小，越来越弱，最终归于平静。整个垃圾场就像是刚刚被扫荡过一般，弥漫着呛人的灰尘。我看见杰克扭动着身体，慢慢从重压之下解脱出来；瞎眼怪也摆动着几只触手，慢慢钻出来；巨型怪被压在一堆报废的汽车框架之下，它愤怒地摇晃着巨大的身躯，看起来好像没什么大碍。

铁锈怪可不像我们这么狼狈，它们纤瘦的身形在此时显出了巨大的优势，那两只还没有死掉的铁锈怪只稍稍一闪身，就轻松地逃离了困境。我试着悄悄挪动了一下身体，没想到，那铁锈怪早就熟识了我的气息，一下子就发现了我的行踪。它仰天长啸，声音已经接近癫狂，近乎嘶哑，它的身体正中裂开了一道竖直的缝隙，缝隙

第三章
巨 怪 猎 人

中满是密密麻麻的牙齿,看上去就像是肚子里藏了两把电锯。我闭上了眼睛,以为自己必死无疑。

突然,一辆警车鸣着警笛狂奔而至,救了我的性命。我睁开眼睛,看到那两只铁锈怪的背影离我越来越远。不远处,红蓝相间的警灯不停地闪烁着,一个熟悉的声音传入我的耳朵:

"警……警……警警……警察!全都不许动!"

我猜,大概是刚才的塌方声响过大,吸引了古拉格警官的注意,再加上这一带一向是毒品交易的重点区域,他这才赶过来的。古拉格警官是圣博纳迪诺最出色的警察,他自然知道凯威垃圾场的种种劣迹。此刻,他很威风地站在一座小垃圾山上,双手持枪,指向地面。他的胡须张扬,头上的大壳帽遮住了他最不愿示人的稀疏头发。即使相隔甚远,我还是能隐隐看到他太阳穴附近的那道骇人的伤疤。

他看着满地狼藉,皱了皱眉头。

"有……有人吗?有人在……在……在这里吗?没事吧?"

我本想开口应答,却看见杰克对我使了个眼色,只好乖乖地闭上了嘴巴。压在我身上的垃圾好像越来越重,我真不知道自己还能坚持多久。

古拉格警官慢慢地走下垃圾山,边走边踢开脚下的垃圾碎片,希望能够找到什么。可是,由于太过专心,他根本没有注意到藏在枯草中的两只铁锈怪,就这样让它们溜了过去。

"如果你听到了我的声音,就给我个回答。如果你没法开口说话,敲一敲身边的东西也可……可以!"说着,他按下了肩头步话机的按钮。"本……本部，我是10907，现在正在凯威垃圾站。这里的垃圾堆刚刚发生了塌方，我请求支援——"

古拉格警官的声音戛然而止。他松开了步话机的按钮，对讲机另一方传来不断重复的声音。随着几声剧烈的响声，巨型怪竟然从垃圾堆中慢慢站了起来。破旧的引擎、挡风玻璃、汽车零件不断地从它身上掉落下来。终于，巨型怪站直了身躯，头顶的尖角上还扎着一个轮胎。

古拉格警官脸上的表情凝固了，他惊讶地张大嘴巴，下巴简直就快掉到地上，握着枪的手也僵直地垂到身旁。不过，只用了短短几秒钟时间，他便回过神来：这个刚毅的男人，眯着狭长的眼睛，迅速攥紧了手中的警枪。他抬高手臂，将枪口指向巨型怪。

巨型怪举起手掌，轻而易举地将挂在身上的一辆小摩托车攥成一团，它脑袋一晃，发出了一声震耳欲聋的吼叫。呼出的热气吹落了古拉格警官头上的帽子，也吹乱了他头上稀疏的头发。他腾出一只手，将挡在眼前的乱发拨开，更加勇敢地挺起胸膛，但握着枪的手却不禁微微颤抖。

"就是现在！"杰克冲我轻声喊，"跟我走！"

杰克匍匐着身躯，在一片狼藉的垃圾场中，他仍旧可以快速地移动。我看到，他正在向一个没有坍塌的垃圾山下爬去，事不宜迟，我一边躲避着周围的各种利器，一边跟了上去。瞎眼怪早就等在那里，它挥舞着数条触手，不断向我示意。我尽可能快速地向那座垃圾山爬去，而巨型怪为了掩护我们，仍旧在和古拉格警官僵持着。

第三章
巨 怪 猎 人

终于,在古拉格警官发现之前,我和大部队会合了。

"你很差劲,知道吗?"杰克责备我。

"没关系,年轻人嘛,总要经历失败的。"瞎眼怪安慰道,"至少这孩子成功地逃出来了。"

"你又让你的对手逃走了?第二次?照你这样的打法,我们迟早会失败的。"

"我们回到那个山洞去,我会好好跟你学习的。"

"山洞?刚刚从你手下逃脱的可是铁锈怪。现在,那个山洞已经是它们要攻击的目标了,它们马上就会顺着我们身上的气味找到那里,而这一次,它们不会只有这么几个人。如果我们现在回去,恐怕连五分钟都活不了。"杰克颓然地垂下肩膀,"我们再也回不去了。"

"好可惜,我的论文还留在那里……大概有23卷或者24卷。"瞎眼怪痛心地说,"那些家伙一定会把我的著作撕成碎片的,它们哪里懂这些高深的文章。好吧,好吧,我还可以再花八九年的时间重写一遍!不过,那可是我的手稿啊,现在的我无论如何也不可能再写出当时的笔迹了。"

"还有那里的武器。"杰克低声说,"那里还有很多武器,这下全都没了。我还妄图去阻止那台机器,简直是做梦。"

刺耳的警笛声从几个街区之外传来,杰克悄悄爬到巨型怪的身边,用手拍了拍它。

巨型怪领会了杰克的意思,它吸了口气,胸口渐渐膨胀开来。我知道那意味着什么,赶忙用手捂住了自己的耳朵。巨型怪的咆哮声好像一颗当空爆炸的炸弹，无数的挡风玻璃被震成了碎片。我不用抬头也能知道，古拉格警官一定早就扔掉了手中的枪，正双手抱头以求自保。趁着这个空当，我们一路狂奔，向不远处的一座大桥跑去。

杰克抓住了我胸口的衣领，那块被他抓得紧紧的铜牌硌着我的脖子。

他抬头看了看即将拂晓的天空。

"我们必须要找个临时避难所。"杰克催促，"留给我们的时间不多了，天马上就要亮了。"

第三章
巨 怪 猎 人

26

塔比看见我，好像并不太高兴。隔着玻璃窗，他对我怒目而视。

"吉姆，你知不知道你有多不受欢迎，现在可是凌晨四点！"

"快点打开后门！"我冲他低吼，"马上！"

看到我身旁三位不速之客之后，塔比好像更生气了。他斜靠在门框上，打着哈欠，双手不断地抓挠着自己乱糟糟的头发。

"你们今晚玩儿得怎么样？"

"马上就要天亮了，它们会变成石头的。"

"噢？那听起来可不太妙。"

杰克不耐烦地推动着他的剑鞘，咔嗒咔嗒的声音在寂静的清晨显得格外刺耳。

"我不是在开玩笑，塔比。我们没有时间了，我需要你……"我没有时间去编造谎话，只能实话实说，"我需要你的帮助，帮我收留巨型怪。"

塔比哈哈大笑。

"收留那个庞然大物？在奶奶的房子里？我看，你的脑袋肯定是秀逗了，你还是去医院检查一下吧。"

"瞒过你奶奶总比瞒过我爸爸容易点吧。求你了！帮我这一回，我会带走另外两个。"

"那是你自己的事，吉姆。你是最了不起的巨怪猎人，记得吗？你跟我说过的。而我呢，我只是个最最普通的胖子而已，只会打打游戏，别的一无所长。你这样的大英雄竟然也会有求于我吗？我哪有本事来帮助你呢？不过，不管怎么样，还是谢谢你能想到我，很可惜，我没办法帮你。"

"那就别当作是帮我，就算是帮它一个忙怎么样？它是无辜的，如果我们不在两三块石头的时间里——我是说半个小时的时间里——把它藏起来的话，它会死的！你希望看到它死掉吗？你想在清晨一出门就看到现在还活生生的它们石化在你家门口吗？"

"吉姆，你简直就是个混蛋。"

"随便你怎么说我，只要你能收留它。"

巨型怪抬起头："孩子，你家有花生酱和黄油可以吃吗？"

塔比闭上嘴，好像在认真考虑我说的话。

"虽然我听不懂它在说什么，不过我就当它是在夸我大公无私、英勇无敌吧。看在它的份儿上，我就收留它一下。在我的邻居们醒来之前，赶快让它们进来。"

虽然巨型怪的身躯非常庞大，不过进入人类住宅的大门还是难不倒它的。它弓着腰弯着背，收紧四肢，很快就挤进了房间。一切看起来都非常顺利，不过，这种气氛只持续了不到几秒钟的时间。巨型怪似乎对起居室里的每个小玩意都十分感兴趣，刚一进屋，它

巨 怪 猎 人

就激动地撞翻了一整排的陶瓷玩偶。塔比开始寻找胶水,可是很快,他就知道,这个时候胶水是派不上任何用场的。巨型怪锋利的爪子很快又找到了下一个目标,那是一串精致的编织品,很不幸,它们很快就在巨爪之下变成了一堆碎片。塔比刚想去寻找吸尘器,却发现吸尘器也难逃厄运。巨型怪吃得正欢,我冲它使了个眼色,它明白了我的意思,转身走进了塔比的房间。不过,只是这短短的几步路程,巨型怪仍旧迸发出了强大的破坏力,它尖利的脚趾在塔比家的仿皮沙发上划开了一道大大的口子。

我指了指塔比房间里的地毯,示意巨型怪在上面坐好。

它照做了,不过双手依然没有闲着,但凡能碰到的东西,全都进了它的嘴巴。

"噢!那是我的游戏手柄!"塔比几乎快哭了,"那不是吃的!你这个坏怪兽!坏怪兽!等等,等等!噢,别……别再吃了……那是我最喜欢的一双鞋!你不能这样……不……噢,天哪!你这是要玩儿死我的节奏啊!你知道那个硬盘有多贵吗?"

塔比头也不回地冲出了房间。而与此同时,我也在尽力保护着塔比所剩不多的几样财产,免得它们再落入巨型怪的魔爪。瞎眼怪完全顾不上帮忙,它一门心思都在研究塔比的那几张科幻电影光碟。而杰克,早就守在了塔比家门口,用警惕的目光打量着这个家里的一切,好像随时准备投入战斗。

一些莫名其妙的东西不断从窗口掉入我们的房间。是塔比!为了让巨型怪放过他的那些宝贝,他不得已从邻居的后院里捡回了不少垃圾:一捆厨房用的绳子,三个没了底的花盆,一把破扫帚。把

巨怪猎人
Trollhunters

这些东西都扔进房间以后，塔比爬上窗台，我伸手把他拉了上来。

"让它吃这些东西，总好过吃我家的猫咪吧……"

塔比的话音未落，便卡住了。我也愣在了当场。

一声猫咪的惨叫传来。

在它被巨型怪吞下喉咙之前，我们只来得及看到它的尾巴。塔比双手扶住额头，样子就像个维多利亚时代的少女。

"猫咪20号！吉姆！那是猫咪20号！我亲爱的主啊，吉姆，它把奶奶的猫咪吃掉了！"

巨型怪舔了舔嘴唇，伸手又抓住另外一只猫咪。

"猫咪36号！不！不！猫咪36号！"

又是一声短命的嚎叫，猫咪36号只能活在我们的记忆之中了。塔比绝望地抱着脑袋。让我们无法理解的是，那些猫咪不知道为什么，似乎对成为盘中之餐这件事毫不畏惧，反而纷纷围绕在巨型怪的身边，争先恐后地向它靠拢过去，还不断用自己的胡须触碰着巨型怪的皮肤。

"猫咪23号……嘿！嘿！猫咪40号！别靠近它，快跑！"塔比边说边紧紧地抓紧我的胳膊，"这可不行，它们不听我的，我必须叫出它们的名字，它们才会听话。"

"那你倒是叫啊！"

"我哪记得住啊！那份名单不知道跑哪儿去了！"

"找啊！"

"应该就在我的房间里……噢！不！别吃它，那是猫咪39号，随便哪只都行，把这只留下，这是奶奶最……"

第三章
巨 怪 猎 人

巨型怪伸出长长的舌头,轻轻地舔舐着嘴角。

塔比将手指深深地插进头发中。

"这些猫咪为什么不跑?难道它们都是心甘情愿来送死的吗?"

杰克走进房间,扬了扬下巴,指了指电视,说:"打开它。"

我和塔比如梦方醒,飞也似的奔去寻找电视遥控器。经过一阵慌乱地摸索,在又一只猫咪殒命之后,我们终于找到了遥控器,按亮了电视屏幕。一个男人正在声嘶力竭地推销某种多功能拖把,塔比关小了音量,而我则更想换个频道。

"别看太多电视,没什么好处。"杰克警告我们说。

看到屏幕的一刹那,巨型怪终于安静下来。几秒钟以后,口水开始不断地从它的嘴里滴落下来。看到它平静下来,我才终于有时间去摘掉它左边犄角上顶着的那个轮胎。轮胎砰砰几声,滚落在地板上,惊走了几只围绕在巨型怪身旁的猫咪,最终撞在客厅的桌子上。巨型怪全身放松下来,一只圆乎乎的猫咪从它的掌下钻了出来。

塔比一屁股坐在地上,后背靠着床板,脚趾踢着地上那些捡来的垃圾。空中不断有猫咪的毛飘落,塔比蠕动着嘴唇,好像在清点着那些死去的猫咪。我知道,明天早上,他要给奶奶一个交代,而我却帮不上任何忙。

"对不起,塔比,我不知道会弄成这样……"

"赶快给我出去,巨怪猎人先生。"塔比把脸埋在手掌里,"奶奶每周一都会早起的。"

27

杰克站在客厅的角落里,透过护目镜的镜片打量着电子壁炉上的那个"祭台"。他的目光缓缓地移动着,扫过自己上学时的照片、印在牛奶盒子上的寻人启事,最终停留在他和爸爸的合影上,照片里的他们,互相搭着肩,笑容灿烂,亲密无比。我站在昏暗的走廊上,静静地看着他,生怕自己弄出声响,打断他的回忆。

瞎眼怪站在我的身旁,身上散发出的热度温暖着我的皮肤。我们悄悄地走回我的房间,清空我的衣橱,当作瞎眼怪的临时避难所。尽管对即将到来的黎明非常担忧,瞎眼怪还是对我说了一番心里话。

"圆滑老练、谦逊有礼、温文尔雅,这些字眼已经逐渐从你伯父的字典里消失了,他已经适应了地底世界的生活,无法再回头了。现在,就连你们最熟悉的一些味道——花开的味道、烤面包的香气——连这些都成了他的负担,甚至会让他感到不舒服。你该知道,为什么他到现在都还戴着面具吧?"

"他可以重新适应人类的生活,我们会接纳他,慢慢改变他的。"

巨 怪 猎 人

"如果你要驯养一只野生动物的话,你就要做好被咬的准备。杰克已经变成我们的同类了,他整日生活在石头、泥浆、洞穴和垃圾中,在他看来,跟我们生活在一起要比重回人类世界容易得多。你读过那本叫《梦幻岛》的童话书吗?对杰克来说,地底世界就是他的梦幻岛。你们在意的那些功名利禄、规矩教条,对现在的杰克来说什么都不是。在我们的世界里,没有毕业,没有初吻,没有驾照,甚至没有家庭,没有任何繁文缛节,而杰克已经适应了这些。现在,他是我们的领袖,是受我们尊敬的英雄,他接受了这个事实,也接受了自己的身份。或许对于他来说,这是个悲剧,可对于我们来说,对于整个世界来说,正是他的牺牲才成就了我们和你们。"

说完这番话,瞎眼怪便钻进了衣橱。

我坐在房间里,踢掉脚上的鞋子,脱掉身上的帽衫。我摸到了帽衫衣兜里的一张纸片,随手把它掏了出来。是那张寻人启事,那张印着戴着紫色眼镜的小姑娘头像的寻人启事。我盯着那张单子,满脑子里全是空壳怪、铁锈怪和其他奇奇怪怪的怪兽的身影。

我回到客厅,清晨的第一缕阳光眼看就要照射进来,可出乎我意料的是,杰克并不在这里。我眼角的余光扫到了爸爸的房间,惊奇地发现他的房门竟然半开着。我赶忙将头探了进去。

杰克就站在爸爸的床前,他的目光中饱含着深情,却又变幻莫测。他似乎不能相信,这个曾经被他叫作"吉宝"的男孩,如今竟然已经变成了一个形容憔悴、满面沧桑的中年男人。他试着伸出一只手,想要抚摸爸爸的脸庞,可看到手套上的那些钉子,他最终还是收回了手。杰克的眼睛湿润了。

爸爸的身体猛地一动，喉咙中像是有什么东西在动。

杰克赶忙拉起我的胳膊向外走去。

"是怪兽宝宝要出来了。相信我，这种场面，你还是不看为妙。"杰克解释说。

杰克和我回到客厅。现在，已经是星期一的早上了，这意味着，爸爸又要开始忙碌的工作，而我，也要去学校上课了。学校——噢，真不知道在经历了那样的夜晚之后，我该如何面对那些懵懂无知的面孔。那些和塔比一起经历的备受欺凌的日子，像电影场景一样在我的脑海里回放：被关进储物柜的画面、从体育馆的绳子上掉下来的画面、为躲避史蒂夫·乔根森·沃纳而藏身车底的画面……那一幕一幕，久远得好像是几百年前的事情一样。

"我家有个阁楼。"我说，"爸爸已经好久没有用过它了，你可以藏在那里。"

"不用。"

"要不车库怎么样？我们得抓紧时间……"

正说着，爸爸房间里已经传来了打哈欠的声音。

杰克的脸上露出惊恐的神情，即便是在和凶狠的怪兽交战时，我也从未见他有过一丝胆怯，可在此时，他害怕了。

"你不用管我，我会在午夜时分回来找你的。"他说。

"你不能再回那个洞穴里去了，那些铁锈怪……"

"在外人眼里，我只是个普通的男孩儿而已，况且，我也不会像它们两个一样变成石头。你只要给我两件你日常穿的衣服就

第三章
巨 怪 猎 人

行了,我会照顾自己的。我可以去公园走走,就像个普通男孩一样。"

"我知道你是人,不是怪兽。可是,要知道,现在已经不是1969年了,要是让别人看见你这么大的男孩儿大白天不去上学而在街上闲逛的话,他们一定会盘问你的,或许,他们还会叫来警察……"

"我再说一遍,我能照顾好自己。"杰克边说边伸出双手,"给我衣服,快点!"

28

平克顿老师一脸怒容地站在我的桌旁，看着我空白的作业本。作业？噢，这个词好像已经离我无限遥远了。她大声斥责我，并且再次警告我说，如果我继续这样不学无术的话，那么周五的考试我就死定了。我假装做出后悔的表情，这是多年以来修炼出来的一种本能，而实际上，我的心思早就飘到别处去了。

我的目光直勾勾地盯着班里空出的两个座位。

没什么大不了的，也许他们只是请假了而已，我在心里不断地宽慰自己。可是，一种不祥的预感却一直在我的脑海中盘旋不去。课间休息的时候，我的眼睛不自觉地就停留在两个空荡荡的储物柜上。生物课上我什么也没听进去，仍旧呆呆地看着缺了两人的课桌椅。我很想把自己的担忧告诉塔比，可是这一整天，我只在体育课换衣服的时候才有机会和他打了个照面，而他呢，以比平时快几倍的速度迅速换好了衣服，头也不回地绝尘而去，只留给我一个背影。看起来，他对我不只是生气，简直就是出离愤怒了。

再次遇到塔比，是在学校的大厅里，我刚想开口叫他，就被一大群啦啦队员绊住了手脚。他们不断地向我推销印着史蒂夫头像的

第三章
巨 怪 猎 人

加油棒,简直令人不胜其烦。两年前,啦啦队长就买下了一座废旧的仓库,专门用来捣鼓一些不值钱的玩意儿,以弥补啦啦队在预算上的亏空。说是仓库,其实就是两间用硬质塑料泡沫搭建的临时房屋,外墙上刷着醒目的代表圣博纳迪诺高中的红白相间的标志,让人一望可知。这两年,随着史蒂夫的偶像地位不断攀升,他的粉丝们对这些所谓的纪念品更是趋之若鹜,啦啦队趁机抬价,着实大赚了一笔。

不知不觉间,一天的课程就这样结束了。我浑浑噩噩地挪动着脚步,不由自主地来到了排练剧目的剧院里。按计划,我本打算一下课就奔回家去照看瞎眼怪的,可是不知道为什么,看到墙上贴着的剧目海报,我的双脚竟然鬼使神差般地带着我走到了小剧场里。大概是因为,这里是唯一一个没有被史蒂夫占领的地方。丽茨老师站在一众演员面前,正在情绪饱满地为他们讲解着——这是一出多么完美的剧目,要想在一周时间里完成这样一出大家耳熟能详的剧目将会是一件多么伟大的事情,等等。最后,她拍拍双手,告诉大家,由于饰演桑普森和格雷戈瑞的两名同学今天不在,我们将跳过序幕,直接从场景一开始排练。

那种不祥的预感再一次在我的脑海中闪过。

这一场中的重头戏就是班佛利欧和提伯特的决斗。饰演班佛利欧的叫贾斯伯,是个举止张扬的男孩,也是戏剧社的老成员了。而与他演对手戏提伯特的扮演者是一个玩重金属摇滚的男生,叫弗兰克。贾斯伯手中握着演出用的长剑,即兴发挥得不亦乐乎,忽而猛刺,忽而闪避,动作夸张;而弗兰克是第一次参加这种表演,他紧张得动作都变了形,舞起剑来简直就和拍苍蝇没什么两样,更有甚者,他甚至失手将长剑掉进了观众席里,吓得坐在前排的观众们惊叫不已。

丽茨老师实在看不下去了,她不停地在场下高喊,指点着动作要点,希望他们的动作能够更简单,更精炼,当然,也要更安全。不过,班佛利欧和提伯特好像始终不能领会其中的要领,两个人的招式依旧凌乱不堪,最后,他们一屁股坐在舞台上,气喘吁吁。饰演卡布雷第的演员见他们演完了,大声地说起自己的台词来:"谁在那儿?什么声音?快拿我的长剑来!"

台下的观众们都在窃笑,丽茨老师简直就快绝望了。看来,需要有人做点什么了。

在痛饮了几大口葡萄味的汽水之后,克莱尔舔了舔手上的零食碎屑,大跨步走上舞台。她戴着大大的朋克墨镜,穿着一条黑色的紧身裤,裤腿微微挽起,露出一截洁白的小腿。她的外套随性地敞着,棕色的吊带背心勾勒出少女美好的线条,五颜六色的手镯堆积在手腕上,脑后的马尾辫随着她的脚步轻轻地拍打着她的后背。

看见她的那一刻,是我在那一天里第一次没有想到那些怪兽的时候。

"把你的剑借给我用用,班佛利欧先生。"克莱尔边说边伸出手来。

贾斯伯耸了耸肩,从地上捡起长剑递过去。克莱尔用手掂了掂分量,露出了满意的笑容。

"重量还不错。"

第三章
巨 怪 猎 人

话音未落,她旋转手腕,挥舞长剑,身后的马尾也随之摆动。

"还不赖。"

克莱尔轻盈地变幻着脚步,时而前进,时而后退,剑光闪动,人剑合一,浑然天成。

"看来我的剑法还没忘。"

克莱尔边说边探出长剑,轻轻地刺在弗兰克手中的剑柄上,他赶忙伸手招架,一副不知所措的样子。而在我的眼中,那一刻的克莱尔·方丹就像一位从天而降的女神,她的一举一动都是那么令人着迷。克莱尔轻舞着长剑,从各个不同的角度攻击着弗兰克。她身姿曼妙,一招一式都拿捏得恰到好处,既不会过于张扬,又不让人感觉枯燥乏味,就连坐在剧场后排观看彩排的观众也为之倾倒。

"进攻的时候要迂回一些,顺势而为即可。"她边做示范边讲解。

弗兰克一脸痛苦地站在台上,面对克莱尔的进攻,他根本不知道该如何应对。

"注意步伐的变化!班佛利欧,提伯特!"

贾斯伯紧紧地盯着克莱尔的脚,像是要把她的步伐节奏死死地印在脑子里。

"不要忘记这是一场演出,在打斗的时候场面一定要好看!既要有进攻,也要有防守。绅士们,记住了吗?"

我和在场的所有人一样,被克莱尔的表现惊得目瞪口呆。她不仅演示了不同的打斗技巧,甚至还为几名演员精心设计了一套进攻防守的套路,招式简单易学,舞台效果却非同凡响,看得大家血脉偾张。在最后一招中,她手腕一抖,灵巧地用剑尖轻松挑落了弗兰克手中的长剑。随着丁零当啷的一阵乱响,那柄长剑掉落在舞台的地板上,而克莱尔也放下手中的武器,长呼了一口气。她重新绑了绑脑后的马尾,拿起那罐汽水,大口喝了起来。整个剧场都安静下来,直到饰演卡不雷第的演员又一次耐不住寂寞地念出了他的那句台词:"谁在那儿?什么声音?快拿我的长剑来!"

台下突然爆发出雷鸣般的掌声,而我,拍手比任何人都要卖力。丽茨老师的眼里满是赞许的目光,不过,她还是示意大家安静下来。可是,还有一个声音在继续响着,所有人都将视线转移过去。那声音响得十分规律,似乎永远都不会停下来一样,事实上,那并不是用手鼓掌的声音。

"简直太精彩了。"史蒂夫·乔根森·沃纳一边拍着他的篮球一边说,"我从没见过这么精彩的剑术。"

克莱尔脸红了,她一反常态地扭捏起来,低下头双眼盯着自己的脚面。

"我曾经接受过这方面的训练。"她说,"我的爸爸妈妈曾经教了我六年的剑术。"

"太棒了,你看上去就像是个贵族。"

史蒂夫的气场实在太过强大,那些演员们好像全都被他震慑住了,连大气都不敢出。只有丽茨老师皱了皱眉,好像对这个突然闯入的运动健将并没有什么好感。

"不知道你来这里有何贵干呢,史蒂夫先生?"

史蒂夫咧开嘴,露出他招牌式的笑容,三步两步就走上舞台。

第三章
巨 怪 猎 人

人群又开始沸腾起来,像是在赞美他身手不凡。最让我感到难过的是,克莱尔也像个普通追星族一样,她的眼睛紧紧地追随着史蒂夫的身影。

"有点突发情况需要您的帮忙。"史蒂夫依旧保持着阳光般的笑容,"教练说我可以通过一些途径来提高我的总学分,这对我很有用,他给了我三个选择。"

说着,史蒂夫把篮球夹在腋下,从裤兜里掏出一张纸条,递给丽茨老师。丽茨老师轻轻地打开纸条,读出了纸条上的内容:

"A:参加一场三角函数竞赛并取得好成绩;B:完成一套太阳能装置的组装;C:参加剧社,做个替补演员。"

"教练说当替补演员和当板凳队员差不多。您放心,我不会妨碍你们排练的,我只想加入你们,然后尽一点力而已。"

简简单单的几句话就让丽茨老师敌意全消,我真是不得不佩服史蒂夫的社交能力。丽茨老师笑容满面地重新折起那个小纸条,把它放进自己的口袋里。噢,天哪,难道她还要把这小纸条留作纪念吗?沉浸在迷恋中的女人真是不可理喻。

"当然可以,史蒂夫,对于你的加入我们非常欢迎。更何况,你只是要求做个替补演员而已。说真的,你来得正好,我们正要去给我们的'罗密欧'定制服装呢。他不在的时候,你刚好可以顶替一下。吉姆,把你的剧本借给史蒂夫看一下。"

我真的没有想到,命运对我竟然如此不公——当我在道具室里套上一件中世纪女士衬衫、一条紧身裤和一条紧身裙的时候,史蒂夫和克莱尔正在搭着阳台布景的舞台上卿卿我我。而我身旁只有两个道具师,他们手握卷尺,在我身上反反复复地比画着,还不停地问我,能不能穿高跟鞋以弥补我在身高上的不足。噢,高跟鞋!好吧,好吧,只要能快点逃离这里,我当然能,让我穿什么我都会答应的。

我站在舞台的一侧,隐约能听到台上传来的断断续续的排练声。克莱尔仍旧是舞台上的女王,她的表演老到,充满感情,让人为之动容。而更让人吃惊的却是史蒂夫,没想到,他在舞台上的表现丝毫不逊于在运动场上,他的台词说得缓慢而富有节奏,语气中流露出满满的自信,成熟的表演几乎不像是个业余的学生戏剧爱好者,反而像个专业的演员。就连他偶尔错误的发音都是那样让人信服,似乎那个发音理当如此……总而言之,史蒂夫再一次用他的个人魅力,征服了所有人。

"很好!"丽茨老师说,"你是怎样在这么短的时间内就能做得这样好的?"

"这没什么大不了的,"史蒂夫回应,"也许,我天生就有这项才能吧。"

"太好了!你的表演非常棒,继续吧。"

情况急转直下,简直出乎我的意料。我必须出现在舞台上,马上!不然的话,恐怕我的角色就要被史蒂夫抢走了。

时间紧迫,我根本顾不上自己身上的狼狈样子就慌忙跑进了舞台。

"我已经准备好了。"我向丽茨老师高声喊着。

迎接我的是全场的哄堂大笑。我这才意识到自己身上正穿着

巨 怪 猎 人

一套完全不合身的紫色裙子，还有一条销魂的银色紧身裤。比起史蒂夫·乔根森·沃纳，我简直就是个小丑。我看着他身上洁白的衬衫、合身的牛仔裤，看着他英俊潇洒的面庞，真恨不得找个地缝钻进去。而他，还像往常一样，用左手不断地拍着一只篮球。

"先让史蒂夫把这段演完吧。"丽茨老师对我说。

"我可以的，这段我已经背下来了，我准备好了……"

很遗憾，我脚上的高跟鞋突然很不配合地拆了我的台，我无法控制地向班佛利欧和提伯特倒去。几秒钟后，我的右手手肘撞在了约翰修士的耳朵上，而左手则尴尬地按在蒙塔古女士的胸上。她的惊叫声马上响彻了整个剧场。史蒂夫嘲讽地看着我，而克莱尔，正站在布景阳台上，低头看着这一切。如果你以为这场景已经糟糕透顶了，那你就错了，我的厄运还没有结束：在我倒向地面的最后一刹那，我的头结结实实地撞在了克莱尔站立的那个阳台布景上。

如果不是亲身经历的话，你们大概想象不到，一个普通人的脑袋竟然能把搭建布景的胶合板撞断，可事实就是，我的确做到了。只听咔嚓一声巨响，布景墙裂成了两半。眼看着整个阳台都快倒下来，我赶忙拔出自己的脑袋，然后呆呆地看着克莱尔身处危难之中。

克莱尔和大多数人的选择一样，她在第一时间翻过了栏杆，想要跳下高高的阳台。所有人都吓呆了，只有史蒂夫镇定自若，他稍稍调整了一下站姿，伸出右手，将克莱尔稳稳地搂在怀中。在镁光灯的照耀下，两人衣袂翩翩，好似一对正在舞厅翩然起舞的舞者。直到站稳了身形，克莱尔的手臂还十分自然地搭在史蒂夫的脖子上。

片刻之后，布景阳台轰然倒塌，舞台上溅起无数碎片，场面异常混乱。

大家全都被吓坏了，现场一片寂静，只剩下喘气声。

丽茨老师惊得双手放在胸前，捂着心口的位置，做出一副楚楚可怜的少女模样。

克莱尔抬头看着史蒂夫，目光中饱含深情。

史蒂夫对她笑了笑。

我听到了自己心碎的声音。

经历了这样的阵仗，史蒂夫的左手竟然还在拍着那只篮球。

"谁在那儿？什么声音？快拿我的长剑来！"卡不雷第修士又开始念他的台词。

克莱尔又一次绽放出她那独有的笑容，就连史蒂夫也似乎为之所动，他搂着克莱尔的那只手臂更加用力了。在克莱尔的微笑下，所有人似乎都缓过神来，大家大笑着，拥抱着，欢呼着。大概不久之后，这段劫后余生的故事又会被当作一段佳话流传于八卦界了。

别人的欢乐时光，对我而言却度日如年。在巨大的煎熬中，这一天的排练终于结束了。我告诉自己，这样也好，就算主角的位置被抢了又如何，作为巨怪猎人，本来时间和精力就有限，我连应付功课的时间都没有，哪有工夫搞什么话剧的彩排呢。我不断地宽慰自己，忘记这一切，回家吧，巨怪猎人先生！等明天回到学校的时候，去向丽茨老师请辞吧，这没什么了不起的。

脱掉身上的紧身裤对我来说着实是个考验，等我换好衣服，回到排练场的时候，整个剧场里只剩下我一个人了。我走出剧场，看

第三章
巨 怪 猎 人

到不远处的史蒂夫,他已经换上了一身轻便的运动装,正在那块超级大屏幕下的足球场边慢跑。

巨大的失落感再一次席卷了我。史蒂夫是那样出色,他拥有我想要的一切。而我呢,一无所长,一无是处,没有人真正地了解我、懂得我,克莱尔不懂,塔比不懂,甚至连爸爸也不懂。只有在夜晚来临的时刻,我才能真正地找到我自己。

29

那一晚,我们终于大获全胜。回想起我糟糕的十几年的生活:没有任何业余爱好,因为个子矮而处处受歧视,甚至连玩个电子游戏都从没通关过。而这一切,似乎都是在磨炼我的意志,为我成为一名真正的巨怪猎人奠定基础。难道这就是所谓的"天将降大任于斯人"?这就是所谓的厚积而薄发?

不过,我的伙伴们并没有对我的改变多说什么。而且不妙的是,我们杀了那么多咀嚼军,烧掉了那么多胆囊,那些邪恶的怪兽对我早已恨之入骨。那晚,我们遇到的第一个对手是四只长毛蠕虫怪,它们的身躯庞大且笨重,看上去就像是肉球。它们最擅长的就是在孩子们入睡后在他们耳边低声慢语,蠕虫怪的声音能够潜入孩子们的潜意识,它们的那些谩骂和指责会让孩子们逐渐失去信心、厌恶家庭,并最终离家出走。而这些可怜的孩子们在离家出走之后的境遇,我们可想而知。

由于长毛蠕虫怪的身形过于肥大,以致它们攻击敌人的一大利器就是圆滑肥硕的身躯——它们会像巨石一样碾压敌人的身体。因为身体的重量相当可观,它们一旦滚动起来,速度和冲击力都十

第三章
巨 怪 猎 人

分惊人。我想,我永远都不会忘记这个晚上,永远不会忘记我和杰克、瞎眼怪还有巨型怪在杰斐逊大街上奋力追赶蠕虫怪的情景。在我们的追赶之下,蠕虫怪慌不择路,一路滚动着,撞倒了一个邮箱、一个路牌还有一个消防栓。我穿过喷涌而出的水花,将"克莱尔之剑"像扔标枪一样投过去,一剑直刺入蠕虫怪的脊柱,那东西在撞凹了街边两辆无辜的汽车之后,终于停止了滚动。我猜,明天一早,不明真相的司机们一定又会跳着脚骂街吧。

我们试图逼迫蠕虫怪们说出黑贡纳的下落,没想到,这些家伙竟然还有些骨气,它们用濒死前的最后一口气发出几声瘆人的惨笑,之后便一命呜呼了。靠着巨型怪灵敏的嗅觉和杰克的罗盘,我们穿梭于一座又一座的桥梁之间,以期能够找到黑贡纳和咀嚼军的老巢,然而,每一次的结果都让我们无比失望。我们找到的不是肮脏的下水管道,就是废弃多年的岩洞,总之,没有任何关于黑贡纳的痕迹。

夜晚的时间总是过得如此之快,还没容我缓过神来,天就又要亮了。我拖着一身疲惫来到学校。体育课上,我拒绝了老师的要求,因为我那浑身酸痛的肌肉实在不能再负荷任何运动项目了。塔比仍旧对我漠不关心,劳伦斯教练倒是很体谅我的疲惫,还亲于给我写了个假条。下课后,我步履艰难走向排练场,丽茨老师看到我的状态不佳,只好打电话叫来了史蒂夫。我想,能和史蒂夫一起排练,克莱尔一定会更开心吧。在纠结的情绪中,我颓然地坐在剧场的观众席中,昏昏欲睡。我知道,我需要休息,我需要养精蓄锐,这样,我才能更好地投入夜晚的战斗。

巨怪猎人
Trollhunters

亚尔血怪是有史以来体型最小的一种怪兽。无论是在古老的苏美尔文字还是埃及文字中，都有关于它们的劣迹斑斑的记载。这些讨人厌的东西大概只有一只蚊子大小，最喜欢吸附在外出玩耍的孩子们身上。它们会像虱子一样隐藏在孩子们的头发里，然后顺着头皮钻入孩子们的头骨，最终引发各种疾病。在罗盘的指引下，我们顺藤摸瓜，来到了它们最近活动猖獗的一处地方：一家孤儿院。

我们发现，这家孤儿院里的大部分孩子都在发烧。杰克在他们的上嘴唇抹上了一层厚厚的散发着酸味的液体，这些液体会让这些孩子们在最短的时间内将亚尔血怪从体内排泄出来。我们隐藏在大厅的角落里，终于等来了第一个去排便的孩子。杰克交给我一个任务：在马桶的下水道里抓住亚尔血怪。我硬着头皮走进去，将胳膊伸进马桶的排水口里。当我的整条胳膊几乎都要被污水淹没的时候，我终于发现了一些不对劲的地方。在下水道的壁上似乎粘着一团东西，我拉住它们，使了几次力气，才终于把它们拽了上来。那是一连串的亚尔血怪，它们一个连一个地团在一起，大概有一只小老鼠那么大。看起来，在水中浸泡了一会儿以后，它们的体型会有所增大。

虽然把它们从马桶里抓出来不是一件容易的事，不过，要想杀掉它们却是轻而易举。

我们很快就结束了战斗。当我们离开孤儿院的时候，我又一次看到了古拉格警官，他正开着他的"陆地巡洋舰"缓缓驶过，在仪表板昏暗的灯光下，我隐约看到他一脸憔悴。

看来，那次在垃圾场和巨型怪的对峙，对他来说是个极大的打

第三章
巨 怪 猎 人

击。相信他一定怀疑过自己的神智,而从他现在的表现来看,他应该还是相信了自己的判断。现在,他认为自己唯一能做的,就是加倍小心谨慎,来保护自己所负责的这一区域。他每晚几乎都不眠不休——这倒和我差不多——做着他认为自己应该做的事情。而我,在接下来的几个小时里,和杰克他们找到了一间废弃的仓库,在那里烧毁了所有亚尔血怪的胆囊。

星期三的早晨就这样悄无声息地到来了,如果你问我为什么对日期这样敏感,我只能很遗憾地告诉你,那是因为,每过一天,教室里缺席的人数就会增加一些。虽然我对数学并不怎么感兴趣,但是这样简单的加减法我还是会做的。同样,这样的情况在排练时也毫不例外,我们的茂丘西奥和约翰修士全都没有来参加彩排。

白天的时间过得飞快,转眼,夜晚又来临了。这一次,我们遇到的是狙击怪。很显然,它们也是出来捕捉孩子的。这些狙击怪的打扮整齐划一,它们全都穿着红绿条纹的连体衣裤,头上戴着用大号的怪兽头颅制作而成的头盔,作为一个怪兽的团队来说,这样的打扮的确很有震慑力。不过,在我和杰克的四柄剑以及瞎眼怪和巨型怪的攻击之下,它们还是讨不到任何便宜。即使是在逃亡的状态中,这些狙击怪仍旧念念有词,似乎在唱什么特殊的小曲。作为回应,我大声地喊出这些天来所背诵的台词。

"魔鬼呀,还是回到你的老巢里去吧!"

话音未落,我便刺中了一只狙击怪的肚子。

"呜呼,我眼中射出的光芒更胜过你那二十柄长剑。"

我砍掉了一只狙击怪的手臂。

"噢，她照亮了我的一切。"

一只狙击怪的脑袋应声而落，头上还戴着一个大号的头盔。

在我之前，恐怕没有哪个巨怪猎人是这样攻击敌人的，就连我的伙伴们都被我搞得目瞪口呆。很快，我们就消灭了狙击怪，但是遗憾的是，在寻找黑贡纳的路上，我们又浪费了一个晚上。不仅如此，我们还要尽量隐藏行踪，以免被整夜巡视的古拉格警官发现。这个执拗的男人有着超乎常人的执着和顽固，每时每刻他都无处不在。我想，此刻，他的内心一定也很痛苦：即使是他这样的大英雄，也有心有余而力不足的时候。比如，有些事情，注定是要交给我们巨怪猎人来完成的。

第三章
巨 怪 猎 人

30

回到家,我径直走进厨房,为杰克准备早饭。客厅的电视里不知道又在播放什么节目,我丝毫没有在意。我端着盘子走回客厅,却看到了杰克的背影,他正愣愣地盯着电视的方向。我扭头看去,电视里的画面摇摆不定,而且模糊不清,我费了好大的力气才终于看清里面的内容。那是两只怪兽,而且,正是我熟悉的那两只。

画面中,瞎眼怪和巨型怪站在厨房的门口,脸上沾满了花生酱。接着,我听到了人喊叫的声音,那是我的声音,塔比的声音。我大惊失色,却又不敢相信这个事实,直到我看到了那个泰迪熊——那只被我和塔比安放了摄像机的泰迪熊——此刻,正安静地待在电视机的旁边。

我这才注意到,爸爸就坐在电视机旁边的沙发上。他浑身僵硬,目光呆滞,像是一个木头人。

杰克知道,他犯了一个大错——今晚,他忘记把那只让人昏睡的小怪兽放进爸爸的体内了。我手中的盘子掉到地上,巨大的响声终于让爸爸有了反应。他神情恍惚地向那只泰迪熊走过去,关掉了摄像机的开关。电视屏幕晃了几下,转而出现的是早间新闻的画面，眼窝深陷的古拉格警官出现在电视屏幕上，正在就本市出现的儿童失踪的事件接受记者的采访。

"目前，在该儿童确认失踪24小时以内，我们还无法界定此事件的性质。"他说。

"那么，鉴于目前发生的这些失踪案件，我市的秋季庆典会不会受影响呢？政府会不会采取措施，比如取消这一次庆典呢？"记者问。

"当然不会。"古拉格警官面无表情地说，"目前，我们还不需要为此而感到担忧。"

我看到爸爸在调整呼吸，试图转过身来。

"我们必须团结起来。"电视里的古拉格警官接着说。

爸爸站起来，身下的沙发"咯吱"一响。

"在恶势力面前，我们绝不能低头。"古拉格警官还在继续。

爸爸挪动脚步，我看到他的眼里已经满是泪水。

我身旁的杰克，像是被钉在了地上一样，纹丝不动。

"杰克？"爸爸低声喊出了这个名字，"真的是你吗？"

"吉宝。"

时间凝固在了这一刻。

"对不起。"爸爸和杰克同时说道。

爸爸伸出了双手，可是下一秒，他的手便不受控制起来，脑袋也向后仰去。早晨的第一缕阳光照射进来，洒在摆放着照片的祭台上。而我的爸爸，吉姆·斯特奇斯·SR先生，晕倒在地上。

巨 怪 猎 人

88分！噢，88分！这是几个星期以来平克顿老师一直在跟我强调的事情。而明天，就是考试的日子了，如果我考不到88分，这个学期的数学成绩就会是不及格。生活就是这样，你反抗不了，就只能接受它的残酷，而我要接受的显然比别人要多得多：

很有可能被人抢走的罗密欧的角色。

很有可能再也不会理我的好友塔比。

很有可能会卷土重来的黑贡纳。

很有可能让我身首异处的怪兽战场。

很有可能变得精神失常的爸爸。

那天早上，我给了爸爸和杰克一个单独相处的空间。我和杰克一起把晕倒的爸爸抬到沙发上，然后就去了洗手间。等我洗完澡换好衣服，重新走回客厅的时候，爸爸已经醒了，他颓然地坐在沙发上，背对着杰克，口中念念有词，自言自语地嘀咕着他不相信这个事情，一定是有人在耍他之类含混不清的话。面前的杰克，有着和几十年前一样的年轻面孔，甚至连穿着打扮也和当年差不多。看到爸爸痴痴的样子，杰克一脸无助，焦急万分。爸爸不会打电话给古拉格警官吧？或者叫来科尔校长？又或者，他会反对我和这些巨怪猎人在一起，阻止我和他们并肩作战？可是，我们已经没有时间了，距离那座大桥组建完工，只剩下一天的时间了。

杰克希望我留下来，帮他搞定现在这个难堪的局面，要知道，让他处理这些问题，可比让他去打怪兽困难多了。不过说实话，与其在这里看着这对失散多年的兄弟久别重逢，互诉衷肠，我还不如回到学校去，虽然那里有的只是无数狂热的粉丝、恼人的喧嚣和无聊的八卦，但至少我还可以一个人静静，躲开这种尴尬的局面。想到这里，我非常不义气地拿起背包，头也不回地冲出了家门。

我站在储物柜前面，对着我的数学书发了好一阵子呆，脑中回荡的全是平克顿老师的那句"88分"。我真想把自己关进这个储物柜里待一会儿，就像史蒂夫经常对我做的那样。至少在这个狭小的空间里，我可以毫无顾忌地、不受打扰地好好睡一觉。就在我考虑这个计划的可行性的时候，几声狂笑响彻了整个大厅，紧接着，一个熟悉的声音传入我的耳中。

"记着，现在的价码可是十块啦，是你逼我涨价的哦。"

我扭头看去，史蒂夫·乔根森·沃纳正用胳肢窝夹着塔比的脖子，从二层的楼梯上缓缓向大厅走下来。那情景简直就和几天前如出一辙，不同的是，这次，塔比要付更多的钱给史蒂夫才能幸免于难。可我知道，就凭他从奶奶那里得到的那点可怜的零用钱，他是无论如何都负担不起的。我的胸中涌起一股无名的怒火，来不及多想，就已经冲出围观的人群向他们走去。现在的我已经不是几天前的那个胆小怕事、一无是处的我了。

巨 怪 猎 人

我伸出双手，使出全身力气，猛地向史蒂夫胸口推去。直到这时，我才知道自己有多么愚蠢：史蒂夫有一身强壮结实的肌肉，我那看似猛烈的攻势在他看来根本不值一提，他甚至连晃都没有晃一下。不过，尽管如此，我的这一举动还是产生了巨大的效果，他胳膊一松，把塔比扔到一边，转头向我走过来。我听到塔比跌跌撞撞地一头撞在了储物柜上，可我根本无暇顾及，只能瞪大眼睛，直愣愣地盯着逐渐向我逼近的史蒂夫和他手里那只上下跳动的篮球。

砰！砰！

"噢，吉姆，谢谢你给我提了个醒。"史蒂夫边走边说，"我正想问问你是不是愿意加入到我们的队伍当中来呢。对你来说，交点保护费就能保证你的安全，这可是一桩相当划算的买卖呢。"

"别再纠缠我的朋友。"

砰！砰！

"你这么说的话，我就当你同意了。我们从今天开始怎么样？"

"别再纠缠塔比，也别再纠缠其他人，我们都受够你了。"

砰！砰！

"是吗？这一点我还真不知道呢。在我看来，我可是受欢迎得很呢。"

"他们只是怕你，所以不敢说出事实罢了，可是我不怕。"

砰！砰！

"怕我？为什么怕我？我能帮助学校赢得比赛，我还是剧社的主角，明天一整天，你们都将在那块超大屏幕看到我的身影。可是，我这么做并不是为了我个人，吉姆，我是为了学校，为了学校的荣誉。有一大群人认可我，欣赏我，甚至愿意为了我花钱去买那些本不值钱的东西。"

砰！砰！

"那个主角是我的！"我喊道。

"你知不知道，你穿着那身衣服有多搞笑，你简直就是个跳梁小丑。不过，放心吧，我会替你照顾好你的茱莉叶的，我会给她一个大大的热吻。"

"你为什么要盯着克莱尔不放？"

"为什么？"史蒂夫满不在乎地说，"为什么不呢？既然我有这个机会，那就得好好把握才是。"

他的脸上满是自得的笑容，相比之下，我的气势却越来越弱，举起的双拳也似乎有千斤之重，刚才的那股冲动和勇气早就不知道跑到哪里去了。周围的窃窃私语声不断地冲击着我的神经，我仿佛又变成了那个一无是处的小男孩，变成了那个连最好的朋友被人欺负都不敢出头的胆小鬼。大概，我所有的勇气和成功都只能停留在漆黑的夜晚，停留在幻境一样的战场之上。可惜，对于这一点，我明白得太晚了。早知如此，我无论如何都不该招惹像史蒂夫这样的人。

"你简直就是个混蛋，乔根森·沃纳先生。"一个声音仿佛晴天霹雳一样在大厅上空炸响。

所有人，包括我在内，全都齐刷刷地扭头看过去。克莱尔从人群当中挤出来，她的打扮和平时没什么两样，只是双颊通红，看上

第三章
巨 怪 猎 人

去被气得不轻。

史蒂夫的笑容瞬间凝固了。

"你说我是什么？"

克莱尔的双眼简直像要喷出火来。

"想让我和你这样的人渣接吻？你做梦去吧，你简直就和一只畜生没什么两样。"

"畜……生……？"

"你是不是还幻想着把我搞到你的床上？把你的眼睛擦亮点，你这个蠢蛋，也不撒泡尿照照你自己的德行，简直是痴心妄想。告诉你，吉姆比你演得好多了，你想演罗密欧吗？小心我一脚踢破你的蛋。"

"你踢……我的蛋……？"

"看看你的尊容，是啊，确实有很多无脑的粉丝疯狂地崇拜你，可是你以为我会和他们一样吗？别逗了，趁着我把你骂得狗血淋头之前，赶快滚回家去找你妈哭诉去吧！"

"你！你！"

谁都没想到，一个平时看起来活泼开朗从不与人为敌的姑娘，此刻会用这么肮脏污秽的语言去辱骂鼎鼎大名的史蒂夫，她的言语之中夹杂着很多我根本听不懂的家乡方言，这样的话都脱口而出，可见她是真的气坏了。

克莱尔挺胸抬头地来到史蒂夫面前，一脚踢开了他手中的篮球。史蒂夫不可置信地睁大双眼，紧紧攥拳的右手骨节咯咯地响着。显然，克莱尔也注意到了这一点，不过看上去，她根本不在乎。

巨怪猎人
Trollhunters

"嘿，怎么着，还想跟我动粗吗？你最好想想那天彩排的时候，我是怎么教他们的，你以为你能讨得了什么便宜吗？"

人群中再次爆发出一阵窃窃的笑声，不过这一次，嘲笑的目标换成了史蒂夫。这大概是他从未遭遇过的情况。他环视着四周的人群，好像他们背叛了自己，那张英俊的脸庞变得愈发凶狠起来，狭长的眼睛里凶光闪现，他紧咬后槽牙，发出了几声冷笑。几番权衡之后，他还是做出了明智的选择。毕竟，在大庭广众之下和一个姑娘大打出手可不是什么光彩的事情。史蒂夫压抑着自己的情绪，转身走出人群。我不知道在今后的日子里他是否还能像以前一样作威作福，但至少在这一刻，他输了。他灰溜溜地捡起滚落在远处的篮球，看起来和个普通的孩子没什么两样。

围观的人群渐渐散去，有些人还在回顾克莱尔刚才夹杂着方言的痛骂。我长呼了一口气，准备去看看塔比。可是，储物柜那里除了一个深陷的凹坑以外，什么也没有，塔比已经走了。我失望极了，可是，我却找不到任何理由来责备一个想远离是非的人，像我这样一个和怪兽沾染不清的人，他躲着我也无可厚非。

克莱尔还留在原地，直到上课铃声响了，她依旧没有离开的意思，反而向我走过来。

"斯特奇斯先生。"她叫我。

"有事吗，方丹女士？"我回敬着。

她优雅地点了点头。

"你看起来和以前有点不一样了，斯特奇斯先生。"

"你也是。"

巨 怪 猎 人

"噢,你是说刚才的事?"她转动眼珠,看了看我,"那不算什么。我听说平克顿老师给你下了最后通牒了,88……"

"是,我必须考88分以上,要不然她就算我挂科。"

"我的数学还不赖,斯特奇斯先生。"

"我知道,我还记得你在数学课上的表现,印象深刻。"

她再次转动眼珠,向我看过来。

"我是说,我可以帮你。"

"不,不。"我下意识地摆了摆手,"我不需要你的同情。"

她绽放出一个灿烂的笑容,笑声又恢复了往日的爽朗。

"就今晚吧,88分不算什么,我能帮你得到90分以上的高分。"

"你是在邀请我……去你家吗?"

她的笑容更加灿烂了。

"不好意思,我想你是误会了,你不能来我家。"

"噢,对不起。我,呃……不是那个意思……谢谢。"

"放松点,斯特奇斯先生,只是我家里今天有点不方便而已。不过,我可以去你家啊。我已经跟妈妈说过了,今晚是我们最后一次彩排,她知道我今天会晚回家。我们可以一起走路回去,然后一起学习数学,我知道很多小窍门,绝对能让你提高分数。"

"我……"对于我来说,要拒绝克莱尔是一件相当难的事情。可是我不得不面对现实:我需要休息,哪怕只有两三个小时也行,等到日落之后,我就要投入到最后的战斗当中。在那座桥组建完工之前,我们只剩下一晚的时间了。无奈之下,我只能不情愿地说出了这句话:"我,不会参加今天的彩排了。"

显然,克莱尔对我的回答非常失望。我能明显地感觉到这一点。我知道,不参加今晚的彩排,就意味着我将彻底失去罗密欧这个角色。这样一来,克莱尔就要和刚刚被她痛骂一顿的史蒂夫一起演这出戏。有那么一瞬间,我甚至在猜测,她是不是会和我一样,放弃这个角色和这出剧,可让我没想到的是,她只犹豫了一下,就又重展笑颜。这才是我熟悉的克莱尔,我知道,她已经决定了要和史蒂夫演对手戏。她把这当成了一个挑战,如果她能顺利地完成演出,就更能证明谁才是演技最棒、最有职业精神的那一个。

"好吧,六点吧,我去你家,你觉得怎么样?"

这个问题对我来说同样是个难题,除了塔比以外,还从没有第二个人来过我家——那个铜墙铁壁一般满是监控探头的家。更何况,现在我的家里,还藏着一只瞎眼怪和一个濒临崩溃的老爸。而在天黑之后,还会有另外两个巨怪猎人在我家的客厅里蓄势待发。还有那个臭名昭著的黑贡纳,这个星期它已经在掠走了十几个孩子,而它,对我的所有情况都了如指掌。

我知道,我有成千上万个理由来拒绝克莱尔,可是此刻,我的心里却只有一个声音:

答应她。

巨 怪 猎 人

克莱尔比约定的时间晚到了20分钟,她的脸颊红扑扑的,边敲门边抱怨因为秋季庆典而拥堵不堪的交通。我勉强挤出一个笑容,带着克莱尔慢慢走进我家的大门。我忐忑不安地打开那一道又一道的锁链,丁零咣啷的交响曲一如往常响了起来。而克莱尔的目光一直自在坦然,这让我充满了勇气,感觉好像没那么难堪了。

我关上大门,却并没有上锁。

克莱尔将一切看在眼里:金属的百叶窗,三道安保监控系统,还有厨房里还没完全修好的吊扇。爸爸还没有回家,这有点奇怪,除了偶尔的几次加班,爸爸一向都是下班后就马上赶回家的。克莱尔和我一起走进餐厅,她摘下背包,扔在桌子上,之后,掏出了课本和练习册。

在一起学习的第一个小时里,我的注意力完全没办法集中。我闻着克莱尔身上特有的气息,感受着她身体散发出来的热量,简直不能相信,我的家里竟然也会有女孩子光临。而且,这不是普通的女孩子,而是克莱尔。说来也奇怪,听着克莱尔的那些讲解,我竟然好像一下子开了窍,那些复杂的公式,晦涩的符号,竟一下子变得可亲了。说不定，我真的能在这次考试中给平克顿老师一个惊喜呢。

"要是你爸爸看到我，会不高兴的，是吗？"

我正埋头做着练习，冷不丁听到克莱尔这么一问，不禁有些发愣。

"为什么这么问？"

"你一直在看那道大门。"

"我有吗？"

"就好像下一秒，他就会怒气冲冲地拎着棒子冲进来敲我们的脑袋一样。"

"哈，他可从来不会用棒子。"

她睁大双眼，问道："噢？那他会用什么？板子？"

"不，不，他什么也不会用，他也不会对我们生气。真不能相信我们怎么会讨论这个，呵呵。我爸爸在电器厂工作，他还会帮别人修剪草坪，他不是个粗鲁的人。我只是有点担心他，他从来不会这么晚还不回家的。如果他看到你的话，也许会很吃惊，不过，那也是因为……你知道的，我的朋友并不多。"

"是啊，我也这么觉得，你好像总是小心谨慎的样子。你是在害怕什么吗？"

我耸了耸肩，说道："我们该常怀敬畏之心，爸爸经常这么说。"

"是吗？有那么多可怕的东西吗？我是说，美国的治安有那么差劲吗？"

第三章
巨 怪 猎 人

"那要看你去哪儿了。"我的脑海中闪过床底下的那个空间,"有些地方还是不去为妙。"

"至少你们这个街区还算不错吧……除了那些帮派成员偶尔会在街上溜达溜达以外。"

"这个街区的确还不错,是我的爸爸有点……过于神经质了。"

"那你妈妈没什么意见吗?据我所知,大多数女性可都不太喜欢这些金属的铁栅栏。"

"是的,我妈妈也曾经这么说过。"

"曾经?她走了吗?"

"是的。"

"去世了?"

克莱尔直率的讲话方式让我逐渐放下了戒备,我盯着她的眼睛看了好一会儿,那里面除了关切,再没有其他什么东西。她的勇敢和坦率感染了我,让我有一种想和她分享一切的冲动。

"在我还是个孩子的时候,她就离开我们了。"

"为什么?你这么好的男孩,她怎么忍心离开你呢?况且,你还有个从不动粗的爸爸,这更难得了。"

我笑了笑。"我猜,她和爸爸应该是有了些问题。虽然当时我还只是个孩子,但是我能感觉出来,可我不知道的是,他们之间的矛盾竟然已经到了无法调和的地步。就在妈妈离开的前一天,家里还和平时一样,我连一点破绽都没看出来。可第二天,她就消失了,再也没有出现过。"

"你再没听到过她的消息吗?"

"没有。妈妈走了以后,我曾经问过爸爸,他讲了他们之间的一些事情,我知道那不是全部。我只知道,妈妈好像有些不堪回首的往事,好像是她曾经进过监狱或者其他什么事吧……我也不是太清楚。她很聪明,但是同样,她也很现实,她只做那些有利于自己的事情。也许,她嫁给爸爸就是图个安全感——他比她见过的任何一个男人都更安全。而她之所以离开,是因为她已经有能力保护自己了。我猜,她一定换了新的名字和新的身份,也许,她还找了个新的丈夫,生了个新的小孩。墨西哥?夏威夷?又或许是其他的什么热带小岛?总之,她一定生活得不差。"

"你能这么想真是太棒了。"

"什么?太棒了?"

"在你的想象里,你的妈妈能过上那么美好的日子。你没有怨恨,也没有诅咒,这不是一般人可以做到的。"

克莱尔的话着实打动了我。是的,在我的脑海中,总是幻想着一幅画面,画面中,妈妈光着脚走在海滩上,一边踢着沙滩上的小贝壳,一边呼吸着咸湿的空气。她的身后是一座小山,摇摇欲坠的夕阳渐渐没入山下,霞光染红了整片天空。也许,对妈妈的美好幻想也是我自我保护的一种方式,而在我和克莱尔倾诉之前,我从未有过这种认识。

"她离开的那一天,我正在生病,躺在家里,没有去上学。她出门的时候,我就在那里默默地看着她,她一句话都没有说,只是打开所有的门锁,头也不回地走出了门。过了好久,我从床上爬

第三章
巨 怪 猎 人

起来，锁上了门。我只是个孩子啊，我还能怎么做呢？我一点都不棒，也没有你想的那么坚强。你知道吗？她离开的那一天，是我生日的前一天，五月一号。哪怕她能再多待一天也好啊，她竟然连一天都等不了。"

"我的生日也是五月二号呢。"克莱尔说。

"真的吗？"

"当然了，五月二号，我出生在苏格兰。"

"苏格兰？我还以为你是从伦敦或者其他哪个大城市来的呢。"

"伦敦？天啊！难道你听不出我的苏格兰口音吗？"

"呃……苏格兰口音和伦敦口音有点像，是吧？"

"像？要是你在我的家乡这么说的话，一定会被人骂惨了的。"

"对不起，我不是那个意思……我真的分辨不出来各地的口音……"

"嘿，别说那个了。要不，等到五月的时候，我们俩一起办一个生日宴会吧。"

"宴会？两秒钟以前你还在骂我呢。"

"我的年纪应该比你整整大一岁吧，所以我邀请的客人可能也会比较成熟一点。"

"至少你还有客人可请。"

"你请托拜厄斯一起来怎么样？我打赌，他来了的话一定会非常热闹的。"

"可是，他现在都不理我了。"

"斯特奇斯先生！别那么沮丧，阳光一点。"

我把铅笔放下，转过头看着她。

"说实话，我真的很羡慕你。从我出生以来，就一直住在这里，哪儿也没去过，什么朋友也没有。而你呢，刚刚转来我们学校，就能交到那么多的朋友，还能在众目睽睽之下痛骂大名鼎鼎的史蒂夫。你有爸爸和妈妈，他们都那么爱你，甚至还能教你剑术这么高雅的课程。你简直颠覆了我对人生的看法，你究竟是怎样……活得那么精彩的？"

克莱尔认真地听着我的话。她松开了缠绕在自己手指上的头发，表情显得有点凝重，似乎在权衡着她的回答我能否承受得了。我有一种不太好的预感，不过我没来得及反应，克莱尔就已经绑起了散落在肩上的头发，拿起她粉色的书包，开口冲下，将书包里的东西一股脑倒了出来。

那是一套衣服，非常女性化的衣服。我猜，谁要是穿上一套这样的衣服，马上就能成为学校里回头率最高的时尚宠儿：一条粉色的包身连衣裙，一双细跟高跟鞋，两只闪亮的耳环，一条珍珠项链。还有一堆化妆品：眼影、唇膏、腮红、指甲油，以及其他一些我分不清的瓶瓶罐罐。最后一样，是一瓶已经用了一大半的卸妆液，克莱尔把它拿在手里，看了好一会儿，才开口说了起来。

"我的确拥有一个看似美好的人生。"她的语调认真而平缓，"是的，我有一个不错的家。妈妈每天都会把它打扫得干干净净，因为，爸爸喜欢干净整洁的家。除了剑术，我还学过钢琴、声乐等

第三章
巨 怪 猎 人

等这些看似高雅的课程。为了融入美国社会,不被人看不起,我真的学了很多。每天,我们都吃讲究的食物——火鸡、烤土豆、蔬菜,这也是爸爸喜欢做的事情,连在家吃顿便饭都要穿着考究的服装。我敢说,要是你在我家用餐的时候路过我家的窗口,你一定会以为我家是什么上流社会家庭呢。要是再加上一只活泼的狗狗和一个古怪的邻居的话,我家简直就和电视剧里演的没什么两样了。"

克莱尔的粉色背包就放在桌上,挡在我们两人中间,此刻,它已经被倒空,暴露出了最真实的一面。

"可是,好与恶可不是从外表能看出来的。"她说。

是的,我非常认同这句话,没有人能比我更清楚这一点。看上去凶恶无比的瞎眼怪和巨型怪,现在成了我最亲密的朋友,而那些道貌岸然的人们,却用光鲜亮丽的外表蒙蔽了众人的眼睛:像史蒂夫·乔根森·沃纳那样的人;像莱姆普克教授那样的人;还有那些被空壳怪操纵,成为了傀儡的人。也许,克莱尔的爸爸妈妈也是这样的人,为了满足自己的虚荣心,而将自己的意志强加在克莱尔的身上。

"对不起。"我诚恳地说。

"没什么对不起的,你不用这么说。我知道你之所以这么说,是因为你了解了真相,知道了我的真实想法,你怕我伤心,对吧?你真是个好人,斯特奇斯先生,虽然你有点忧郁,不过这并不影响你成为一个好人。"

"好吧,"我说,"不管怎么说,听到你对我的夸奖,我还是很高兴的。"

巨怪猎人
Trollhunters

我想，如果我足够幸运，也许，我会活得很久很久，成为一个耄耋老者，在我生命的最后时分，当我回想起这一生的种种经历时，会有那么几个深深印在我脑海深处的画面，不断地重复、闪现。而接下来的这一幕，无疑将是那些画面当中的一个。

克莱尔·方丹，这个充满自信、浑身散发着无限魅力的阳光女孩，伸出了她的双手，握住了我的手腕，那些叮当响的手镯顺势而下，碰到了我的皮肤。她的手指柔软而有力，我被她紧紧地抓着，两人之间的距离越来越小。她长长的头发散落到我的脸上，我浑身僵硬，然而身体的每一个细胞却都在沸腾着。

我连做梦都没想过，两片嘴唇之间的触感会是那样难以言表的柔软。

不过令人尴尬的是，我的手机在这个时候大煞风景地响起来。克莱尔坐回自己的位子，眼眉微挑，目光暧昧。我冲她眨了眨眼，这才回过神来，从衣兜里掏出那该死的手机。看到来电显示的时候，我的胃不由自主地紧缩了一下。是爸爸的电话。我竖起一根手指，贴在嘴边，对克莱尔示意不要出声。我站起身，按下了接通键，边说边向厨房走去。

"你还好吗？"我问。

爸爸的声音听上去十分沙哑。"我没法回答你的问题，吉姆，不过晚一点我会回家的，你不要担心。冰箱里有些肉，你可以拿出来热热，哦，还有点意大利面……还有西兰花和牛排，都是你喜欢吃的，不要等我，你先吃吧。对我来说，今天的确是很难熬的一天，我还有些事情要想明白……其实，我甚至根本不知道发生了什

第三章
巨 怪 猎 人

么。"

"现在发生的一切的确有点让人难以接受,不过相信我,我们能应付得来。其实,还有些别的东西你还没见过,如果你见过的话,一定会更加难以置信的。我想,我们需要好好谈谈。我们可以坐在一起,把所有的事情说清楚,好吗?快回家吧,太阳就要下山了。"

"太阳已经下山了。"爸爸说,"放心吧,我会回去的,你自己小心点。"

爸爸挂掉了电话,有那么一瞬间,我真的为他感到担心,但是马上,我就意识到了一件更重要的事:太阳已经下山了,外面一片漆黑!我探头向外望去,街边的路灯已经点亮,这意味着,杰克他们马上就要来我家了。时间竟然过得这么快!什么时候开始,学习数学居然变得这么轻松了?我暗暗地嘲笑自己。

突然,克莱尔的尖叫声响彻了整个房间。

她的叫声十分刺耳,绝不是在开玩笑,一定是出了什么事情。我还没来得及做出反应,一连串木头破裂的声音、金属落地的声音,还有随之而来的脚步声、奔跑声、衣服被撕裂的声音纷纷传入我的耳中,一种不祥的预感笼罩了我的全身。

"克莱尔!"我大叫着。

我狂喊着她的名字,冲进了客厅。眼前一片狼藉,克莱尔已经不见踪影,她的贝雷帽掉在地上,她曾经坐过的那把椅子支离破碎,墙角的桌子已经严重变形,一看就知道是被某种巨大的生物撞击所致。克莱尔的粉色背包也不见了,大概是她在被袭击的时候抓

巨怪猎人
Trollhunters

住了它，可是，那又能有什么用呢？

我跌跌撞撞地走进我的卧室，这里也一样，一团糟。我睡觉的床垫中间被挖出一个大洞，地上到处都是纷飞的碎片。而这个大洞，径直通往那未知的地底世界。我俯下身去，旋转的楼梯正在逐渐消失，通往地底世界的大门马上就要关闭了。

克莱尔的尖叫声从地底传了上来，久久地回荡在我的耳边，那声音越来越小，越来越远，像是要永远从我的生命中消失一样。

一切重归平静。我钻进床垫里，狠狠地跺着脚下的水泥地面，大声地喊叫着，可它却无论如何再也不肯对我打开了。我虽然是巨怪猎人，可是，却不知道该如何开启通往地底世界的大门，我什么都不会，简直没用透了。

被尖叫声惊醒的瞎眼怪站在我身后，它像一只刚刚从冬眠中苏醒过来的蛇一样，眨着八只红色的眼睛，迷茫地看着我。我像疯了一样，对着脚下的地面又捶又跺，直到几只柔软的触手包裹住我的全身，将我从床垫当中拖了出来。

"放开我！我要去救她！"

我不断地扭动着身体，可是，瞎眼怪却不为所动。我越是挣扎，它就握得越紧。它用平静的语调告诉我，如果我贸然地闯到下面去，等待我的必然是一个巨大的陷阱，现在我们所遇到的情况简直就和它论文当中写的一样。可是，它说的话我根本听不进去。

尽管我不能相信这个事实，我却不得不面对——我亲耳听到克莱尔被怪兽们抓走的全过程，不仅如此，它们还大摇大摆从我眼前消失了。此刻，那些臭名昭著的咀嚼军就在我的脚下，对着克莱尔

第三章
巨 怪 猎 人

垂涎欲滴。可怜的克莱尔,一个那么善良的女孩,就这样被带到了一个那么阴森恐怖的地方,而这全是因为我。我怒吼着,想要拔出我的长剑,却又不知该如何发泄。

瞎眼怪用八只眼睛齐刷刷地盯着我,它的眼中发射出闪耀的光芒,令我几乎不能直视。它深吸了一口气,一个声音不知从哪里渐渐传了出来。那声音最初十分低沉,像是远方驶过的火车的轰鸣声,紧接着,却陡然转高,变成刺耳的鲸鸣声。

胸前的铜牌变得滚烫,我胸口的皮肤就快被烧伤了,而除了痛感,我还听到了一个清晰有力的声音,对我说:

"巨怪猎人!!!"

瞎眼怪抓紧我,咆哮一声,我也一样,大声地呐喊着。这呐喊,不只是为了克莱尔,也是为了所有失踪的孩子,我要告诉他们:再坚持一晚!

33

杰克终于来了。他闻了闻屋里刺鼻的味道,冲进我的房间。瞎眼怪放开我,探出所有的触手,似乎在寻找什么。

"我想,巨型怪的鼻子比较适合做这项工作。"它有些歉意地说,"不过,我也不比它差太多。"

它的话给了我一丝希望,可转瞬间便又破灭了。

"这些坏蛋实在是太狡猾了,它们沿路扔了很多带有强烈气味的东西作为掩护,草莓、香草、杜鹃花、咖啡……噢,我简直就快晕了!噢!我忍不住要吐了!"

"我们要尽快出发!"杰克说,"现在就走!不过,我们要另寻他路。"

"只要能离开这儿,去哪儿都行。快走吧!要不我恐怕会把苦胆都吐出来。"

"我知道一个地方,出发吧。"

事不宜迟。杰克紧了紧身上的盔甲,整装待发。我也把脚下浸满呕吐物的衣服踢到一边,换上了一身干净的衣裤,背好"猫咪六号"和"克莱尔之剑",此刻,它们好像比任何时刻都要重上几分。

第四章
决 战 之 夜

我们穿过客厅，来到大门前，我握住圆形的门把手，向外推了推，大门却丝毫未动。之前，十道门锁已经被我打开了，而且，我也并没有把它们锁上，这是怎么回事？我环顾四周，突然发现，爸爸竟然就站在客厅的角落里。他满脸憔悴，下巴上全是胡茬，双手正紧握着他那个破旧的公文包，身上穿的还是那身衣服，袖口的扣子敞着，上面还沾着不知在哪儿蹭到的食物残渍。

爸爸目光呆滞地看着面前的两只怪兽。我猜，面对这种诡异的情景，他一定已经神经错乱到快要爆炸了。瞎眼怪尽可能地收起自己的触手，使自己看上去更正常一些，而杰克，则握紧了手里的面具，他一定很后悔没有早点戴上它——至少可以用来掩盖住自己尴尬的表情。爸爸深吸了几口气，走到壁炉边，他伸出颤抖的双手，努力支撑着自己，才勉强没有倒下去，不过，壁炉上的那些照片和纪念品却被碰得东倒西歪。

爸爸盯着杰克在学校时的那张照片，自言自语一般低语道：

"杰克，你为什么要回来？"

"因为我不得不回来。"

"既然回来了，那就不要再离开，和我们生活在一起。我还留着你当年穿的衣服，我可以去买两辆自行车，买最好的那种，一辆红色的，一辆黄色的，就像我们当年的那样。我还留着你的收音机，我们可以边骑边听，还可以带上我们的激光枪。我保证，我一定不会让你再受任何伤害，我们可以一起成长，一起老去，永远在一起。怎么样？"

"我不会再长大了，吉宝，永远也不会了。"

巨怪猎人
Trollhunters

爸爸挥起一只拳头,重重地捶在壁炉上。放着牛奶盒子照片的相框应声而落,摔在地上,支离破碎。爸爸转过身来,脸上满是泪水。

"你知不知道,这些年来我是怎么过的,我有多么孤单!和我在一起,要么,就带我一起走!"

"吉宝……"

"不管你去哪儿,我都会跟你一起去,这是几十年前我就该做的事情。"

"我不能……"

"带我走,不管是什么地方,我都准备好了。"

"你没有……"

"现在,我才是你的大哥,你得听我的,杰克!"

"你太老了!"

杰克的喊声震得门上的铁锁嗡嗡作响,我们几个站在原地,谁也不知道该如何处理眼下的局面。爸爸脸上的表情从震惊逐渐转为悲伤,他抬起一只手,轻轻地摸着自己脸颊上的皱纹和逐渐后移的发际线。

"你的意思是……我不中用了,是吗?"他说。

杰克紧紧地抓着他的面具。

"对不起。"他低声道,然后向我们使了个眼色。

我和瞎眼怪还有巨型怪向大门走去。

"你要带着吉姆一起去吗?"爸爸问,"你要再一次离我而去,还要带走我的儿子?"

第四章
决 战 之 夜

"爸爸,"我说,"我必须去。"

"不行。"爸爸的语气中透出我从未见过的坚决,"你知不知道这有多危险?你没看那些报道吗?现在到处都很危险。"

"我会保护好他,带他回来的。"杰克说。

"如果你做不到呢?那时候我怎么办?我已经为你流了太多的眼泪,难道,你还要让我再一次面对分离吗?"

杰克握在门把手上的手微微一颤。他沉思了好一会儿,像是被爸爸的话说服了。我们都知道,今晚的战斗和去送死没什么区别,如果我们失败了,整个城市甚至整个美洲大陆,都会被那些凶恶的怪兽控制,人们将面临灭顶之灾。也许,留给我和爸爸共享天伦之乐的时间只剩下短短的几天了,杰克实在不忍心在这个时候将我带上战场。

"够了,你们别再争了。今天晚上,我必须去战斗!"

"吉姆,"杰克说,"你要明白,我们要去的地方……"

"我已经想得很明白了。明天,那座大桥就要组建完成,一旦黑贡纳获得更多的力量,还会有更可怕的事情发生,还会有更多的孩子无辜受害。他们不是别人,他们都是我认识的人,都是我的朋友啊。不管怎么说,为了他们,我也必须去战斗。不要再在这里做这些无谓的讨论了!就像塔比说过的那样,在这之前,我们的人生没有任何意义,而打败怪兽,拯救这个世界,是我现在唯一能做的事情,也是老天赋予我的使命。爸爸,请你设身处地地想一下,换作几十年前的你,如果有这样一个机会,难道你会无动于衷,什么都不做吗?你应该比任何人都更支持我,比任何人都更能体会我现在的感受。我必须马上就去,没有时间了,我们不能再等了!"

杰克凝视着我,目光中既有不赞同,也有劝告。

我毫不示弱地和他对视着。

过了好一会儿,他的嘴边慢慢绽开一个微笑,他点了点头。

"好吧,我们一起去战斗。"他说。

爸爸颓然地倒在沙发上,再也无力反驳。

"你的演出怎么办?"他低声说,"我还想看你的精彩演出呢。"

我熟练地打开门上的所有锁具,一扭头,看到了挂在门边的厢式货车的钥匙。我们已经在这里耽误了太多的时间,看来,我们得借爸爸的货车用用了。

"原本,明天……我会去你们学校的操场再修整一遍草坪,希望你们能在最完美的布景下完成你们的演出。"爸爸还在自顾自地念叨着。

我打开大门,瞎眼怪先我们一步走进了夜幕之中。而杰克,则在出门前再一次深深地看了爸爸一眼。我回过头去,只看到爸爸僵直的背影。也许,这是我们父子俩在一起的最后时光了,我多么希望他能转过身来,告诉我他相信我能凯旋。

"我会回来的,爸爸。"我对他说,"我会努力做到的,一定!"

"当然。"他头也不回地说,"明天晚上见,我相信你们的演出一定会非常成功的。"

第四章
决　战　之　夜

34

每一次离别都是伤感的，但是比起那些失去了孩子的家庭来说，我和爸爸还算是幸运的。如果说巨怪猎人肩负着使命的话，那我们的使命就是终止这种伤感，让每个家庭都能幸福团圆。

那一晚，杰克坚持要挑战一下自我：由他来开车。他从我的手中抢过那把钥匙，告诉我他的驾驶技术虽然并不好，但也绝不会比我差。说完，便一屁股坐上了司机的位置。我让瞎眼怪坐在货厢里，自己坐在了副驾驶的位置。我的屁股还没坐稳，杰克就猛地发动了车子，货车摇摇晃晃地向车库的大门撞去。

"噢，失误，只是个失误而已。"杰克心虚地说。

他掉转车头，穿过草坪，压过一片花圃，终于驶上了正轨。虽然车技并不怎么样，可是这并不影响杰克的驾驶速度。他双眼发光，像是要喷出火来，这是他在战场上才会散发出的光芒。他挂上最高挡位，用力踩着油门，货车跑得飞快，轮胎不断和地面摩擦着，简直就快要燃烧起来了。

杰克还和1969年时的他没什么两样：身体前倾，不断加速，冲向更远的前方。当我们到达塔比家的时候，我们只撞坏了三辆汽

巨怪猎人
Trollhunters

车，一个路灯和一棵树苗——这真是个奇迹。杰克停下车，鸣了两下喇叭，瞎眼怪打开货厢的门，给巨型怪腾出位置。

房间里有了动静。巨型怪庞大的身躯渐渐出现在我的眼前，和以前一样，它再一次收敛身形，硬是把自己塞进了狭小的货车车厢里。我从后视镜里看到，巨型怪的嘴里好像有什么东西在闪闪发光，便转身仔细看去。

它骄傲地咧开了巨大的嘴巴，露出锋利的牙齿。让我惊讶的是，它的每颗牙齿上都绑着一段金属的电线，这东西看着十分眼熟，我好像在塔比的房间里见到过。

"那是我给它做的牙箍。"塔比兴奋地说。

他站在路边，打扮得像个日本忍者：黑色的网球鞋，黑色的运动裤，黑色的帽衫，腰上系着一条绑窗帘用的带子，带子上还绑着个超大号的腰包，鼓鼓囊囊，似乎装满了工具。以他不靠谱的性格，我猜，里面也许是一堆三角镖，又或许是个双截棍……谁知道呢？塔比边说边指了指自己的牙箍，咧嘴笑着。

"它喜欢我的牙箍。"他的声音里满是喜悦，"知道吗？它可比你们想象的要爱美得多。所以，我就帮了它一个忙，还不错吧？不过要想得到一口完美的牙齿，它恐怕还得受些罪，你知道的，牙科医生总不会那么轻易就放过我们。不过没关系，反正它是怪兽，有的是时间。"

巨型怪将鼻子探出车窗，搭在塔比的肩上，喷出的热气吹乱了塔比蓬松的卷发。塔比轻轻地拍了拍巨型怪的鼻子，动作是那么娴熟，像是已经做过一百遍。看得出，他和巨型怪相处得非常融洽，

第四章
决 战 之 夜

这可比我想象的要好太多了。

巨型怪伸出胳膊,轻轻地将塔比抱进车厢。塔比的下巴上还有一片瘀青,那是今天下午撞在储物柜上留下的伤痕。不过,这又有什么关系呢?此刻,他看上去比任何时候都更加神采奕奕,连嘴里的牙箍都闪烁着非同一般的光芒。

"过去的事就不提了。"塔比说着,伸出一只手。

"欢迎你,我的忍者。"我说。

"欢迎你,我的巨怪猎人。"他回应。

对于车上多了另外一个男孩这件事,杰克显然毫不在意。他紧闭双唇,再一次开启了疯狂驾驶模式。由于车身过重,车子底盘几乎已经贴着地面了。瞎眼怪伸出一只触手,亲切地搂着塔比的脖子。不知道为什么,我的心中突然泛起一股骄傲之情:我们这几个看似毫不相干的人,就这样为同一个目标聚在了一起,那么和谐,那么亲密,哪怕这场战争的最后结果是死亡,我们也毫不畏惧。

货车一路狂奔着向前驶去,不知压坏了多少块草坪,撞坏了多少根汽车保险杠。塔比坐在颠簸的车厢里,费力地打开他的腰包,掏出一张叠得整整齐齐的纸片。

"噢!是那份猫咪的名单!你找到了?"

"是啊,自从我的那些游戏光碟都被吃掉以后,想要在我的卧室找东西再也不是什么难事了。不过我有个好消息要告诉你,我给那家伙立了规矩,它现在再也不胡吃海塞了。你仔细看看它的牙箍,那上面可是一根猫毛都没有哦。我给咱们的朋友品尝了汉堡包,它现在可是爱吃得很呢。"

"泡菜，还有洋葱。"巨型怪一副吃货的样子。

"对了，它喜欢在里面加点泡菜和洋葱。"

"还有纸，纸最好吃了。"

"更奇怪的是，这家伙居然最喜欢吃包装纸。不过，说句老实话，它的胃口实在太大了，你知不知道一天200个汉堡要花多少钱？我的天哪！这还不包括它吃掉的那些猫。"

"那些猫不是用来填饱肚子的，只能打打牙祭而已。"

我如实地翻译了巨型怪的话，塔比的脸色着实不怎么好看。

"好吧，好吧，我们换一个话题。不过别忘了，咱们可是说好了，你不会再吃猫了，对吧？"

巨型怪轻轻地咬了咬戴着牙箍的牙齿，表示认同。

塔比展开了那张纸。

"我给那些死去的猫咪列了个名单，写了一份悼词。"

他清了清喉咙。

"为了纪念我勇敢的猫咪们，我要念出它们的名字，这些可爱的名字我会永远铭记于心。同时，也要提醒世人，好奇害死猫。"

"你最好快点，我们就快到了。"杰克催促。

"下面是死者名单。卷毛、CSI、道琼斯，"塔比停顿了一下，"噢！奶奶可真是没少看电视剧，这都是什么名字？我们继续……韦恩斯兄弟、新娘齐拉、农业大臣——呵！这名字可真够响亮的。"

"我们就要停下了！"杰克大叫着，听上去情况有点不妙，"停下——停下——都扶好——"

第四章
决 战 之 夜

事实上，车子并不是杰克刹住的，而是在撞上了一个铁栅栏以后才最终停下的。现场的状况简直惨不忍睹，杰克那一侧的轮胎已经全部被扎破，货车整个倾斜了，车子引擎在徒劳地轰鸣几声之后，终于熄了火。我真替爸爸感到心疼，不过，这感觉只持续了几秒。紧接着，杰克摘下脸上的护具，打开车门，跳了下去。

我听到他踩在一堆枯叶上的声音，也赶忙跟着下了车。顺着前方的几节台阶，我们踏上一条干枯已久的河床。由于废弃已久，河床里长满了一人高的枯草，走起路来十分不便。不止如此，这里还堆积着无数的垃圾，看上去都是沿街的居民扔到这里的生活垃圾。我跟着杰克一步一步地走到河床深处，突然，一个念头从我脑中划过。我知道这是哪里！——这就是那座荷兰大桥，当年杰克消失的地方。

巨怪猎人
Trollhunters

35

虽然,这个地方我已经听爸爸讲过无数次,可是我从来没有到过这里,有的时候,甚至会刻意绕开这个地方。几十年来,关于这座大桥的传说街头巷尾人尽皆知,似乎所有人都知道,这是一个不祥的地方,曾经有一个男孩在这里丧生于怪物之口。直到80年代,政府在这里修建了一条高速公路,这座大桥才被重新启用。

不过,桥下的这片河床依旧荒废至今。多年来,除了瘾君子们在这里暂时栖身之外,再没有人敢踏足这里。我们小心地走进桥洞下那片阴暗的空间,这里大概还保持着当初的样子,一直无人修缮。断裂的钢筋悬挂在桥洞顶部,墙面上满是各种奇怪的涂鸦,桥下到处都是易拉罐等垃圾。看上去,这里一定曾经发生过什么惊心动魄的事情,让人感觉十分阴森恐怖。

杰克举着那块罗盘,上下左右地搜索着。巨型怪伸着长长的鼻子,仔细地嗅着每一块地砖,连一摊鸟屎都不放过。瞎眼怪摆动着触手,在桥面上敲打、轻推,寻找可能出现的穿梭之门。时间就这样一分一秒地流逝着,直到半个小时以后,杰克捡起一块小水泥块,向一个桥墩扔去,水泥块撞击在柱子上,又顺着地面滚落下

第四章
决 战 之 夜

去。

"就是这里！我敢肯定！"

"咀嚼军就在这附近，我的每一个毛孔都能感受到它们的气息。"瞎眼怪也随之说道。

"可是我找不到通往地底世界的那道门，怎么都找不到。"

"别忘了那个机器，杰克。你再从那个机器入手，试试看。"

"当啷——"杰克和瞎眼怪的对话被一声轻响打断了。不知什么时候，巨型怪身上的那个盒子掉在了地上，杰克毫不犹豫地拔剑出鞘，双手紧握剑柄，挥剑向盒子砍去。

"不要！"巨型怪边说边挡住杰克的剑。

"别胡闹了，难道你还要再被它控制一次吗？"瞎眼怪喊道。

巨型怪小心翼翼地捡起那个盒子，似乎在乞求它的原谅。

"我早晚会把这东西砍个稀巴烂，我发誓！"杰克怒吼。

可是，巨型怪却好像根本没听到杰克的话。它痴迷地看着那个盒子，张着嘴巴，口水不断地从嘴角滴落到地面上。它伸出一只手，掏出恶毒之眼。那个浑浊的黄色眼球像是活了一般，从巨型怪的掌心里挣脱出来，跳到地面上，随之而来的是一阵稚嫩又尖细刺耳的声音。

那东西又开始蠢蠢欲动了。

"看好巨型怪！"杰克喊。

他爬上巨型怪的左臂，却无法撼动分毫。瞎眼怪摆动着所有的触手，紧紧地裹住了巨型怪的双脚，不过，情况依旧不容乐观。我和塔比对视了一眼，无奈之下，只好伸手抓住了巨型怪的鬃毛。

巨怪猎人
Trollhunters

　　眼看着，恶毒之眼便长出了几条长而柔软的血管神经，像枝枝蔓蔓的水草一样，紧紧地缠在了巨型怪的脸上，巨型怪像疯了一般扭动着身体，将杰克甩在了地上，瞎眼怪也被它一脚踢倒，撞在了桥墩上。我和塔比紧紧地扒在巨型怪的身上，像是坐上了一辆不受控制的过山车，被颠得七荤八素。我努力睁开双眼，看到恶毒之眼正一张一合地搏动着，吞噬着巨型怪的意志。

　　就在这个时候，一道通往地底世界的穿梭之门突然出现在我们面前。我刚要高声提醒我的同伴们，却发现，霎时间，一道又一道的穿梭之门出现在我们眼前，时而打开，时而关闭。我知道，这一定是恶毒之眼搞的鬼，它不仅要扰乱我们的视听，还要控制巨型怪，阻止我们的脚步。巨型怪摇晃着身体，到处乱撞，一时间，桥下碎石纷飞，尘土飞扬。

　　瞎眼怪舞动触手，捡起几大块掉落的石头。

　　我拔出"猫咪六号"，心中悲哀地想：难道，除了伤害我们的朋友，就别无他法了吗？难道巨怪猎人们必须自相残杀吗？

　　而杰克却并没有拿起他的武器，他只是面无表情地站在那里。

　　我举着"猫咪六号"，绝望地看了塔比一眼，示意他随时可能要采取行动。

　　"不，吉姆！不行！它只是暂时被控制了而已！你不能这样做！"

　　"把我托上去，快！"我冲他大喊。

　　"不要这样，我的天哪，不！"塔比哭丧着脸，不情愿地跪在我的身前，我踩着他的肩膀，他猛地一挺身，将我举了起来。

第四章
决 战 之 夜

巨型怪挥舞着手臂,根本没有注意到我们的行动,只是一门心思地向着瞎眼怪一步一步逼近过去。我抓住这个机会,手脚并用地爬到巨型怪的肩膀上。恶毒之眼蔓延出来的神经越来越多,几乎把巨型怪的整张脸都包裹起来,其中两条神经穿过巨型怪的鼻孔,又从他的嘴里钻出来。

又一道穿梭之门开启了,石门转动时,将没有防备的瞎眼怪一下子推倒在地上。巨型怪见此情景,趁机而动,抬起巨爪向瞎眼怪身上拍去。我高举着"猫咪六号",却苦于离恶毒之眼距离过远,没有把握一击即中。

就在瞎眼怪危在旦夕之时,一段低沉的歌声传进了我的耳中。

"夕阳西下,

隆冬依旧,

在这美好的圣诞前夜,

我们围坐一起,欢聚一堂。

自从远古

开天辟地,

上帝的孩子们重回大地,

欢呼雀跃,

重获新生。"

歌声不算悠扬,也不甚美妙,听上去甚至带着一丝凄凉。我转身看去,只见杰克一手擎着面具,一手拿着罗盘,背着双剑,向我们走来。他看上去还是个孩子,却有着不同于普通孩子的成熟。此刻,他嘴唇微动,那歌声正是出自他的口中。

"苍穹之下，

尽情驰骋，

征战沙场，

浴血重生。"

巨型怪的右臂不断挥舞着，打落了杰克手中的罗盘，罗盘一路翻滚着，掉进了河床边的排水沟里。杰克毫不畏惧地挺起胸膛，咽了一口口水，继续唱着：

"风云突变，

盛宴尽毁，

战火纷飞，

生灵涂炭……"

巨型怪扇动着鼻翼，像是被这婉转的歌声勾起了某些久远的回忆。它低下高昂的头颅，看着眼前这个渺小的男孩。此时，另一个悠扬的男高音开口唱了起来，那是瞎眼怪的声音：

"亲爱的兄弟，

并肩战斗的战友，

为了和平的生活和温暖的圣诞烛火，

我们度过了多少难眠的夜晚……"

我的脑中出现了这样一幅画面：48年前的圣诞前夜，杰克和他的战友们刚刚经历了一场鏖战。为了维护人类世界的和平，他们默默地承受了那么多，付出了那么多。那时的杰克只是个孩子，对一个孩子来说，圣诞节本该是个温暖的日子。可在这个合家团聚的日子里，他却只能待在阴冷黑暗、终年不见天日的山洞里，唯一能够

第四章
决 战 之 夜

陪伴他的只有两只怪兽。幸运的是，瞎眼怪是怪兽界数一数二的学者，竟然会唱那些鲜为人知的圣诞歌曲。在那个夜晚，杰克像个普通小男孩一样，躺在巨型怪的怀里，听着瞎眼怪轻声的低唱，这个奇怪的组合相互慰藉，相互取暖，亲密得就好像是一家人。

巨型怪渐渐安静下来，而我，终于顺利地爬上了它的脖子。

就在我马上要够到恶毒之眼的时候，那东西突然弹到了我的面前，眼中的红血丝变得足有小臂那么粗，瞳孔也渐渐扩散，变成了墨一般的黑色。我举着"猫咪六号"，一刀下去，砍断了一半的血管神经。恶毒之眼惊叫一声，松开了所有缠绕在巨型怪脸上的神经，准备夺路而逃。巨型怪终于恢复了神志，它伸出巨爪，一把揪下了脸上的恶毒之眼，长臂一挥，将那东西向桥墩砸去。恶毒之眼狠狠地撞在水泥桥墩上，又像摊烂泥一样摔在地上。

巨型怪蹲坐在地上，双手紧紧地捂着头颅上残留的那块巨石。杰克跳上巨型怪的双腿，伸出手来，帮它轻轻擦去眼角的脓水和嘴边的血渍。瞎眼怪也伸出触手，轻轻地抚摸着巨型怪脸上的伤口。我从巨型怪身上滑落下来，靠在它的身上，大口地喘着粗气。

不经意间，我的眼角扫过摔落在地上的恶毒之眼，那东西正在偷偷地蠕动着，身后留下了一串恶心的黏液。我突然意识到，那些通往地底世界的穿梭之门，现在只剩下一道了。瞎眼怪也注意到了这一情景，它大声地喊："胖子，快追上那眼珠子！"

我和塔比面面相觑。

"我，还是他？"我问。

"大块头的那个，说你呢！"

"他,还是我?"塔比仍旧莫名地问。

"还要我说几次?胖子,就是你!快,快,快!"

塔比咬紧牙关,硬着头皮接受了这个任务。他大吼一声,从地下捡起一块橄榄球大小的水泥块,追了上去。恶毒之眼加快了速度,和塔比之间的距离越来越大,说实在的,塔比的速度我实在是不敢恭维,转瞬之间,恶毒之眼就钻进了那道门。眼看那道穿梭之门就要关闭,塔比灵机一动,把手里的水泥块猛地抛了过去,水泥块不偏不倚刚好卡在了门与门框之间——万幸!这总算为我们争取了一些时间。

"嘿,我简直是个天才!"塔比高喊,"你们都看见了吗?我做到了!"

"啊哈!哦哈!吼吼!你简直太棒了,你没让我失望,小胖子。"瞎眼怪说,"伙计们,打起精神来,决战的时刻就要到了!"

瞎眼怪的话让我们精神大振。稍事休息,我们便准备再次踏上征途。瞎眼怪舞动起所有的触手,上下左右,尽情挥舞,像是要织起一张天罗地网,将所有的敌人都网罗其中。它一边挥舞触手,一边开口道:

"虽然,我们目前看上去并没有什么胜算,而且我们的时间也所剩无几,但是,我们不能让失望、悔恨和怒火控制我们的情绪,我们必须振奋精神,重整旗鼓,相信自己!在过去的岁月里,曾经有无数的巨怪猎人前仆后继,为了和平牺牲了自己。虽然今晚这里只有我们五个,可那又如何?我们也会成为最伟大的巨怪猎人。跟

第四章
决 战 之 夜

"冲吧，勇敢的猎人们，拿起你们手中的武器，什么黑贡纳，什么复仇，什么卷土重来，让它们统统见鬼去吧！看看你们自己，战士们，这是属于你们的传奇之夜！情况越是艰难，我们就越要鼓起勇气，拿出我们的气势来。等到我们打败敌人，将黑暗势力一扫而光的时候，我的兄弟们，我们一定会成为这个时代的英雄，会被载入史册，名垂青史的！"

瞎眼怪的话让我内心的激动与骄傲油然而生。

"让历史记住我们！"我高喊。

"名垂青史！"

"名垂青史！"大家纷纷响应。

"或者，会被记录在我们的墓碑上。"

"我们的……墓碑？"

"不管结果如何，我们都该坦然面对！走一步看一步吧！"

"是的！"杰克拔剑出鞘，"走一步看一步吧。"

巨型怪也勉强站起来，高声应和。

"％（＆……％￥￥#@！#。"塔比乱七八糟地说，"你们随意，反正也没人在乎一个语言不通的人的感受。"

我们站起身，向那道穿梭之门走去。我深深地吸了口气，盯着脚下，不断地给自己鼓劲。就在我的脚边，在一堆破旧的易拉罐瓶子和玻璃瓶当中，我发现了那块已经被摔得不成样子的罗盘。我弯下身去，准备捡起它。

"别动。"杰克的声音响了起来，"它本就属于这里，就让它留在这里吧。"

他的眼里闪烁着异样的光芒，冷静而又充满激情，我的视线穿过他的脸庞，环顾着这座破旧不堪的大桥。看得出，这里已经十分老旧，老旧得就像我的爸爸。而我们却在这里找到了唯一的一条出路——这是我们唯一的机会——去打败黑贡纳，拯救失踪的孩子们，拯救这个世界。杰克伸出一只手，我牢牢地抓住他的小臂，他也回握住我的，我们就这样静静地鼓励着对方。我不知道在历史的长河中有过多少次这样的画面，我只知道，我们这一次，一定是最与众不同的。

就在穿梭之门即将在我身后关闭的时候，我回过身去，最后一次，凝望着这个我深爱的世界。一辆货车在我眼前匆匆驶过，那是一辆大型的拖车，车身上还印着某航运公司的名字。车子的货厢被撑得凸起变形，像是里面有什么东西急于破厢而出一般。车子直奔中心城区而去，在那里，有圣博纳迪诺最大的购物中心，最漂亮的公园，还有，最著名的博物馆。

第四章
决 战 之 夜

  由于道路不熟，当我们追上恶毒之眼的时候，已经是4个小时以后的事情了。那是一个洞顶坠满了钟乳石的山洞，就在我们马上要抓住恶毒之眼的时候，却惊奇地发现，那东西竟然有攀爬墙壁的本领。塔比鼓起勇气，准备伸手将恶毒之眼从洞壁上揪下来，可那东西却好像感应到了危险一般，疯狂地甩动着两条血管，一下子把塔比打倒在地。出乎我们意料的是，塔比的伤口竟然肿了起来，看来，这恶毒之眼似乎还带有毒素，碰到巨型怪身上没事，可要是碰到我和塔比身上，还真不是闹着玩的。塔比的伤势减慢了我们的追击速度，恶毒之眼趁这个机会，一下子钻进了洞顶的一条管道里，那管道正发出嘶嘶的声响，像是喝饮料的时候快吸到底的那种声音，听上去让人十分不舒服。

  失去了恶毒之眼这个目标，又没有罗盘，再加上一个本就受了伤的巨型怪，对我们来说，情况简直不能更糟了。带着浑身的疲累和沮丧，我们找了一个小角落，暂作休整。就在我们面前的那条隧道里，赫然出现了几丝阳光——我们居然就这样浪费了一夜的时间。瞎眼怪和巨型怪一下子慌乱起来，甚至连身子都有些僵硬。我

巨怪猎人
Trollhunters

和杰克无奈地对视了一眼，纵然我们是英勇无畏的巨怪猎人，也终究战胜不了时间这个大敌。

接下来的路途变得更加艰难：原本，我们指望着依靠巨型怪灵敏的嗅觉来为我们引路。可鉴于它对阳光的恐惧，只能走在杰克、塔比和我的后面，由我们来为它开路。我们脚下的道路变得愈发坎坷，还要时不时小心脚下的污水和绊脚的石块，连空气也变得愈加阴冷和稀薄。就在这时，一条三岔路口出现在我们面前。杰克一屁股坐在一块巨石上，摘下头上的面具，一脸茫然。瞎眼怪和巨型怪也跟着停下来，时间像是停滞了一样，大家全都沉默了。

空气中弥漫着满满的绝望。我蹲下身，呆呆地盯着脚下冰冷的岩石，想象着我应该出现的那个世界：平克顿老师的数学考试、那场万众瞩目的比赛、缺少了女主角的"罗密欧与茱莉叶"、那座即将组建完工的大桥，还有我最爱的老爸。我们已经在这里待了整整一夜，而事情看上去仍然毫无转机。

就在这时，塔比的声音冷不丁地响起来。

"嘿，你们看看这些碎片，这里怎么会出现这么多粉色的碎片？"

我顺着他手指的方向看去，就在我脚旁不远的地方，冰冷的土地上有一块看上去十分突兀的粉色尼龙碎片，上面还带着些像是拉链的东西。我认得这些东西，那是我曾经看了不下一千次的东西。

"是克莱尔的书包！"我大吼一声。

"克莱尔的书包？"塔比问。

"克莱尔的书包，没错！"我跳了起来，拍着我身边的巨怪猎人们，大声喊道："克莱尔的书包，我们找到了克莱尔的书包！"

第四章
决 战 之 夜

他们的表情意思很明显：这个孩子疯了。我狂笑着，像是真的疯了一样，跑进了最中间的那条隧道。就在这条隧道的道口，我又发现了另一块粉色的碎片，那是一片丝绸样的布片，上面还缝着蕾丝——是克莱尔的那条裙子，那条她爸爸强迫她穿上的裙子——她一定是找到了某些机会，把身上能撕的东西都撕成了碎片，来给我们指路。也许，她撕掉的不仅仅是一个书包、一条裙子，更是对过去生活的一种告别。在这条她不知将通往何处的幽暗隧道里，她用尽了她能想到的一切办法，孤注一掷地赌上了自己的全部。

其他的巨怪猎人也跟着我走进了这条隧道。我们都没有想到，最终将我们引向黑贡纳老巢的，既不是身经百战的巨怪猎人，也不是拥有超强嗅觉的巨型怪，而是一个未经世事的16岁的小姑娘，这可真是天意弄人。

我们追随着克莱尔留下来的粉色碎片，一路前行。在坎坷的征途上，不时照射进来的丝丝阳光延缓了我们的脚步。不过，瞎眼怪和巨型怪终究还是等到了太阳落山的那一刻。它们又开始活力四射，真是典型的夜行动物。这一刻，我感到浑身的血液都涌上头部，两边的太阳穴怦怦直跳，似乎每一个毛孔都在等待着一场酣畅淋漓的战斗。我没有和塔比说话，但我知道，他一定有着和我相似的感受，因为，我从他的脸上看到了从未有过的自信和勇气。

经过一段长途跋涉之后，我们终于走到了隧道尽头，穿过狭小的洞口，呈现在我们眼前的是一个天然的石灰岩山洞。山洞大概有一个冰球场那么大，地上散落着密密麻麻、奇形怪状的石柱，不知道是些什么东西。我们小心地穿过石柱，鱼贯前行，不知为什么，

巨怪猎人
Trollhunters

我总觉得这里弥漫着一股死亡的冰冷气息。

"这里是灵魂之墓。"瞎眼怪嘘了一声,示意我们保持安静,"我早就听说过这个地方,却从没想过能亲眼见到。不过,那位变态的黑贡纳先生会选择在这里栖身也不是一件奇怪的事情。在这里,它随时随地都可以欣赏世界上最痛苦的死亡。"

"什么是世界上最痛苦的死亡?"

"吉姆,知道吗?我从来不会问这么愚蠢的问题。"塔比嘲笑我。

"对于怪兽来说,最痛苦的莫过于日照之死。据说,那种痛苦甚至会折磨一只怪兽很久——持续几十年之久。"

"所以这里才会有这么多奇形怪状的墓碑吗?"我问。

"墓碑?"瞎眼怪的眼里露出一丝悲凉,"这根本不是什么墓碑。"

它眼中的悲凉愈发浓重,让我感受到了很多,明白了很多。

这不是什么墓碑,这根本就是那些死去怪兽的尸体。那些本就长相怪异的怪兽们,或伸开巨爪,或张大嘴巴,或展翅欲飞,它们都在极大的痛苦中做着生命最后时刻的挣扎,却最终还是逃不过致命的阳光。我被这惊人的真相惊呆了,好一会儿,才反应过来:刚刚被我不小心踢掉的那些石头碎块,根本不是什么石头,而是死去怪兽的角、耳朵、手指或者是牙齿。

我赶忙跑回去,把那些被我踢掉的石头又捡起来,重新摆回原位。

之后的一段路途里,我们谁也没有出声,直到走到灵魂之墓的尽头,我转身回望的时候,才突然发觉,这个所谓的灵魂之墓,简直就和种族屠杀的集中营没什么两样。看来,不管是人类世界也

第四章
决 战 之 夜

好，怪兽世界也好，总有些事情，那么沉重，那么压抑，让人无法承受。而就在这里，克莱尔留给我们的线索，也终于断了。

我跪在地上，仔细地查找着，希望能发现些新的线索，可是，除了一点点瞎眼怪眼中射出的光线之外，再也看不到任何鲜艳的色彩了……不对，我突然意识到，那光线并不是从瞎眼怪的触手中散发出来的，那是从弯道尽头射过来的光芒：红色的、黄色的，不止如此，那光芒中还夹杂着一股淡淡的烟雾。我知道，我们终于抵达目的地了。

黑色的油渍不断从我头顶上方滴落下来，黏糊糊的液体落在皮肤上，带来一阵蚂蚁啃咬般的痛感。身旁的墙壁上也不断有白色的脓水渗透出来，流到地上，像是一只只肥硕的蠕虫，令人恶心无比。在我们面前，一个巨大的机器不停战栗轰鸣着，喷出一股又一股炽热的蒸汽，连空气都变得浑浊起来。

我们爬上一个金属铁架，面前是一条笔直的传送带，看上去破旧不堪，直向尽头的一个巨大的金属漏斗延伸过去。此刻，传送带上空荡荡的，除了一摊摊油污，什么都没有。尽管如此，我还是好奇地向金属漏斗下面望去。那是一个巨大的金属盒子，体积大概有一个树屋那么大，里面隆隆作响，像是在烧什么东西，浓浓的烟雾正源源不断地喷射出来。那个盒子剧烈地抖动着，像是个巨大的干洗机，我能听到盒子里面不断发出的金属摩擦的声音和搅拌的声音，整个盒子只有一个出口——一条金属的管道。

杰克拍了拍我的肩膀。

"这就是我们说的那个机器。"杰克低声说，"我敢肯定，你不会想知道这里面有什么。"

第四章
决 战 之 夜

我和塔比一起爬上这个巨型机器,离金属管道又近了一些。那条管子已经被腐蚀得不成样子,被几条细长的金属铁架支撑在半空中,里面散发出来的恶臭让人反胃,我强忍着又向前走了几步。

透过被腐蚀得遍体鳞伤的金属管道,我隐约能看到些里面的东西。那是一块又一块腐尸,红色的肌肉组织、白色的骨头、灰色的软骨还有内脏组织,交织混杂在一起,源源不断地从管子里流淌而去。而最让我震惊的,并不是令人作呕的肉浆,而是掉落在地上的另一样东西。

那是一个女孩的贝雷帽。

强烈的呕吐感一下子从我胃里翻涌而出。

——是那个寻人启事上的小女孩,那个戴着紫色眼镜的小女孩!也可能是克莱尔,一直在我心里的那个阳光女孩!我再也无力支撑,泪水肆意地流下来,身子一歪,眼看就要掉落下去。在这千钧一发的时刻,杰克一把抓住我,把我拉了回来。

他手上的大头钉刺破了我的头皮,鲜血瞬间染红了我的脸颊。

"你清醒一点!"他吼道。

"为什么?为什么不让我掉下去,那里面都是我认识的人啊!我却只能在这里看着他们变成肉泥!"

"这是它们的诡计,它们在迷惑你,激怒你!难道你没看出来吗?"

"你骗我!"

"睁大你的眼睛,看清楚!"

他用力按着我的头,我被那股恶臭熏得又是一阵恶心。不过在杰克的强迫下，我终于看清了他想要让我看清楚的东西：散落在肉泥中的牙齿小而尖利，那不是人类的牙齿。

"是老鼠，这是老鼠的牙齿！这里没有你的朋友们！"杰克呵斥我。

"难道你闻不出来吗？"他接着说，"这些腐肉早就变质了，绝不是最近才死去的尸体，在那座大桥被组建完工之前，黑贡纳必须靠动物的尸体来延续它的生命。你的朋友们并不在这里，或者说，至少现在还没被做成肉泥，你清醒一点，行吗？！"

他指了指那条管子，下了命令："沿着这条管子走。"

我们沿着管道，穿过浓浓的烟雾，来到一个碗状的山洞里，管子就在我们的头顶，看上去像是个小型过山车的轨道。不时有黏腻的液体从上面滴落，我们只好低头弯腰，继续沿着管道前行。终于，在我们前方不远的地方出现了一个平台，管道到了这里戛然而止。从管道的出口处，大块大块的肉泥滑落下来，而等待着它们的，正是黑贡纳那张血盆大口。

见到黑贡纳真身的那一刻，我才知道什么是绝望——要打败这样一个庞然大物，我们的胜算真是微乎其微。

那家伙的体型简直大得超过了我所有的想象。此刻，它就在我们前方一座20英尺高的高台上，屁股下面是一个枯骨堆积而成的宝座，而那些枯骨想必就是几十年前失踪的那些孩子们留下的。黑贡纳张着巨大的嘴巴，露出冰锥般锋利的巨齿，正一门心思享用着它的饕餮大餐。

我原本以为，既然叫黑贡纳，它的皮肤肯定是黑色的，直到现

在我才知道,这个"黑"字,大概只是用来形容它的狠毒。黑贡纳的皮肤呈现出一种瘆人的深红色,上面满是疙疙瘩瘩的脓包,每咽下一口肉泥,它的身体都会随之颤动,而每一次颤动,它的四肢都会以一种不可思议的角度轻微地旋转。说是"四肢",其实并不十分恰当,黑贡纳的身上长着六条肢干,一时之间,我甚至根本分不清哪条是胳膊,哪条是腿。它的每条胳膊上都长着两个肘关节,这使它胳膊的转动角度显得愈发诡异。它的后颈部长满了一条条豪猪刺般的尖刺,胸前的肌肉十分发达,而最引人注目的是它那条断了的手臂,现在,那半截手臂已经被一根划满了刻痕的木头所代替。我知道,每一道刻痕代表的,都是一个逝去的生命。

"嘶嘶嘶嘶嘶嘶嘶——"

再没有哪一分钟,能让我如此心惊肉跳——包括数学老师的点名。我看到,黑贡纳抬起一只巨爪,从地上捡起那只恶毒之眼。它的左眼眼窝已经完全凹陷进去,上面结了一层厚厚的痂,不过,恶毒之眼并没有要钻进眼窝的意思,而是径直站到了黑贡纳的肩膀上。

"嘿,吉姆。"塔比叫着我的名字。

"怎么了?"

"你说,我们连那个恶毒之眼都抓不住,要怎么才能制服这个大魔头呢?"

"知道吗,塔比,我就从来不会问这么愚蠢的问题。"我回敬他。

"吉姆!这里!"

第四章
决 战 之 夜

那是一个我再熟悉不过的声音。我循着声音的方向仔细寻找，终于在黑贡纳的枯骨宝座旁发现了克莱尔。确切地说，我看到的不是克莱尔，而是她的脑袋。这情况实在太过离奇，有那么几秒钟，我甚至以为自己出现了幻觉，以为是克莱尔的头颅在向我呼喊。不过很快，我就回过神来，我知道克莱尔还活着，只是不知因为什么原因，她只能露出自己的脑袋。在她的脑袋旁边，我还看到很多失踪的孩子，至少有十几个人，他们并没有被关在笼子里，也没有其他的怪兽看管他们，那么，他们到底为什么不逃跑呢？

就在我胡思乱想的时候，一阵尖利刺耳的金属摩擦声从我们身后传来，头顶的管道里的"嘶嘶"声也愈发响亮。很显然，这个机器里的肉泥已经所剩无几，黑贡纳就快没吃的了。

巨型怪一拍脑袋上的巨石，大声高喊道：

"黑贡纳！我们来了！冲啊——"

"来来来来吧吧吧吧。"含混不清的声音从黑贡纳口中响起，"我的朋友友友友们们们。"

黑贡纳的身后突然涌出一只又一只长相各异的怪兽，手中高举着棍棒或是铁链。它们的毛发肮脏不堪，上面沾满了干涸的血液凝成的痂，它们的皮肤长满了脓疮，看上去和黑贡纳如出一辙。空壳怪、铁锈怪、蠕虫怪、亚尔血怪、狙击怪，再加上一些我们没有见过的怪兽，组成了现在的这支咀嚼军。杰克用难以置信的声音轻声说：

"只有这些吗？这就是它所有的势力？"

"不要低估了它们的力量，"瞎眼怪警告杰克，"也许，黑贡纳还没有足够的时间来扩张它的势力，但是，我们也绝不能因此而轻敌。"

"说得对。"杰克拔出双剑，点头道。

我们像平时一样，摆开了阵型。巨型怪在右，挥拳打倒了三只冲上来的咀嚼军；瞎眼怪在左，挥动触手，挡住敌人的脚步；杰克站在最中间的位置，双剑挥舞如飞。一时间，金属碰撞的声音、近身互搏的声音，还有尸首横飞的声音不绝于耳。巨怪猎人们人数虽少，却占据了绝对优势。

眼前一片血肉模糊，然而，对此我早已经习以为常。随着我们的攻势愈加凌厉，咀嚼军们被逼得节节败退，而那些被抓的孩子们也离我们越来越近，我甚至能清楚地听到他们的哭喊声。

"我们就快接近它了。"我说。

"干得漂亮。"塔比说。

就在这时，一条细长的身影出现在我们面前，下巴上的一条疤痕出奇地醒目，我一下子就认出了它——是那只铁锈怪，那只曾经从我剑下逃生的铁锈怪。这只有着超强嗅觉的怪物，大概早就闻出了我的气味，一直惦记着要向我复仇。它甩动身躯，像条长鞭一样冲我挥了过来，嘴里还发出一阵嘶嘶之声，喷射出一股毒烟。

"当心！"塔比冲我喊道，"这家伙看起来不好对付，留神！"

"你退后，这个混蛋交给我了。"我毫无惧色。

我手中的"克莱尔之剑"和"猫咪六号"上下翻飞，将自己护得密不透风。大概是慑于我的气势，那只铁锈怪的小眼滚动了几番，避

第四章
决 战 之 夜

开了我的正面,向我左脚边突袭而来。我挥剑一挡,脚下步伐变换,一个转身,向铁锈怪反刺回去。那家伙一计不成又生二计,转而向我右脚边扑过来。我按照杰克曾经教过的剑招,剑尖冲下,剑柄朝上,猛地向铁锈怪扎了下去,可它实在太过狡猾,在躲避剑锋的同时,腰身一转,锋利的身体在我双腿上划了一道长长的伤口。我疼得大叫一声,强忍着剧痛,向铁锈怪逃跑的方向追了过去。

铁锈怪的前方就是黑贡纳栖身的高台,我将铁锈怪逼到墙边,或刺或砍,可始终无法将它斩于剑下,双剑碰到墙上,火花四射。铁锈怪见我拿它没什么有效的办法,发出一阵带有讽刺意味的狞笑,甚是得意。一瞬间,我的怒意涌上心头,完全丧失了理智,杰克教给我的那些技巧全被我抛在了脑后,只是一门心思地想将这个得意忘形的东西置于死地。这真是一个致命的错误!铁锈怪见我招式大乱,看准时机,一下子咬伤了我的两只手腕,两秒钟以后,我的双剑都掉在了地上。

铁锈怪拖着我的双手,将我甩到了高台边上,我的脑袋撞在石壁上,完全失去了进攻的能力。它张开血盆大口,露出一口锯齿般的利牙,向着我的双腿扑过来。我绝望地闭上双眼,等待那致命的一击。

就在这时,一道银光一闪,一把亮闪闪的外科手术刀赫然出现在铁锈怪的两眼之间,刀锋一转,铁锈怪的脑袋竟被削为了两半。紧接着,它发出一声凄厉的哀号,难以置信地看着自己的腹部,那里,正插着一把小型的锯子,它的胆囊已经被锯为两半。几秒钟之后,这只铁锈怪就变成了一具僵硬的尸体,倒在了地上,在它身

巨怪猎人
Trollhunters

下,一摊墨黑色的脓液染黑了地面。

塔比得意扬扬地站在我的身边,手中举着我从未见过的两样"武器",咧着嘴冲我骄傲地说道:"帕帕多普勒斯大夫的最新制作。怎么样,还不赖吧。"

"你偷的?"我惊讶地问。

塔比耸了耸肩,又点点头,"他让我吃了那么多苦头,我只是小小地回敬他一下嘛。"

我知道,黑贡纳的那台机器就快空了,它随时都有可能把这些孩子们扔到机器里,变成肉泥。时间紧迫,孩子们凄惨的哭声不断从头顶上方传来,我和塔比急得在高台下面打转,却始终找不到能爬上去的道路。

突然,塔比一把握住了我的肩膀。

"有一个好消息和一个坏消息,你要先听哪个?"

"好消息吧。别骗我,希望你说的真是个好消息。"我说。

"我找到上去的路了。"他说。

"的确是个好消息,非常好!不知道你所谓的坏消息到底有多坏呢?"

塔比微微一闪身,指了指从高台上垂下的两条绳子。

"噢,天哪,不!除了绳子,怎么上去都行。"

"我们可以做到的,吉姆。"

"我们在学校体育馆里都做不到的事情,难道在这里就能做到吗?在这个像地狱一样的怪兽世界里?"

塔比把帕帕多普勒斯大夫的工具塞进腰包里,拉好包的拉链。

第四章
决 战 之 夜

他一改往日胆小怯懦的模样,像个行侠仗义的剑客一样甩了甩头,说道:

"你以为我在体育课上的表现是真的吗?我只是不爱跟他们玩儿,气气老师而已。"

"真的?"我怀疑地问。

塔比的笑容僵了一僵。

"假的!哎呀,别说这么多了,就当是真的吧!就当我们是攀岩的高手,我们肯定能成功爬上去的。"

他边说边抓着我的肩膀,把我拉到绳子下。紧接着,塔比双手拉住缆绳,脚底抵住石壁,准备向上爬去。我拗不过他,只好踢走脚边的几块枯骨,抓住了另外一条绳子,脚下发力,蹬了上去。不出我所料,仅仅几步之后,那种熟悉的无力感便笼罩了我的全身。我浑身僵硬,手掌不听话地冒着冷汗,腿也开始发抖。

突然,我的左脚一滑,身子瞬间失去了平衡,脚下的一块碎石滑落下去,而我自己恐怕也难逃坠落的厄运。就在我马上要摔下缆绳的一刻,一只有力的手抓住了我的手臂,我赶忙趁势握住缆绳,将身子摆正,双脚猛蹬几步,终于踩回了石壁。我抬头看去,塔比正单手抓紧缆绳,另一只手还牢牢地抓在我的手臂上。

"嘿,伙计,你可得专心点,我们必须爬上去。"他说。

是的,他说得对。在塔比的鼓励下,我低下头,专注地看着脚下:一步、两步、三步、四步……就在我们离峰顶越来越近的时候,塔比的脚突然卡在了一块碎石的裂缝里。我单脚发力,踢碎了那块石头,又紧紧地握住他的那条缆绳,保持住两条绳子的平衡。

巨怪猎人
Trollhunters

塔比甚至没来得及和我说声谢谢，便又向上冲去。我们的帆布鞋磨破了，身上的每一块肌肉都酸痛无比，但是，我们的意志并没有丝毫动摇。在登顶的那一瞬间，所有的一切似乎都变得没那么重要了——孩子们的哭声、怪兽们濒死的吼叫声、体育馆里毫无善意的嘲笑声……这一切，都不过是过眼云烟。在那一刻，我的心里只有满满的自豪与骄傲，那是一种成功战胜自我的喜悦，让我好想发自肺腑地大喊。

可是，我们没有这个时间。孩子们似乎看到了我们的身影，他们疯狂地哭喊着，像是要抓住这最后一根救命稻草。黑贡纳离我们大概只有50英尺的距离，它坐在高高的宝座上，像个黑铁塔一般，猩红色的皮肤不断地微微颤动着。

我和塔比匍匐着向那些孩子们爬过去。最先映入我眼帘的是克莱尔那张满是污垢的焦急面孔，我伸出食指，放在嘴边，做了个别出声的手势。她咬紧嘴唇，使劲点了点头。我和塔比稍稍抬起了身体，这才明白为什么这些孩子们只露出一个脑袋，为什么在没人看管的情况下他们也无法逃跑。

这里的每一个孩子都被埋了起来，确切地说，是被埋到了脖子以下的地方，只有一个脑袋露在地面上。这简直比把他们关在笼子里还要糟糕，不仅如此，他们的嘴巴都被糊上了一层厚厚的泥浆，看来，黑贡纳是要在把他们做成肉酱之前先做一番"腌制"——与其说是把这些孩子们埋在了土里，还不如说是把他们"腌"在了土里——黑贡纳要用这种方法把孩子们变成它喜欢的味道。

要救出孩子们，我和塔比就只能赤手空拳地把他们挖出来。克

第四章
决 战 之 夜

莱尔是最后一个被埋进去的，因此，也是最容易被挖出来的一个，我用了大概30秒的时间，就把她从土里救了出来。她把头靠在我的肩膀上，只做了个短暂的拥抱，就加入了我们的队伍，一起挖起土来。紧接着，我和塔比又成功地解救了一个小女孩，尽管此刻她的脸上没有那副紫色的眼镜，我还是一眼就认出了她。我的手指已经被岩石和坚硬的泥土磨得血肉模糊，但一时之间竟然也不觉得疼。我轻声安慰那个小女孩，告诉她一切都会好起来的。

随着被救出来的孩子越来越多，我们挖出的泥土也越来越多，不到十分钟的时间，就堆成了一座小土山。杰克他们那边的战况也十分激烈，面对三个训练有素的巨怪猎人，咀嚼军们明显只有招架之力而没有还手之功。就像杰克之前说过的那样，我们从没有离胜利这么近过，现在，负隅顽抗的咀嚼军们只剩下十几只了，对付这些怪兽，杰克和瞎眼怪就足够了，而巨型怪，则要去发起最后的猛攻。

巨型怪将满是血迹的双爪向前一扑，身子拱起，以极快的速度冲到黑贡纳的宝座前。紧接着，它挺起身躯，站了起来。让人沮丧的是，尽管巨型怪的体型已经十分庞大，但在黑贡纳面前还是显得如此渺小，简直就不是一个重量级的。不过，巨型怪对此毫不介意，它举起左爪，猛地一挥，一掌就击碎了给黑贡纳输送肉泥的管道。

黑贡纳愣了一下，似乎这才注意到面前这个来势汹汹的小家伙。它咂吧了几下嘴，只剩一只的眼睛放出一道精光。它站起来，展开六只长臂，肩头的恶毒之眼兴奋地跳动着。

巨怪猎人
Trollhunters

巨型怪长吼一声，口中的热气像狂风一样，卷起无数尘土。紧接着，巨型怪拱起腰身，一个猛冲，向黑贡纳顶过去。一时间，洞内飞沙走石，嘶吼之声不绝于耳，一场明知力量悬殊却不得不奋力一搏的殊死决斗正式上演。

出乎我们所有人意料的是，就在这千钧一发的时刻，整个世界突然安静下来：机器的轰鸣声、孩子们的哭声、咀嚼军的哀号声，全都消失了。巨大的失重感瞬间席卷了一切，我被一股力量拉扯着，一下子升到半空中，又像是被扔进了洗衣机的滚筒里，不停地转动着。

我知道，我们终究还是没能来得及阻止这场灾难，那座大桥终于还是组建完成了。

几秒钟以后，我重新恢复了知觉和感官。我发现，自己已经不再身处阴暗幽黑的地底世界，而是置身于一块修剪整齐的足球场。头顶上方，无数盏巨大的镁光灯照射在我的脸上。我茫然地环顾四周：裁判的哨子声、欢呼的人群、激烈的比赛……我竟然回到了人类世界。而就在这时，一个含糊不清的声音响彻了整个体育场的上空：

"你们，完蛋了了了了了了——"

第四章
决　战　之　夜

事情就是这样：就在整个秋季庆典接近尾声、接近高潮的时候，在还有两分钟时间就要结束这场足球比赛的时候，人们都在期待着一场酣畅淋漓的胜利，来洗刷掉这一个星期以来由于失踪儿童案件而给整个城市带来的阴霾。此时，圣博纳迪诺队正保持着微弱的优势，这当然要归功于我们那位足球场上的风云人物史蒂夫·乔根森·沃纳。虽然，这支队伍最近不断有队员失踪，但史蒂夫还是在与康纳斯维尔小雄马队的比赛中出尽风头，带领着球队顽强地保持着领先的优势。现在，场内的观众们热情高涨，他们欢呼着，雀跃着，卖力地敲击着手中印有史蒂夫头像的加油棒，整个球场的人们都陷入一种近乎疯狂的状态。是的，人们的确太过疯狂了，他们甚至没有发现，就在他们的眼皮底下，在这块激战正酣的草地上，突然多出了什么莫名其妙的东西。

比赛还在继续进行，小雄马队的33号队员开出了一记好球，可应声而至的，不是圣博纳迪诺队的队员，而是一只身长黄毛的怪兽。那只怪兽大概是饿坏了，张开大嘴，三口两口就把皮球吞进了肚子。

巨怪猎人
Trollhunters

大家都被这突如其来的一幕惊呆了。负责大屏幕转播的编导人员全都慌了神,除了高喊"剪掉,剪掉"之外,似乎再也说不出什么别的词汇。最终,他们只好关掉了转播画面,屏幕上瞬间一片空白。

整个体育场霎时间鸦雀无声,只剩下爆米花机里发出的砰砰声。可是,这短暂的平静并没有持续太久,震惊的人们终于回过神来。嚼了一半的热狗从他们嘴里掉落下来,甚至连骑在家长们脖子上的孩子也被摔在了地上。

我站在球场的四十码线上,向博物馆的方向望去,就是在那里组建完工的那座大桥,把黑贡纳还有它的咀嚼军们从地底世界带到了人类世界。我的脑海中闪过了莱姆普克教授的脸,如果他看到从天而降的我们,该是什么样的表情呢?

黑贡纳摆动着它硕大的头颅,伸展开所有的手臂,张开血盆大口,耀武扬威地对准了它的目标——渺小的人类。而在球场的另一边,杰克、瞎眼怪和巨型怪也纷纷清醒过来——刚才,他们也被眼前的一切搞得晕头转向。

球场双方的运动员们,早就被这突如其来的变故吓破了胆。他们抱着脑袋,像没头的苍蝇一样,毫无目的地躲避着。殊不知,在怪兽们看来,这样的逃生,不过是给捕食者带来了更多的刺激而已。那些穷凶极恶的咀嚼军们哪里见过这么多的猎物,它们一下子兴奋起来,向着看台上的人群冲过去。

黑贡纳径直站起来,它狂吼一声,头顶上的利刺刺破了体育场上空的镁光灯,无数的碎片纷纷掉落下来。黑贡纳肩头的恶毒之眼

第四章
决 战 之 夜

却丝毫没有闪躲，反而向那些碎片迎了过去。

不知是谁，在人群中发出了一声凄厉的惨叫。

看台上的所有人都像疯了一样骚动起来。丽茨老师和剧团的演员们躲在临时搭建的布景城堡里，连大气都不敢喘一声。古拉格警官正站在巡逻车旁边，一动不动地看着面前发生的这一切，想必他无论如何也想不到，他千防万防的那只怪兽和眼前的混乱局面比起来，简直就是小菜一碟。咀嚼军们仍在不断地向人群发起攻击，它们或用触手或用爪子，又或是巨螯，袭击着惊慌失措的人们。

人群被冲击得七零八落，手足无措的观众们纷纷向逃生通道的方向跑去。就在这时，球场中间传来的一阵喊叫声吸引了大家的注意。

是那些死里逃生的孩子们发出的声音！孩子们终于清醒过来，看着看台上只顾四散逃生的人群，他们希望靠自己的喊叫声，吸引爸爸妈妈的注意。

原本慌乱的人群逐渐止住了脚步。

在认出这些孩子们之前，大多数人都被凭空冒出来的一大群怪兽吓坏了，他们只顾逃命，没有任何抵抗的意识。可是，他们都从电视里或是网络上看到过相关的新闻报道，在这个信息爆炸的时代，网络可比60年代的牛奶箱子传递的范围广多了。

现在，那些报道中失踪的孩子们就活生生地站在他们面前。

古拉格警官在电视采访里的话语弦犹在耳，大家都记得他曾经说过，在危急时刻，最重要的就是大家一定要团结在一起。这一刻，理智和清醒终于战胜了恐惧与怯懦，大家纷纷捡起手边能用的武器：坐垫、腰包，甚至是赤手空拳，开始和咀嚼军们进行激烈的搏斗。球场上的运动员们也不例外，他们摘下头上的头盔和身上的护具，向咀嚼军砸去。

然而，这样的情形并没能持续太久，很快，咀嚼军们就占据了上风。当鲜红的血液染红了看台，刚刚鼓起勇气的人们又被残酷的现实吓破了胆。他们有的抱着脑袋，团成一团；有的慌不择路，滚落下看台。

古拉格警官跑到看台下，举着手中的手枪。可是，这个时候，手枪好像也派不上什么用场。他想冲上去和咀嚼军们肉搏，却在匆忙之中，一脚绊在了印着史蒂夫头像的加油棒上，摔了个大马趴。

古拉格警官恼羞成怒，捡起加油棒，刚要扔到一边，却突然停了下来。他脑中灵光一闪，向躲避在布景阳台中的丽茨老师跑去，抢过她手中的扩音喇叭，大声喊道：

"捡起你们身边的加油棒！快捡起它们！这是最好的武器，你们一定能打败这些怪兽！"

这一次，他居然没有结巴。

不会有人比古拉格警官说话更管用，他是这个城市的英雄，是大家崇拜的偶像，他拥有绝对的号召力。在古拉格警官的号令下，男女老少纷纷捡起身边的加油棒，向着离自己最近的怪兽们打去。这下子，情势突变，咀嚼军们在如此有力的抵抗之下，也变得慌乱起来：加油棒的"砰砰"之声、白色棒体反射出的强烈光芒，都让这些常年生活在阴暗地底的怪兽们很不舒服。说来也怪，这些曾经让我感到无比厌烦的加油棒，这一刻，竟给我带来了一丝希望。

第四章
决战之夜

"吉姆！吉姆！"

塔比和克莱尔在远处边呼喊我的名字，边向我招手示意。粗略估算一下，他们距离我大概有36码的距离。就在我刚要动身去和他们汇合的时候，一团阴影笼罩在我的上空，不用看也知道，那一定是黑贡纳。我下意识地举起我的双剑，却不知该从何处下手。黑贡纳弯下身，六只长臂伸展开来，将我困在里面。它咧开嘴巴，露出锋利的牙齿和血红的舌头：

"嘶嘶嘶嘶嘶嘶……又多了一个。"

腥臭的口水掉落在我的脸上，我脸上的皮肤像火烧一样疼痛。

就在这时，一道利光一闪，杰克的长剑砍在了黑贡纳的木头假肢上。由于用力过猛，剑锋嵌进了木头里，一时之间，竟然拔不出来。黑贡纳恼怒之下，巨大的身躯猛然向我压过来，我就地一滚，侥幸从它长臂间的空隙逃了出来。杰克用力拔出长剑，在巨大的惯性之下，也摔在了草坪上。黑贡纳蹲坐在草地上，冷冷地看着假肢上那道新添的刻痕，自言自语地说：

"是是是的，是该多杀杀杀几个了。"

黑贡纳话音未落，一阵狂风呼啸而至，巨型怪用尽全力，竖起自己尖利的犄角，向黑贡纳的胸膛顶去。黑贡纳大吃一惊，连退了几步。可惜，再快的速度终究抵不过体型上的差距，黑贡纳找准机会，抓住了巨型怪的犄角，一把将它举到半空中，再一发力，将巨型怪结结实实地摔在了草坪上。黑贡纳大步向巨型怪走去，伸手去抓巨型怪，巨型怪虽然拼死抵住了黑贡纳的两只胳膊，却终究双拳难敌四手，黑贡纳的另外三只长臂紧紧地扼在了巨型怪的脖子上。

瞎眼怪见此情景，马上伸出所有触手，缠住了黑贡纳的手臂。黑贡纳放开巨型怪，转过头，轻蔑地看了瞎眼怪一眼，竖起背后的利刺，一个转身，瞬间就割断了瞎眼怪的数只触手。

这真是一场异常惨烈的战斗，瞎眼怪以几只触手为代价，为巨型怪争取到了再次反击的时间。黑贡纳不屑地放声狂笑，六只长臂纵横挥舞，和巨型怪、瞎眼怪同时周旋着，丝毫未落下风。这是一场强者的对决，但无论如何，瞎眼怪的柔韧和速度，加上巨型怪的猛烈强攻，都始终敌不过体型庞大的黑贡纳。

"你这个笨蛋，往哪儿打呢！打它，别打我。"瞎眼怪嗔怪着。

巨型怪抱歉地点点头，一个纵身，窜到半空，双爪牢牢抓住了黑贡纳的头颅。黑贡纳张开巨口，向巨型怪脸上咬去。不料，黑贡纳的一颗牙齿咬在了巨型怪的牙箍上，竟然碎成了两半，它狂吼一声，似乎十分吃痛。巨型怪趁机伸开利爪，向黑贡纳仅剩的那只眼睛抓去。

杰克看了我一眼，伸出一只拳头，示意我们同时冲上去。我会意地点点头，拔出双剑，加入了进攻的队伍。黑贡纳最下面的两只长臂像是长了眼睛一般，感受到了我们的战意，径直向我们挥了过来。杰克反应奇快，一个屈身，躲了过去，而我只好举着"克莱尔之剑"，迎头劈了上去。那只长臂的爪子被我削去了一半，锋利的爪尖深深地嵌进了土里。这一下，那只长臂勃然大怒，攥紧拳头，向我猛攻过来。我冷静地握紧"猫咪六号"，看准机会，一下子削掉了它的大拇指。

第四章
决 战 之 夜

就在这时，杰克已经钻到了黑贡纳的腹部，他手举"X博士"，直向黑贡纳的腹部刺过去。我的心脏几乎快从嘴里跳出来。如果杰克这一招能够击中，那么，他将改变现在的局面。

然而，他的确改变了些什么，只是，是变得更糟糕了。

杰克的确刺中了，他在黑贡纳的腹部划开了一道深深的口子。黑贡纳在剧痛之下疯狂地扭动着身躯，瞎眼怪和巨型怪都被甩在了地上。猩红色的血液和黏腻的脓液喷溅在杰克的身上，而那正是杰克所期待的，他并没有后退，只是用手套抹去了护目镜上的污物。

可是，让他没有想到的是，黑贡纳肚子上的伤口被越撑越大，里面蹦出了难以计数的小怪兽。有几只甚至蹦到了杰克的头盔上，杰克像傻了一样，愣愣地站在原地，过了好一会儿才明白过来。他挥手甩掉自己身上的小怪兽，把它们狠狠地摔在地上。只几秒钟的工夫，整个草坪上到处都是这些蹦蹦跳跳的怪兽，它们眨着小小的眼睛在草地上翻滚着，似乎对这个陌生的环境很是满意。

杰克默默地低语："咀嚼军……竟然都藏在它的肚子里。"

我低头看了看脚边的这些家伙，它们的体型大概有一个橄榄球那么大，每一只都和黑贡纳长得一模一样：猩红色的身体，六只胳膊，背后长满了尖刺。更糟糕的是，它们每呼吸一次，身体就会长大一些。

黑贡纳继续扭动身体，那些小怪兽们源源不断地落在草坪上，也许，这正是黑贡纳在这四十八年来所思考的唯一一件事：如何安全地把一支贪婪的咀嚼军部队带到人类世界。直到所有的小怪兽倾巢而出，黑贡纳才晃动着身躯，继续和巨型怪、瞎眼怪之间的战

巨怪猎人
Trollhunters

斗。

我的脚上传来一阵剧痛。一只小怪兽咬住了我的鞋子，锋利的牙齿穿透了帆布鞋面，刺破了我的脚趾。我抬起脚，想要甩开它，可是，它的动作却比我还快，细长的胳膊抱紧了我的脚面，仍旧不肯松口。我重重地将脚跺下去，拔出"克莱尔之剑"，冲那家伙刺下去，小怪兽反应极快，左躲右闪，剑尖只刺到了草坪，却分毫没有伤到它。我一气之下，铆足全力，将那东西一脚踢了出去。

我环顾四周，偌大的足球场上，至少有几百只这样的小怪兽垂涎欲滴地盯着看台上的人们，就像是看着它们盘中的美餐。那些被我们从黑贡纳老巢救出来的孩子们显得格外勇敢，他们纷纷抬起双脚，对着地上的小怪兽重重踩去。可我知道，这样下去无济于事，就算我们拥有再多一倍的巨怪猎人，和众多的咀嚼军相比，我们的实力差别还是太过悬殊。我绝望地向球场边看去，希望能出现什么奇迹，来助我们一臂之力。

可是，我只在球场的尽头看到了莱姆普克教授那张令人厌恶的脸。这个穿着讲究的家伙正气喘吁吁地站在球场边，像是刚从博物馆方向跑过来的。他的脸上和胳膊上满是一层层的红疹，流着脓水。此刻，他像个小孩子一样兴奋地边叫边跳，还不住地鼓掌。眼前这一片充满腥风血雨的生死场简直让他欣喜若狂。这个变态的家伙环顾着球场里的一切，很快，他就锁定了一个让他无比憎恨的目标：托拜厄斯·塔比。

此刻，塔比正站在奶奶身前，抵抗着恶毒之眼的进攻。他手中拿着从帕帕多普勒斯大夫那里偷来的外科手术刀，却一个不小心，

第四章
决 战 之 夜

被恶毒之眼的血管抽中了手腕,手术刀掉在地上。眼看恶毒之眼就要置塔比于死地,塔比那位连走路都颤颤巍巍的奶奶竟然举起了她的背包,狠狠地砸在恶毒之眼的身上。那大概是我见过的最大最重的女士背包了,里面鼓鼓囊囊的,不知道都装了些什么,恶毒之眼被砸得晕头转向,钻到一堆饮料瓶子当中,溜走了。

塔比搀着奶奶向看台跑去,那里的人们因为有了加油棒做武器,才勉强和来势汹汹的咀嚼军战了个平手。不过,照目前的情形看,这种状况不会持续太久。我猜,塔比是要加入他们的战斗,以此来证明自己也是一个合格的战士。

可是,塔比却并没有如我想的那样跑上看台。他拉着奶奶的手,向球场的另一头跑去,渐渐消失在我的视线之外。我失望极了:难道我最好的朋友,在生死危机的时刻就这样弃我们于不顾了吗?难道在大难临头的时候,人人都只求自保吗?我看着周围数以百计的小怪兽,看着被黑贡纳摔在地上的瞎眼怪和杰克,心中只剩下无限的悲凉。我不断地提醒自己,塔比并不是一个真正的巨怪猎人,他没有责任也没有义务留在这里陪我们送死,这是一个残酷的现实,而我不得不面对它,接受它。

39

几秒钟以后,一个熟悉的长满雀斑的面孔出现在计分台旁边,刚刚还坐在那里的记分员和教练员早已跑得不知所踪。塔比不顾一切地大手一挥,将控制台上所有的按钮都推了上去。之后,他举起计分台上的一瓶苏打水,冲着控制台泼了上去。我敢发誓,塔比从没有像今天这么帅气过,要知道,那套控制设备可着实花费了学校一大笔钱呢。

超级大屏幕上瞬间混乱起来,各种画面交织闪烁着,除了一片"哗哗"的噪音之外,什么也听不到。我必须承认,这真是个超级完美的策略。

所有的咀嚼军都安静下来,它们停止了对人类的攻击,转头看向那个它们从未见过的超级大屏幕。它们的下巴微微下垂,大滴的口水从口中滴落。只有黑贡纳没有受到超级大屏幕的影响,它不满地号叫着,可是,咀嚼军们却对它的喊声置若罔闻。它们痴迷地盯着不断闪动的屏幕,沉醉其中,不能自拔。看台上的很多人由于过度恐慌,仍旧保持着双手抱头的姿势,浑身颤抖地躲在椅子下面。古拉格警官见出现了转机,三步两步窜上看台,将枪口对准了一只

第四章
决 战 之 夜

目光呆滞的怪兽，一枪打穿了它的身体。

清脆的枪声唤醒了迟迟未动的人群，大家重新拾起地上的加油棒和其他各种武器，向一动不动的怪兽们砍过去。塔比像个DJ一样，在控制台旁手舞足蹈，每隔一会儿就在控制板上倒一点苏打水，好让大屏幕维持状态。一不留神，他不知碰到了什么键，刺耳的噪声从扩音器里传出来，塔比无可奈何地看着眼花缭乱的按钮，冲我摊了摊手。

"吉姆！集中精神！"

是杰克的声音。此刻，他已经摘掉了头上的护具，露出一张满是汗水的苍白面孔，看得出，他依旧保持着高度的紧张。我知道，一定是发生了什么。我向杰克身后望去，这才看到，瞎眼怪正躺在草地上，不停地翻滚扭动着身体，嘴里不时发出微弱的呻吟声，淡紫色的血水缓缓地从它断裂的触手上流出来，而巨型怪的情形也不容乐观，它背靠着一根路灯杆，浑身的毛发早已污秽不堪，甚至根本分不清哪里是泥水，哪里是血水。

黑贡纳一声长啸，伸出六只长臂，将巨型怪高高举过头顶，灯杆上的路灯被挤得粉碎，玻璃碎片像雪片一样掉落下来，有的甚至直接扎进了巨型怪的身体里。巨型怪将身体蜷成一团，我从未见过它如此脆弱无助的模样。黑贡纳倒退几步，几只长臂猛地发力，将巨型怪庞大的身体一下子抛到了空中。曾经那样英勇无敌、饱受世人尊敬的巨型怪，此刻就像个被孩子们扔来扔去的沙包一样，从球场的这一头直接落在了球场对面的球门柱上，门柱不堪重负，一下子被压得变了形。

巨型怪躺在那里，一动不动。

"不——"杰克撕心裂肺地大喊。

黑贡纳猛地扭过头来，冲我们开口道："来吧，下一个，斯特奇斯嘶嘶嘶嘶……"

杰克大喊一声，冲着黑贡纳冲过去。我知道，我应该像杰克一样，像个真正的巨怪猎人一样，向黑贡纳发起最后的攻击。可是，当我看到那些和黑贡纳长得一模一样的小怪兽们不再受到大屏幕的影响，像潮水一样涌向人群的时候，我的内心动摇了。那些小东西离人群越近，它们的体型就变得越大，照这样下去，它们会像蝗虫一样，顷刻之间就毁掉这座城市里的一切。

我不知道该怎么办才好。是该冲向人群，帮助他们抵御那些小怪兽，还是该冲向黑贡纳，帮助我的杰克伯父？毕竟，他是我的家人，是爸爸最亲的亲人。

就在我犹豫不决的时候，一个熟悉的声音传入我的耳朵。

那个声音从球场的另一头由远及近地传过来——那是我无比熟悉的声音，不用眼睛看，我也知道那是什么发出的。它的轰鸣声就像是一千只蜜蜂，在这种狼狈的情况下，也许其他所有人都没有注意到这个声音的出现，可对我来说，它的到来却像救命稻草一样让我欣喜若狂。

爸爸威风凛凛地驾驶着金色的割草机，出现在我的面前。这个笨重的大家伙，曾经是我嘲讽的对象，可现在，却成了拯救这个城市的一丝希望。驾驶舱里的爸爸全副武装，简直就和杰克伯父一模一样：头盔、面具、护目镜、工作手套、带着金属护趾的除草靴，

第四章
决 战 之 夜

还有那件浸满了青草绿色的工作服,甚至连两个袖口都被他系得整整齐齐。

说实话,刚看到爸爸的那一瞬间,我甚至以为他是真的疯了,以为他精神错乱到在这种混战的局面下还来给球场修剪草坪。直到我听到一只小黑贡纳的惨叫声,看到被割草机切得血肉模糊的怪兽尸体,才终于明白了爸爸的意图。小黑贡纳们用惊恐的眼神盯着眼前这个庞大的机器,它们颤抖着,逃窜着,却依然没有逃过尸横遍野的下场。

"爸爸!冲啊,爸爸!"我呐喊着。

爸爸冲我坚定地点了点头。他手握方向盘,一个打轮,驾驶着割草机向小黑贡纳们冲了过去。几秒钟以后,又有几只小怪兽变成了肉泥。一贯小心谨慎的爸爸就像变了一个人一样,驾驶着那台"碾肉机",疯狂地横冲直撞。那些刚才还不可一世的小黑贡纳们,在这台巨大的割草机面前变得不堪一击。我想,照这个速度下去,很快爸爸就能把它们消灭干净。

黑贡纳见此情景,愤怒地摇晃着身体,几只巨爪紧紧地攥成拳头,好像被割草机碾压的是它自己。爸爸打开割草机上的收音机,一首无比熟悉的歌曲回荡在体育场上空,一切都好像回到了1969年的那个傍晚。

"我站在墙角

等待着你的到来

满心期待……"

虽然音质已经不甚清晰,但唐和胡安的声音仍是爸爸的最爱。

第四章
决 战 之 夜

伴随着这首曲子，爸爸终于成为了他早在几十年前就想成为的那种人，实现了他几十年来的梦想。

我越过小黑贡纳们的尸体，冲到杰克身旁，他目光坚定地看向我，眼神坚毅而果敢。黑贡纳在我们头顶上方发出阵阵哀号，像是在为那些小黑贡纳们的死悲鸣不已。

"我们要做好最坏的打算。"杰克低沉的声音在我耳边响起。

"我知道。"

"不过，你已经做得很好了，真的。"

"谢谢。"

"吉宝也是——你的爸爸，也做得很好。如果你能活着回去，告诉他，我曾经夸奖过他。"

"我会的。"

杰克轻轻地搂了搂我的肩膀，这是他第一次对我如此亲密。

"你说，这家伙要是两次都栽在我们斯特奇斯家族人的手上，它会怎么想？"

话音未落，杰克便手持双剑，长吼一声，冲了上去。瞎眼怪听到杰克的喊声，强忍着触手的剧痛，也跟着冲上去。我浑身的每一个细胞都在跳动——要上阵杀敌，与黑贡纳殊死一搏的念头从未如此强烈。此刻，什么招式，什么要领，统统被我抛到了一边，只抱着拼死也要将黑贡纳彻底打败的必胜信念，我一个就地翻滚，钻到了它的膝下。我挥起一剑，割断了黑贡纳脚上的跟腱。剧痛之下，它一阵狂怒，疯了一样地抬起双脚，向我踩来。瞎眼怪用剩下的所有触手，拉住了黑贡纳最下面的两条手臂，杰克趁机拽出短剑，将

巨怪猎人
Trollhunters

剑深深地刺入了黑贡纳的膝盖。

这是一次完美的配合。黑贡纳在剧痛之下，猛地扭动身躯，我们三个像三只布口袋一样，纷纷被甩在了草坪上。我们挣扎着站起身，再次向黑贡纳攻过去，又再一次被甩落在地。我的肋骨大概折了几根，断裂的骨茬戳进肺里，钻心的疼痛让我大汗淋漓，不只如此，我的膝盖也受了重伤，再也不能负重。遍体鳞伤的我就这样一动不动地躺在草地上，不甘的泪水夺眶而出。

球场边，布景阳台孤零零地伫立在那里。那本该是我收获掌声、赢得尊重的地方——甚至可能是让我俘获我心爱姑娘芳心的地方。而现在，我却只能躺在这里等待死神的降临。

朦胧中，克莱尔的身影竟然出现在我的眼前，她手持一把道具长剑，从布景阳台后面冲出来。她冲我绽开一个灿烂的微笑，接着，向黑贡纳所在的方向跑过去。

让所有人都想不到的是，克莱尔举起长剑，像投掷标枪一样，将长剑扔了出去。她的姿势标准而优美，像个专业的标枪运动员一样。长剑在空中划出一道漂亮的弧线，穿过黑贡纳张开的巨口，不偏不倚，正中黑贡纳的喉咙。

黑贡纳难以置信地后退几步，挥舞着手臂，想把长剑从喉咙中拔出来。但是，它的巨爪太过巨大，根本没法伸进嘴里。杰克从黑贡纳的魔爪之下挣脱出来，抹掉脸上的口水和血水，伸出一只手，将"X博士"向克莱尔扔去。

我吓得大喊起来——我以为，杰克一定是杀红了眼，把克莱尔当成了怪兽。不成想，克莱尔像是早就准备好了一样，瞄准时机，

第四章
决战之夜

一把抓住了"X博士"的剑柄。她瞪大眼睛看着我们，脸上满是兴奋的笑容。

"巨怪猎人！"杰克向克莱尔喊道。

"巨怪猎人！"瞎眼怪也大声叫道。

"你是说克莱尔？"我大吃一惊。

她调皮地冲我眨了眨眼，"你好，斯特奇斯先生。"

直到这时，我才恍然大悟。克莱尔来自于苏格兰高地，那里原本就是怪兽和巨怪猎人的故乡。她多才多艺，精通剑术，擅长表演，这并不是一朝一夕的训练就能完成的。她和我一样，都有着巨怪猎人的血统，而这大概也是她举家搬到圣博纳迪诺的原因。

克莱尔用剑尖挑掉了鞋子上的泥土。

一阵震耳欲聋的咳嗽声从她身旁传来。

黑贡纳摇晃着站起来，口中的鲜血染红了它满口的牙齿。也许是不能相信自己的失败，黑贡纳已经失去了理智，像个不懂事的孩子一样捶胸顿足。然后，它猛地伸开手臂，向我们扑过来。

我们所有的努力，都是为了最终战胜黑贡纳的这一刻。在黑贡纳的猛烈攻势下，我们不停地躲避，同时，也在寻找能够一招致命的机会。看台上的人们声嘶力竭地吼叫着，虽然我根本听不清他们在喊些什么，但我知道，此刻，他们与我们同在。爸爸的割草机仍在轰鸣，那些小黑贡纳们几乎全部丧身在这部超级机器之下。我不知道爸爸是否在为我们加油，但我知道，他是我最坚强的后盾。所有的巨怪猎人都有着相同的意志，我们咬紧牙关，睁大双眼，不顾伤口的剧痛，全力和黑贡纳展开最后一搏。

巨怪猎人
Trollhunters

克莱尔是最勇敢的一个，她身手敏捷，三跳两跳就爬到了黑贡纳的后背上。紧接着，她将"X博士"剑尖朝下，深深地刺入了黑贡纳的腋窝中，又翻手一划，在黑贡纳的腋窝和锁骨之间划开了一条长长的口子。黑贡纳痛吼一声，挥舞着四肢，狠狠地跺着双脚，似乎想把身上的巨怪猎人们全都甩下去。

挂在黑贡纳胳膊上的瞎眼怪一个没注意，被黑贡纳扔到了裁判席上。与此同时，黑贡纳那条木头假肢也打到了杰克身上，杰克一下子被打到了十英尺以外的地上，摔得蜷成一团。现在，只剩下站在黑贡纳身下的我和在黑贡纳后背上的克莱尔了。

黑贡纳六肢飞舞，一会儿去抓在它后背上的克莱尔，一会儿又向身下的我袭来。它的肚皮上有一道深深的伤口，那是小黑贡纳们爬出来的地方，我看准时机，猛地向上一跳，钻进了黑贡纳的肚子里。黑贡纳尖叫一声，显然，我的这个举动完全出乎它的意料，它伸手在自己腹内抓着，却始终对我这个小小的侵入者无可奈何。钻进黑贡纳的体内，整个世界都变得昏暗起来。黑贡纳腹腔内的脏器不断撞击着我的身体，我没有时间顾及这些，只是一门心思地寻找我要找的那个东西。终于，在一个颠簸的瞬间，我发现了我的猎物：黑贡纳的胆囊。那东西看上去和其他怪兽的胆囊并没有什么区别，只是大得出奇——足有一个篮球那么大。

哦！又是篮球，我可真是受够了这恼人的篮球。

我伸出双手，向那颗胆囊探去。可就在我即将碰到胆囊的时候，却突然感到身子一轻，再度回过神的时候，才明白我已经被黑贡纳扔在了地上。我躺在黑贡纳的身下，一动也不能动，只能眼睁

第四章
决 战 之 夜

睁地看着克莱尔挣扎着爬上了黑贡纳的肩头。我想高声呐喊，给她加油鼓劲，可是却连一丁点声音也发不出来。在黑贡纳的映衬下，克莱尔的身形显得愈发娇小，此刻，她一手执短剑，一手向后伸展，保持着平衡。我想，就是在这一刻，我深深地爱上了这个女孩。

克莱尔没有辜负我们的期望，她高举短剑，然后将它重重地插在了黑贡纳的脊柱上。黑贡纳瞬间痛得蹲下身躯，而克莱尔则重心不稳，从黑贡纳的脊背上一路滚下来，荆棘般的利刺令她遍体鳞伤，她甚至根本没有力气再站立起来。似乎是感觉到了我火热的目光，克莱尔回过头来，定定地向我看过来，这一刻，在我们的眼中，除了彼此，再无其他。

爸爸的割草机就停在我们旁边。

为了报仇雪恨，黑贡纳蛰伏了48年，而现在，要消灭掉我们对它来说就像碾死一只臭虫那样简单。只要杀了我们，它就可以带着它的一众喽啰，在人类世界胡作非为，肆意掠食人肉，屠杀人类。黑贡纳抬起一只脚，向我踩过来，我闭上双眼，等待着死亡的降临。

可是，那只脚却并没有落到我的身上。

是巨型怪！它拼尽了浑身的力气，从球场的另一头冲过来，伸出粗壮的胳膊，缠在黑贡纳的脖子上。它的头骨里插着一截扭曲变形的球门柱，看上去就像是它的另一只犄角。黑贡纳猛地向前冲出去，巨型怪死死地抱住它的脖子；黑贡纳后退几大步，巨型怪还是丝毫不放手；黑贡纳反过手去，挥拳打在巨型怪的身上，巨型怪纹丝不动;黑贡纳竖起背上的长刺,锋利的刺尖深深地扎入巨型怪的皮肤,甚至穿透了它的身体,可是,它仍旧没有放手……

无奈之下,黑贡纳只好拱起自己的身体,将长臂伸向肩后,想要将巨型怪腾空举起。可是,在那一瞬间,它好像突然发现了什么——是那块巨石——那块48年前黑贡纳亲手嵌入巨型怪脑袋中的巨石。在那截球门柱插进巨型怪脑袋中的时候,那块巨石就已经从巨型怪的头骨里松动了,而此刻,它正举在巨型怪的手中。

巨型怪的声音沉重而清晰。

"我是巨型怪。"它说,"我早就告诉过你,我一定会亲手了结你的。"

黑贡纳的头盖骨被巨石砸成两半,它难以置信地睁大了双眼,看着自己的身体逐渐不受控制地倒下去,就像一座轰然倒塌的大厦。

巨型怪终于松开了双手,千疮百孔的身体从黑贡纳身上滑落,瘫软在草坪上,鲜血染红了整片草地。

黑贡纳的长臂还在四处摸索,似乎想要捡起那些头盖骨的碎片,重新放回到自己的脑袋上。可是,它的几只手臂再也不像从前一样有力,而是软绵绵地垂落在地上。这个曾经不可一世的黑暗魔王,臭名昭著的咀嚼军首领,杀人不眨眼、嗜血如命的凶残怪兽,终于,倒在了我们的面前。

第四章
决 战 之 夜

杰克将最后一项任务交到我的手中，那是他几十年前所没能完成的事情：给黑贡纳最后的致命一击。

黑贡纳的身体还在微微地抽动着，我坐在它心脏附近，随着它的每一次心跳而上下颤动。

疲倦如潮水一般席卷我的全身。我身下的这只怪兽之王已经被我们打败，再无还手之力，我听着它喉咙中发出的濒死的呼吸声，看着它空洞无神的眼睛，心里不禁为杰克涌起一丝悲哀。就是为了这只怪兽，杰克在暗无天日的地底世界生活了那么长时间，几乎放弃了属于自己的一切，而现在，所有的一切终于要结束了。

我看向拥挤的人群，在那里，并没有几张我熟悉的面孔，但是，所有人的目光都在告诉我：这个抢走了无数孩子的怪兽，必须接受它应得的惩罚。我在人群中看到了平克顿老师，她冲我轻轻地摇了摇头，像是在为之前的事情向我道歉；我看到了古拉格警官，他满面胡茬，却精神抖擞，他肯定地向我点了点头。

杰克和克莱尔手持长剑，静静地等待着我的最后一击。我看到了塔比，他正扶着奶奶的双肩，站在球场的边线旁，我在他的脸上看不出任何情绪。我知道,他们都在等待我下定决心,承担起我必须承担的责任。只有瞎眼怪对我毫不理会,它伸出残余的几只触手,轻轻地搭在巨型怪的身上,口中念念有词。我知道,那是一种特别的仪式,瞎眼怪是在用自己的方式送别自己最好的朋友,祈祷它在另一个世界里宁静安康。

我想起杰克曾经问过我的一句话:

"被卷进一个这样的世界里,是一件太糟糕的事情,对吗?"

我不再犹豫,手起刀落,取出了黑贡纳的心脏,紧接着,刀锋向下一转,割掉了它的胆囊。我把胆囊扔在草地上,心中想着这东西被焚烧毁灭的场景。

几只残余的咀嚼军在看台上目睹了这一切,它们再也无心恋战,纷纷仓皇逃去。

我从黑贡纳的身上滑下来,克莱尔和杰克都在下面等着我,当然,爸爸也在。他一把将我搂进怀里,他的身上有淡淡的青草香味,那是家的感觉。

我抬起头,看着爸爸,却不知道该如何表达我心中的歉意。他的脸上有着从未有过的释然和平静,额头的皱纹好像也跟着舒展开来。他的笑容告诉我,他已经战胜了自我,打开了心结,我知道,我的家,再也不会是那个像牢笼一样压抑的家了。爸爸把手轻轻地贴在我的脸上,虽然我还不太适应这个如此亲密的动作,不过,我也伸出了自己的双手,同样轻轻地放在了爸爸的脸上。

"你的割草机简直帅爆了。"我由衷地说。

爸爸摘掉眼镜,顺手把这个已经满是创可贴的东西扔到草地

第四章
决战之夜

上，看也不看一眼。

"那是当然，它可是我的宝贝。"

我们一边说着，一边互相搭着对方的肩膀，向瞎眼怪的方向走去。巨型怪一动不动地躺在瞎眼怪身边，殷红的鲜血浸透了它乌黑的毛发。塔比静静地伏在巨型怪的身上，大滴的泪水从他的脸庞滑过，落在巨型怪冰冷的身体上。

瞎眼怪的声音嘶哑而深沉。

"我一定要把它的英雄事迹写进我的书里。噢，不，不！仅仅这样还远远不够，我要为它著书立传，让它名垂青史，让所有的人和怪兽们都记住它的名字，记住它为我们所奉献的一切。此生，我能认识这样的朋友，和它一起并肩作战，是我最大的荣幸。"

杰克温柔地抚摸着瞎眼怪的触手。

"我们要抓紧时间，在天亮之前好好地安葬它。"杰克说。

"不，不行。"

塔比的头依旧埋在巨型怪的身上，但语气却不容置疑。他抬起满是泪水的脸，坚定地冲我们摇了摇头。他站起身，身上还散发着被咀嚼军的黏液浸透的恶臭味。这个一个星期之前还饱受欺侮的男孩，现在，却有着一张坚定而沉稳的面庞。他跟瞎眼怪轻声耳语了几句，像是在为巨型怪做一个最好的安排。

"真是个不同寻常的主意。"瞎眼怪低语，"不过，这个点子真的很棒，小胖子，我简直对你刮目相看。每当人们回忆起今天的事情，他们一定会感谢你，感谢你给了他们一个如此完美的纪念。"

塔比没有理会那些夸赞，只是轻轻地耸了耸肩。瞎眼怪对杰克耳语了几句，杰克眯着眼睛，似乎是在考虑这个方案的可行性，最终，他坚定地点了点头。

杰克并没有向我们解释下一步的计划，只是让所有人都站到巨型怪的身边：克莱尔和塔比站在巨型怪的腿边，我和爸爸站在另一侧腿边，杰克站在巨型怪的胳膊边，瞎眼怪站在对侧。在杰克的一声号令之下，我们全体发力，想要抬起巨型怪的身躯，可是，我们用尽全身的力气，它庞大的身体只是稍稍挪动了一点。

就在这时，古拉格警官率先冲到我们身边，抓住巨型怪的犄角，将它的头颅抬离了地面。紧接着，人们纷纷加入了我们的队伍：科尔校长、劳伦斯教练、平克顿老师、博物馆的卡尔小姐、戴紫色眼镜的小女孩的爸爸还有他那刚刚获救的女儿、丽茨老师和剧社的演员们，再加上两只球队的队员们，全都赶到我们身旁，伸出了援手。

众志成城之下，巨型怪的身躯终于被搬离了地面，我们抬着它，穿过球场，来到体育场的入口处。在杰克的指挥下，我们把巨型怪的身体直立放好，找来钢筋和铁条固定住它的四肢。直到这时，我才终于明白了塔比的用意。激动的泪水夺眶而出，我后退几步，仰望着面前这个高大的身躯，此刻，它显得那样伟岸，那样庄重。

巨型怪在钢筋铁条的支撑之下，伫立在了球场的正前方。我多么希望它能睁开双眼，再和我一起嬉笑玩闹，多么希望能再听到它那震耳欲聋的吼声……可是，这一切已经再也不可能了。现在，

第四章
决 战 之 夜

它已经变成一具冰冷的尸体，而在几个小时以后，当太阳升起的时候，它会变成一座石像，永远地矗立在这座球场之中。和灵魂之墓里的那些石像不同，巨型怪的石像将是一座里程碑式的标志物，人们会永远记住在这一年的秋季庆典中所遭遇的一切，记住这场惨烈的战斗，记住巨型怪为了这座城市所做出的巨大牺牲。还有什么比这样的纪念更有意义呢？

安置好巨型怪的身体，我们回到了球场中央。人群已经逐渐散去，他们正纷纷走向球场的出口，准备回到各自的家。不管怎么说，眼前的战斗已经结束，一切又变得和平常一样。只有古拉格警官还站在原地，遥望着三三两两的人群，不知在想些什么。

"我们不应该让他们这么早就回家。"杰克走到我的身边，擦干净手中的宝剑，将它们放回剑鞘里。

"为什么？"

他指了指不远处黑贡纳的尸体。

"我们还得在天亮之前把那东西处理掉呢，我们需要大家的帮忙。"

"会有人帮忙的。"我说。

"谁？"

"咀嚼军呀。我猜，现在你叫它们干什么，它们都会照做的。"

"好吧，也许吧。"

"我还猜，它们现在大概都改了脾气，以后都不会再吃人肉了吧。"

"嗯，大概吧。"杰克接着问，"你知道附近最近的桥在哪里吗？"

"当然知道。"

"那么，我们开始吧。"

"好吧，不过……再给我一分钟时间。"

杰克顺着我的视线望去，会意地笑了笑。

克莱尔正向我们走来，边走边拍打鞋子上的草屑。她的脸上和身上到处都是血迹和污渍，可是，却仍旧散发着耀人的神采。

她在我们面前几英尺远的地方停下脚步，用手擦去"X博士"上的血渍，动作是如此地自然。

"噢，对不起。"我说。

"对不起？为什么要跟我说对不起？"

"为了这一切。是我连累了你，害你被抓到那暗无天日的地狱里，还让你卷入了这么残酷的战争中。"

"已经都结束了。"她愉快地说，"虽然过程有点艰难，我们付出的代价也不小。"

"还有那场演出，我害得你错过了演出。"

她笑了，笑容像阳光一样灿烂，我几乎快要融化在里面。

"演出？你是认真的吗？你这个笨蛋。"

"你的口音，还记得吗？我曾经说过，你的英式口音非常有魅力，要是你能完成那场演出的话，一定会成为家喻户晓的明星。"

"是啊，我背的台词可真不少呢……我们来过过瘾怎么样？"

克莱尔顽皮地笑了笑，意味深长地看了我一眼。

第四章
决战之夜

"圣人和信徒手对手并没有什么稀奇，那是神圣之吻，就像嘴唇对嘴唇。"

她边说边向我伸出一只手。

我的心里微微一紧，伸手与她相握。

"难道圣人和信徒没有嘴唇吗？"

"噢，嘴唇是用来祈祷的。"

"那么神圣的人，手能做的嘴唇也能做，求求你答应我吧，不要让希望变成失望。"

克莱尔离我更近了一步，粗糙的衣角摩挲着我的胸膛。

"圣人不会点头，但是，有求必应。"她轻声慢语道。

"那么就千万别动，我要求的我亲自去求。当我达成所愿，主必会赦免我的罪过。"

在镁光灯的照耀下，在球场的正中，在众人的见证之下，我们深深地拥吻，一次又一次。就在我闭上双眼，享受这美妙时刻的时候，两个奇怪的念头突然从脑海中涌出来：被我扔到草地上的黑贡纳的胆囊去哪儿了？莱姆普克教授去哪儿了？

克莱尔紧紧地搂住我的后背，赶走了我脑中可怕的想法，她温热的身体紧紧贴着我，让我感到一阵又一阵晕眩。接着，她轻启朱唇，吐出了朱丽叶最打动人心的一句台词：

"现在，我的唇上染了你的罪了。"

我轻轻地吻着她的脸颊，她的睫毛，甚至踮起脚尖，吻了她的额头。

"染了我的罪？好吧，那么，把我的罪还回来。"

巨怪猎人
Trollhunters

她用她的方式，热情地拥抱着我，我感受着她的心跳，感受着嘴唇上的余温，心中的幸福难以言表。透过飘落在我眼前的几缕发丝，我看到站在球场边的塔比和他的奶奶，他们微笑地看着我，目光里满是祝福。

让我没有想到的是，史蒂夫也站在离我们不远的地方，他似乎并没有注意到塔比的存在，只是呆呆地盯着一片狼藉的球场。他的衣服上满是青草的汁液和草屑，可是，却没有一点打斗的痕迹。我猜，他一定是躲在了什么地方，直到现在才刚刚从某个角落里爬出来。塔比也看到了史蒂夫，这个曾经对他百般折磨的恶棍，现在，再也没有任何威慑力了。

塔比盯着史蒂夫看了一会儿，又低头沉思了一会儿，当他再次抬起头的时候，我知道，他似乎又想到了什么好主意。塔比绅士地把奶奶扶到一边，然后从地上捡起一个康纳斯威尔小雄马队的头盔，那上面印着一只醒目的马蹄。

瞎眼怪曾经说过什么？还记得吗？

"铁质的最好，不过，只要是马蹄形的，不管什么材质的都管用。"

我的脑海中突然冒出这句话。

塔比手拿印着马蹄形的头盔，以迅雷不及掩耳之势将头盔放在了史蒂夫的前额上。史蒂夫惨叫一声，像是被这个马蹄形的标记戳中了要害一般，瞬间，改变了模样。他柔顺的亚麻色头发从中间裂为两半，那张曾经迷倒无数少女心的英俊脸庞也一分为二，露出森森的白骨和凸出的眼球。他浑身的肌肉逐渐消融殆尽，慢慢现出了

第四章
决 战 之 夜

一层灰绿色的皮肤组织。

他的身体里竟然潜伏着一只空壳怪。

我和克莱尔面面相觑,目瞪口呆。

这只侵入史蒂夫体内的空壳怪,差一点就完成了它的使命,操纵着史蒂夫这样的败类去贻害人间。塔比完成了他的任务,后退两步,冲着爸爸使了个眼色。爸爸点了点头,转身向杰克看去,给了他一个鼓励的微笑。

我的右手边,杰克拔剑出鞘,蓄势待发。

我的左手边,瞎眼怪轻哼一声,已经做好准备,为它的好朋友奋力一战。

克莱尔给了我一个温柔的飞吻,继而手持利刃,指向天际,与我并肩而立。

我知道,这是漫长的一夜。然而,对于巨怪猎人来说,这样的长夜只是漫长岁月中的点滴而已。为了巨怪猎人的荣誉,为了我最好的朋友,为了维护人类世界的和平,我们,必将奋战到底。